À PROPOS DE L'AUTRICE

Bretonne d'origine et de cœur, Lynda Guillemaud aime mettre les paysages à l'honneur, notamment ceux de sa région natale. Diplômée d'histoire et de journalisme, elle a plongé dans l'écriture, il y a plus de vingt ans, en voulant réécrire à sa façon une saga historique. Cinq romans et une carrière de chargée de communication plus tard, elle s'est installée en 2019 au bord de la mer avec sa famille, afin de se consacrer à l'écriture.

NOTE DE L'AUTRICE

Face à n'importe quel monument (que ce soit un château, une église ou même une simple maison), je suis envahie par l'envie irrépressible de tout connaître sur lui : qui l'a construit, pourquoi à cet endroit, qui l'a habité, que s'y est-il passé ?

J'aime l'histoire parce qu'elle a modelé notre société d'aujourd'hui, mais aussi parce que, derrière les dates et les faits historiques, il y a toujours des hommes et des femmes. J'aime mettre au jour l'humain derrière le personnage. Déceler ses failles, ses doutes, ses questions, ses émotions.

Après avoir écrit deux romans historiques se déroulant à la fin du XVIIIe siècle et sous la Révolution, j'avais envie d'aborder cette fois l'époque médiévale. La Bretagne ducale, celle d'avant la duchesse Anne, s'est imposée d'elle-même, avec son histoire tumultueuse. La guerre de Succession qui la dévasta dans la seconde moitié du XIVe siècle est particulièrement représentative de l'ambivalence des Bretons, constamment tiraillés entre l'Angleterre et la France. Mes personnages sont au cœur de ce déchirement, sans savoir s'ils sont prêts à se battre contre eux-mêmes. Ils traversent la Bretagne et ses forteresses, de Suscinio à Châteaugiron, en passant par Guérande, à la recherche de leurs propres évidences.

L'écriture de cette histoire m'a en outre permis de replonger dans celle de tous ces lieux patrimoniaux qui ont pour moi une résonance particulière et que vous pouvez aller découvrir, à votre tour, si le cœur vous en dit !

LYNDA GUILLEMAUD

L'alliance de Penthièvre

Collection : ALIÉNOR

HARPERCOLLINS FRANCE
83-85, boulevard Vincent-Auriol, 75646 PARIS CEDEX 13
Service Lectrices — Tél. : 01 45 82 47 47

www.harlequin.fr

ISBN 978-2-2804-3665-6

LYNDA GUILLEMAUD

L'alliance de Penthièvre

Aliénor

HARLEQUIN

PREMIÈRE PARTIE

Chapitre 1

Bretagne, août 1362

Accoudé à la lisse de la nef qui le transportait, le jeune homme ne quittait pas du regard la côte qui se rapprochait graduellement. Le vent capricieux gonflait les voiles carrées du bateau et le faisait progresser à une allure fort correcte pour aborder l'estuaire du Blavet. Ce n'était cependant pas encore assez rapide aux yeux du chevalier qui serrait les dents, à tel point qu'il en avait mal à la mâchoire. En bas, sur le pont, les hommes d'équipage, le foulard noué sur l'arrière de leur crâne, commençaient déjà à préparer les chaloupes. C'était plutôt bon signe.

— Comment te sens-tu, Armel ? fit soudain derrière lui une voix enjouée. Le port est prêt à nous accueillir, la capitainerie vient de nous envoyer un pilote.

Armel se retourna et esquissa un sourire forcé à l'intention celui qui venait de lui parler.

— Voilà une excellente nouvelle, marmonna-t-il sombrement. Je ne suis pas mécontent de voir le voyage s'achever.

— Tu sembles en effet en meilleure forme que ces

derniers jours ! gouailla son interlocuteur en le gratifiant d'une claque dans le dos.

Armel eut un sourire fataliste.

— Mon cher Jean, dois-je te rappeler que je ne suis pas un homme des mers ? Ces grandes étendues d'eau me donnent la nausée.

En vérité, Armel avait été sujet au mal de mer pendant toute la traversée et il n'avait guère quitté sa paillasse une bonne partie du temps.

— Il faut dire que la houle ne nous a pas lâchés depuis l'Angleterre, répondit Jean. Ne t'en fais pas, ton calvaire est bientôt terminé. Dès ce soir, nous serons sur la terre ferme !

— J'espère au moins qu'il ne nous faudra pas repartir de sitôt.

— Sois rassuré : je n'ai absolument pas l'intention de retourner en Angleterre avant un bon moment. La cour d'Édouard III était des plus agréables, mais mon avenir est désormais ici, en Bretagne.

— Je te promets que nous ne retournerons pas en Angleterre, affirma Armel. Cela signifierait l'échec de ta reconquête du trône ducal. Or, il te revient de droit.

Le ton d'Armel s'était fait plus rude et le regard de Jean se voila.

— Je sais que je peux compter sur ta droiture, Armel du Chastel. Tu es loyal, comme ton père l'a été pour le mien tout au long de sa vie...

Leurs paroles étaient graves pour de jeunes gens de vingt-cinq ans. Mais Armel ne conversait pas avec n'importe qui : il s'adressait à Jean de Montfort, troisième du nom, prétendant au titre de duc de Bretagne depuis la mort de son père en 1345. Élevés ensemble à la cour du roi d'Angleterre, Jean et Armel avaient noué une de ces amitiés indéfectibles qui va bien au-delà de la simple loyauté du vassal envers son suzerain.

— Monseigneur, le pilote est là, intervint la voix du capitaine derrière eux.

Jean se retourna et salua le marin breton qui s'inclina gauchement devant lui. Son regard oscillait de l'un à l'autre des seigneurs qui lui faisaient face. Le comte de Montfort engagea le dialogue avec lui et, pendant qu'ils parlaient, Armel se rendit compte que le pilote ne cessait de l'observer d'un air craintif. Il fallait dire que l'ami d'enfance de Jean de Montfort ne passait pas inaperçu. Armel le dépassait de presque une tête et sa carrure de lutteur lui valait toujours beaucoup de succès auprès des femmes. À côté de lui, Jean avait toujours l'air chétif et malingre. Ils avaient pourtant le même âge et reçu la même éducation à la dure, entre champs de bataille et campements de fortune.

Le capitaine emmena le pilote vers le gouvernail, et la nef commença à se frayer un chemin dans l'estuaire jusqu'à Hennebont. Impatient, Armel observait la manœuvre avec nervosité. Ils arrivaient en terre inconnue, même si c'était là qu'ils avaient vu le jour l'un et l'autre. Après presque deux heures d'approche qu'Armel trouva interminables, le navire s'immobilisa avec lenteur dans le Blavet, face au port.

Bien grand mot d'ailleurs pour désigner l'enfilade de plans inclinés en bois qui faisait office de quais. Armel n'en revenait pas : les pontons anglais étaient bien plus pratiques ! Ils durent attendre encore de longues minutes pour qu'une barge s'arrime au navire afin de les prendre en charge. Enfin, au terme d'une navigation qui avait duré près de quarante jours, Jean de Montfort débarqua sur cette terre bretonne qu'il n'avait pas foulée depuis vingt ans.Armel posa lui aussi le pied sur le bois vermoulu. Il y eut quelques secondes de flottement pendant lesquelles les deux hommes savourèrent la solennité de l'instant. Puis, radieux, ils échangèrent une accolade virile avant de se tourner vers les notables de la ville qui venaient les accueillir.

Jean de Montfort était à Hennebont presque dans son fief depuis que Jeanne de Flandres, sa mère, avait pris la ville en 1342. La cité fortifiée résistait vaillamment aux assauts de Charles de Blois, l'actuel duc de Bretagne et l'ennemi déclaré des Montfort depuis vingt ans. Jean n'était en effet pas de retour sur ses terres natales après ces années d'exil forcé pour une simple visite de courtoisie. Son but était clair : reprendre possession de la couronne ducale.

À force de l'avoir entendue, les soirs humides de veillées au coin du feu, Armel connaissait par cœur l'histoire de la querelle de succession qui déchirait la Bretagne depuis 1341. Cette année-là, le duc Jean III était mort sans héritier, malgré ses trois mariages et, surtout, sans désigner formellement son successeur. Deux clans s'étaient formés, le premier autour du demi-frère du défunt, Jean de Montfort, le second autour de sa nièce, Jeanne de Penthièvre, mariée à Charles de Blois. Lorsque ce dernier avait été désigné officiellement duc par le roi de France, le roi d'Angleterre avait choisi de soutenir Montfort, voyant dans le conflit breton une belle possibilité d'élargir la guerre de Cent Ans. Après les présentations d'usage, le seigneur du lieu, le baron de la Roche Moisan, mena ses invités jusqu'au château. Là, Armel put enfin se rafraîchir et abandonner son manteau de lainage bleu chargé d'humidité salée. Le reste de ses vêtements en drap de lin ne valait guère mieux, et il ne fut pas mécontent d'enfiler une chemise propre et fine, sur laquelle il posa un surcot de cendal qui recouvrait ses genoux. Le voyage l'avait exténué, sans parler des crises de vomissements qu'il subissait sans discontinuer depuis des jours. *Saleté de mer !* Pourvu que Jean ait dit vrai et qu'ils n'aient pas à reprendre le bateau avant longtemps !

Richement ornée d'un pavage qui rappelait les carreaux d'un jeu d'échecs, jeu aristocratique par excellence, la grande salle du château était déjà dressée pour le banquet. Suspendues aux murs de pierre grise, de hautes tapisseries représentant des scènes de la Création se répondaient l'une à l'autre de chaque côté de la pièce. Les fenêtres de plusieurs toises étaient restées ouvertes pour laisser entrer la fraîcheur du soir. De son pas énergique, Armel rejoignit Jean et le baron les guida jusqu'au centre des tables qui formaient un U. Un héraut se mit alors en place sur l'estrade pour corner l'eau : dès qu'il eut sonné, les servantes apportèrent les aiguières et des bassins ouvragés afin de permettre aux convives de se rincer les mains avant de manger.Armel du Chastel s'assit de l'autre côté de Jean de Montfort, installé à la place d'honneur près du baron, puis chacun des invités prit un siège jusqu'au bas-bout des tables, où se trouvaient reléguées les femmes et les jeunes filles. Ils consommèrent quelques raisins et des prunes fraîches accompagnées d'échaudés pour s'ouvrir l'appétit, puis les écuyers disposèrent les potages du premier service.

— Mange, mon cher Armel, l'encouragea Jean en plongeant sa cuillère dans un brouet de cailles fortement épicé de safran et de gingembre. Il faut reprendre des forces, tu n'as rien gardé dans le ventre depuis l'Angleterre !

— C'est vrai, répondit Armel, déjà ragaillardi par les fumets de son cretonné de bouillon de chèvre au lard. Mais, pour l'instant, j'ai surtout soif !

Il héla l'une des jeunes filles qui assurait le service

et qui distribuait ses boissons aussi généreusement que ses œillades. La serveuse, petite brune fort gironde, accourut à son signe et lui sourit.

— Qu'as-tu dans ton pichet, la belle ?

— Du cidre, messire.

Armel fit une grimace significative.

— Ah, la peste soit des Bretons ! Ne buvez-vous donc jamais de la vraie bière dans ce maudit pays ?

— Oh ! Messire, n'invoquez pas le diable, s'affola la servante. Je m'en vais vous chercher de la bière tout de suite !

La jeune fille se sauva aussitôt, échappant lestement à la main qu'Armel destinait à ses fesses rebondies. Le seigneur jura entre ses dents ; la bougresse avait de la vivacité à revendre, mais cela n'était pas pour lui déplaire. Leur périple en mer depuis l'Angleterre l'avait obligé à une abstinence forcée qu'il ne supportait guère. Maintenant que Jean de Montfort avait retrouvé son pays d'enfance, il lui tardait de vérifier si les Bretonnes étaient aussi accueillantes que l'était le baron de la Roche Moisan.

Chapitre 2

Engoncée dans une grande pelisse brune dont elle avait rabattu la capuche sur ses cheveux blonds étroitement tressés, la jeune fille vérifia une nouvelle fois que personne ne l'avait vue sortir du logis seigneurial du château de Suscinio. Sur la pointe des pieds, elle se faufila de recoins en portières jusqu'au pont-levis qui fermait les hautes murailles de la forteresse. Là, elle sortit son panier de sous sa mante, le mit à son bras avec détermination et marcha de l'air nonchalant qu'aurait une paysanne se rendant au marché.

En passant devant le garde dont on ne voyait que les yeux à travers la visière relevée du heaume, elle arbora un grand sourire benêt destiné à l'amadouer. Celui-ci rectifia la position en la voyant, mais conserva le silence. Une fois le pont-levis passé, elle pressa graduellement le pas pour gagner le chemin qui descendait vers l'océan. Déjà, la brise matinale envoyait ses effluves iodés : la mer s'ébattait à moins d'un mille de là, après les marais salants et les marécages qui abritaient d'innombrables espèces de gibier d'eau.

Aux aguets, la demoiselle se retourna plusieurs fois pour vérifier qu'on ne la suivait pas, mais seule la silhouette austère du château de Suscinio observait sa progression.

Bâti plus d'un siècle auparavant par le duc de Bretagne Jean Ier Le Roux, la forteresse se posait comme en sentinelle face à l'Atlantique. Au milieu de la presqu'île de Rhuys, elle tournait délibérément le dos au golfe du Morbihan et surplombait un immense domaine ceint de hautes murailles délimitant le territoire réservé à l'usage exclusif du duc de Bretagne. Soulagée, la fugitive rejeta sa capuche sur ses épaules lorsqu'elle arriva à proximité de la ceinture fortifiée. Elle poursuivit sa route encore quelques instants, jusqu'à repérer le grand chêne pétrifié par la foudre en lisière d'une petite clairière. Parvenue au point de rendez-vous sans encombre, elle s'assit sur un tronc à l'écorce patinée, poussa un long soupir et posa son panier sur ses genoux en regardant autour d'elle. Guillaume était encore en retard.

Un bon quart d'heure passa avant qu'il n'apparaisse enfin à l'entrée de la clairière.

— Damoiselle Pénélope, vous êtes déjà là !

Âgé d'une vingtaine d'années et de taille moyenne, l'homme portait des vêtements en coutil brun foncé d'une coupe simple, mais aux finitions soignées.

— Bonjour, messire Guillaume, je viens d'arriver, mentit Pénélope sans lui tenir rigueur de son retard. Je craignais de ne pas vous voir aujourd'hui !

— Oh ! vous savez bien que je fais tout ce qui est possible pour ne pas manquer nos secrètes rencontres, damoiselle.

Guillaume rougit légèrement en prononçant ces paroles, et sa timidité fit sourire Pénélope. Elle savait que le jeune hobereau nourrissait envers elle de tendres sentiments, sans ignorer que sa cour était sans doute vaine. Sa condition inférieure lui donnait en effet très peu de chances d'obtenir la main de Pénélope de Porléach, pupille de Jeanne de Penthièvre, duchesse de Bretagne. C'était déjà un grand privilège pour lui de pouvoir fréquenter Pénélope. Cependant, ce n'était pas pour entendre ses compliments qu'elle se montrait aussi assidue.

— N'avez-vous pas été inquiétée par les personnes du château pour venir jusqu'ici ? demanda Guillaume tandis que Pénélope se levait.

— Non, j'ai trouvé le bon stratagème pour pouvoir m'échapper tranquillement, répondit Pénélope avec un air de conspirateur. Personne ne prête attention aux allées et venues d'une pauvre paysanne avec son panier. Ainsi, je peux presque me promener sans que l'on me remarque.

— Toutes les paysannes ne sont pourtant pas aussi jolies que vous, damoiselle…

Pénélope sourit de nouveau et posa son panier sur le tronc d'arbre. Les compliments de Guillaume l'avaient d'abord flattée, mais elle les trouvait désormais mièvres et convenus. Le jeune homme lui-même était terne et sans envergure. Elle avait beau essayer de lui être agréable, elle n'arrivait pas à le considérer autrement que comme un brave ami. Son seul atout, à ses yeux, était sa science intarissable de la nature. Guillaume connaissait la forêt et les marais par cœur. Aucune espèce animale ou végétale ne lui était étrangère et, à ses côtés, Pénélope apprenait sans relâche les mystères de la faune et de la flore.

— Regardez ce que j'ai apporté ! s'exclama-t-elle en sortant de dessous sa cape un étui en cuir.

Guillaume siffla admirativement tandis que Pénélope brandissait fièrement sous les yeux de son compagnon un arc de bois verni.

— Damoiselle, diantre ! Où avez-vous trouvé cela ?

— Dans les appartements de mon tuteur, répondit fièrement Pénélope. Il était posé sur une escabelle comme s'il n'attendait que moi… Je l'ai emprunté en pensant que vous sauriez m'apprendre à m'en servir !

Cela ressemblait plus à un ordre qu'à une question ; Guillaume fronça légèrement les sourcils en observant l'arc sous toutes les coutures avant de revenir à Pénélope.

— C'est dangereux, damoiselle, cette arme est faite pour la guerre, plus que pour la chasse, dit-il gravement. Vous pourriez risquer de vous blesser.

La belle humeur de la jeune fille se voila, et son nez se plissa en une grimace qui ne la rendait pas moins jolie.

— Je vous rappelle que je sais déjà très bien manier l'épée, s'exclama-t-elle. Pour quelle raison risquerais-je de me blesser avec un arc ?

— Bien sûr, bien sûr, mais… L'archerie ne s'apprend pas en quelques heures, c'est un art qui demande beaucoup d'entraînement ! temporisa le hobereau. En outre, j'avais prévu aujourd'hui de vous expliquer comment poser des collets pour attraper du petit gibier dans les sous-bois ou dans les marais.

Pénélope sentait Guillaume très embarrassé. Elle ne voulut pas le contrarier de peur qu'il ne refuse de lui apprendre à tirer. Elle prit le parti de ruser pour parvenir à ses fins.

— D'accord, vous me montrerez seulement comment vous vous y prenez et je vous regarderai, conclut-elle. Avant, nous irons poser les collets comme vous l'avez suggéré.

Elle appuya sa proposition par un large sourire enjôleur qui leva les hésitations de Guillaume. Elle comptait bien ne pas manquer un seul de ses gestes lorsqu'il utiliserait l'arme, afin de pouvoir les reproduire toute seule une fois qu'il serait parti.

— Très bien, abdiqua le jeune homme qui ne voulait

visiblement pas la contredire. Pour l'instant, je vais vous apprendre à nouer les collets.

Avec une soumission toute feinte pour endormir la méfiance de son compagnon, Pénélope obéit et rangea soigneusement l'arc dans son étui avant de le remettre dans son dos. Pendant ce temps, Guillaume avait sorti de son havresac des morceaux de cordelettes qu'il montra à Pénélope.

— Voyez ces liens que j'ai teintés avec du brou de noix afin qu'ils soient le plus invisibles possible, expliqua le jeune homme. Il faut enrouler ainsi puis faire le nœud comme cela…

Pénélope l'écoutait attentivement et ne perdait pas de vue un seul de ses mouvements alors qu'il nouait et entrelaçait les cordelettes avec une grande dextérité. Tandis qu'ils avançaient dans le sous-bois, Pénélope essaya d'appliquer à son tour le nouage des collets. Il ne lui fallut pas longtemps pour y parvenir, car elle comprenait vite. Guillaume lui montra alors la manière de détecter les emplacements les plus propices pour poser les pièges et l'installation leur prit une partie conséquente de la matinée. En chemin, ils croisèrent plusieurs espèces d'animaux, lapins, biches et autres ragondins, sans parler des innombrables fauvettes, passereaux et geais qui peuplaient les chênes et les châtaigniers remplis de bogues bien vertes.

Pénélope ne se lassait pas de ces promenades en forêt et dans le marécage, loin du cérémonial de la cour de la duchesse. Si elle appréciait infiniment sa tutrice, elle n'avait jamais complètement adhéré aux injonctions du protocole et s'esquivait dès qu'elle le pouvait pour rejoindre Guillaume et parcourir avec lui la campagne et les marais. Parfois, ils poussaient même jusqu'à la mer dont elle aimait admirer les vagues irrégulières.

Elle passait bien du temps avec quelques jouvencelles de son âge à causer, mais son petit groupe s'amenuisait au fur et à mesure des mariages des unes et des autres avec des seigneurs bretons.

Du haut de ses quinze ans, Pénélope n'ignorait pas que son tour viendrait, mais elle savait que la duchesse de Bretagne veillerait à bien la marier. Elle était la fille de feu le vicomte Hervé de Léon, un des plus puissants soutiens de Charles de Blois en Bretagne, et, à ce titre, elle pouvait prétendre à une union avec un gentilhomme de haut lignage. Bien sûr, son mariage serait dicté par des impératifs fonciers ou des alliances familiales, mais elle ne pouvait s'empêcher d'espérer que le sort serait clément. Pourvu que ses tuteurs lui destinent un seigneur à son goût ! Elle l'imaginait beau et fort, bienveillant et juste, loyal avec ses vassaux et envers son suzerain. Une chose était sûre, ce serait sans nul doute un fidèle des Blois-Penthièvre. Elle s'amusait souvent, lorsque ses tuteurs recevaient, à essayer de deviner lequel de ces damoiseaux elle épouserait un jour.

— Attention !

Le cri de Guillaume la sortit brutalement de ses rêveries, juste à temps pour éviter un sanglier qui débouchait d'un taillis à toute vitesse. L'animal massif, comme mû par une détermination farouche, fonçait droit devant lui sans se préoccuper le moins du monde des obstacles vivants ou inanimés qui se trouvaient sur son passage.

Pénélope, déséquilibrée par la bête sauvage, tomba à la renverse sur l'humus et laissa échapper un cri. Guillaume se précipita vers elle pour lui porter secours, mais il fut interrompu dans son élan par l'irruption d'un cheval qui venait du même endroit que le sanglier quelques instants plus tôt. Le cavalier freina des quatre fers et s'arrêta à leur hauteur en baissant la pique qu'il brandissait.

— Holà, mes braves, rien de rompu ? s'exclama une voix de stentor. Nous coursons ce sanglier depuis plus d'une heure…

Pénélope pâlit en reconnaissant la voix qui les interpellait et ses yeux s'arrondirent de surprise. *Charles de Blois !*

Chapitre 3

Armel se renversa en arrière sur son fauteuil tandis que les écuyers au pourpoint chamarré desservaient les potages pour faire de la place au service des rôts[1], puisqu'on était un jour gras. Sangliers, chevreuils, chevreaux, cochons de lait, chapons, poulardes patiemment cuites à la broche furent présentés entiers sur les tables. Mis en appétit, Armel goûtait à tous les plats qui se trouvaient à portée de son couteau, comme s'il rattrapait le temps perdu à jeûner en mer.

Assis à ses côtés, Jean conversait avec leur hôte, manifestement honoré de la présence chez lui du protégé du roi d'Angleterre. Autour d'eux, La Roche Moisan avait réuni une quinzaine de petits hobereaux fidèles à la cause des Montfort. Il y avait néanmoins une majorité d'Anglais dans la salle, débarqués avec Jean et les troupes que lui avait données le roi d'Angleterre.

Les troubadours vêtus de vert et de jaune entrèrent au son des luths et des lyres, annonçant l'arrivée des entremets. Les maîtres queux du baron avaient redoublé d'imagination pour proposer des pièces surprenantes,

1. Pièce de viande (boucherie, volaille, gibier) cuite à feu vif et sans sauce, à la broche ou au four. (N.D.A.)

comme il se devait pour ce service. Jean de Montfort apprécia l'hommage qui lui était implicitement fait : une armée de grives entières, coiffées de petits heaumes et revêtues d'un écu aux couleurs des Montfort, envahissaient une énorme génoise aux contours du duché de Bretagne.

— Quel dommage de détruire de si beaux chefs-d'œuvre ! s'exclama Armel en piquant son couteau sans hésitation dans l'une des grives, une fois les plateaux posés sur les tables. J'ai hâte de reproduire l'image représentée là sur le champ de bataille !

Jean se mit à rire.

— Je reconnais bien là ton enthousiasme ! Pour le moment, il me faut gagner du temps et, surtout, rassembler les hommes prêts à défendre ma cause.

Avant de se mettre en ordre de bataille, Jean de Montfort allait devoir en effet convaincre moult seigneurs de le soutenir dans sa lutte et s'assurer de la disponibilité des hommes et des armes. Ce n'était pas une mince affaire, car vingt ans de guerre avaient épuisé le duché, ruiné le moral des troupes et décimé les campagnes.

— Nous sommes tous ici de votre côté, assura un petit seigneur au visage rubicond placé non loin de Jean. Cependant, pouvez-vous m'éclairer sur un point : pourquoi contester que le roi de France ait attribué le duché à Charles de Blois ?

La bouche pleine, Armel manqua s'étouffer en sursautant. La main déjà sur son épée, il fronça les sourcils. Qui était donc cet intrigant ?

Jean prévint le geste de son ami et posa sa main sur la sienne en signe d'apaisement.

— Ne nous emportons pas, nous sommes justement là pour répondre aux interrogations, expliqua Montfort avec un calme qu'Armel lui enviait parfois. Je vous écoute, messire.

Le seigneur se racla la gorge et se redressa sur son banc, soudain gêné d'être au centre des attentions.

— La coutume bretonne admet bien qu'une fille puisse être duchesse par l'intermédiaire de son mari. Notre province a toujours appliqué le principe du partage équitable de la succession entre tous les héritiers. En comptant les filles[1].

Un silence accueillit la remarque du perturbateur qui commençait à franchement indisposer Armel. Jean semblait réfléchir, et le baron de la Roche Moisan se crut obligé d'intervenir.

— Messire de Freslonnière, je vous rappelle, à toutes fins utiles, que la Bretagne est un duché-pairie du royaume de France. Or, les lois royales excluent de fait les filles de la succession.

— Le protégé du roi d'Angleterre s'appuie donc sur les lois du royaume de France pour justifier ses droits au duché de Bretagne, alors que les Blois-Penthièvre, soutenus par le roi de France, s'appuient sur la coutume de Bretagne !

Quelques rires fusèrent, aussitôt couverts par les rugissements d'Armel qui ne se contenait plus.

— C'en est trop ! glapit-il en se levant brusquement. Êtes-vous bien sûr d'être du parti des Montfort, messire ?

Armel fulminait ; il ne supportait pas que l'on contredise la légitimité de son ami. Il plaçait surtout la loyauté au-dessus de toute autre vertu et ne tolérait aucun manquement aux commandements de la chevalerie. Si Jean lui-même ne lui avait pas mis la main sur

1. La coutume du duché de Bretagne, officialisée en 1185 lors des Assises au comte Geoffroy, permettait en effet aux filles d'hériter du fief au même titre que les garçons.

l'épaule en signe d'apaisement, il aurait sûrement sauté au collet du malotru.

— Tout doux, mon ami, tempéra Montfort qui savait très bien comment mener ses vassaux malgré son jeune âge. Je ne doute pas de l'engagement de Messire de Freslonnière à nos côtés. Ce n'est pas le moment de nous disperser et de nous quereller. Reprenons.

Sans quitter des yeux le dénommé Freslonnière qui ne lui inspirait aucune confiance, Armel se rassit et posa son menton dans sa main, tandis que, de l'autre, il tentait vainement d'amortir les pulsations nerveuses de son genou. En réalité, cela faisait trop longtemps qu'il était assis. Ces grandes assemblées verbeuses l'ennuyaient ; lui, il aimait l'action, la guerre, le mouvement. Il trompa son ennui en grignotant des gaufres qu'il trempait dans des compotes de poires rissolées. Enfin, l'issue de table clôtura le banquet, avec le service des oublies[1] et surtout de l'hypocras.

Ce qui ressemblait fort à une veillée d'armes se poursuivit tard après qu'on eut récité les grâces, jusqu'à ce que le cidre, la bière et l'excitation de la bataille eussent raison des seigneurs rassemblés là. Armel, incapable de dormir, sortit de la grande salle de réception du château en grommelant. Il y avait encore de longues heures de palabres en perspective avant d'aller guerroyer ! Il fit quelques pas sur le chemin de ronde, face à la mer. Au loin, les navires tanguaient au clair de lune.Jean le rejoignit au bout d'un moment, silencieux. Lui non plus ne semblait pas avoir envie de dormir. La journée avait pourtant été rude. Les deux hommes observèrent la mer, puis Armel rompit enfin le silence.

1. Pâtisseries plates et rondes, à mi-chemin entre la crêpe et la gaufre. On les dégustait roulées en cylindres creux.

— Désolé pour mon emportement, tout à l'heure. J'admire toujours ton flegme et ta diplomatie, Jean. Si j'en doutais encore, je sais pourquoi tu mérites d'être duc ! Moi, je suis trop sanguin et impulsif pour cela.

Jean sourit, amer.

— Je n'ai pas le choix. Je dois ménager les susceptibilités afin de m'attacher les Bretons d'ici. J'ai besoin d'eux pour me libérer de la tutelle du roi d'Angleterre.

Édouard III n'avait en effet jamais vu le jeune Montfort que comme un instrument au service de sa stratégie de conquête contre le roi de France. Jean, alors âgé de cinq ans, lui avait été confié par son père peu avant sa mort, ainsi qu'Armel, le fils de son lieutenant général aux armées, Tanguy Ier du Chastel, gardien du château de Brest.

Pour lier Montfort à la monarchie anglaise et le garder sous sa coupe, Édouard III l'avait marié, à quinze ans, à sa propre fille Marie. Sa mort, due à une maladie inconnue quelques semaines plus tard, n'avait pas empêché le roi d'Angleterre de continuer à traiter Jean comme un jouvenceau, alors même qu'il avait atteint sa majorité[1].

— Il n'a consenti à ton retour en Bretagne que parce que cela l'arrange !

— En effet, il compte ainsi reprendre l'avantage sur Blois sans désobéir au traité de Brétigny[2] ! Mais peu m'importent ses intentions. Je compte bien me libérer

1. La coutume de Bretagne fixait la majorité féodale à vingt ans et un jour.

2. Signé le 8 mai 1360, ce traité acte une trêve de neuf ans pendant la guerre de Cent Ans. Le roi de France abandonne au roi d'Angleterre la souveraineté du tiers sud-ouest du royaume.

de son emprise, répéta Jean de Montfort posément. Pour cela, il me faut la paix.

Les épaules d'Armel s'affaissèrent. La paix ? Voilà qui l'attristait terriblement. S'il n'y avait pas de guerre, qu'allait-il donc devenir ? Comme s'il devinait sa déception, Jean se remit à rire de bon cœur et tapa sur l'épaule du jeune homme.

— Ne t'inquiète pas, mon ami ! Je gage que l'affaire ne sera pas si simple… Jeanne de Penthièvre n'est pas femme à transiger sur ce qu'elle croit être ses droits. Je vais devoir négocier ferme avec les Blois-Penthièvre. Il n'est pas exclu que nous nous partagions la Bretagne et la couronne ducale.

Armel leva un sourcil surpris, profondément choqué. Partager la Bretagne ? Négocier avec l'ennemi ?

— Es-tu donc devenu fou ? Tu es vraiment prêt à renoncer à la moitié du duché ?

— J'ai vécu toute mon enfance sous le joug d'Édouard, reprit Jean de Montfort. Je préfère être libre avec la moitié du duché que régner sur la totalité en restant le jouet du roi d'Angleterre…

Armel avait rarement vu son ami avec ce regard triste, presque résigné. Jean était en effet loin d'être en terrain conquis : depuis vingt ans, la Bretagne n'avait connu comme maîtres que Jeanne de Penthièvre et Charles de Blois. Avant toute chose, Jean de Montfort allait devoir convaincre qu'il était aussi breton qu'eux.

Or, Armel devait reconnaître que lui-même se sentait étranger dans ce pays qui l'avait pourtant vu naître.

Chapitre 4

Trop tard pour rabattre la capuche de sa grande mante sur ses cheveux ! Pénélope se releva avec dignité comme si de rien n'était et s'adressa à son tuteur dont la stupeur n'était pas moindre que la sienne.

— Je vous salue, monseigneur, dit-elle aimablement en enlevant une à une les feuilles mortes de sa robe pour se donner une contenance. J'ignorais que vous chassiez le sanglier aujourd'hui…

Charles de Blois partit dans un rire sonore et se frappa la cuisse.

— Ah ça, mademoiselle de Porléach, est-ce à dire que, si vous l'aviez su, vous seriez restée bien sagement dans votre chambre comme il sied à une demoiselle de votre rang ? s'exclama-t-il d'un air soudain plus bourru. Ce n'est pas ainsi que mon épouse vous a éduquée, ma parole !

Malgré elle, Pénélope rentra sa tête dans les épaules et perdit une partie de sa belle assurance. Elle glissa un œil sur Guillaume ; lui aussi semblait terriblement gêné, et Pénélope devinait pourquoi. Rencontrer fortuitement le duc de Bretagne en pleine forêt était une chose, s'y trouver accompagnant une demoiselle de haut rang sans chaperon en était une autre ! Avant même que

Blois n'ait prononcé la moindre remontrance, la jeune fille prit la défense de son compagnon.

— N'accablez pas messire Guillaume, monseigneur, plaida-t-elle. C'est ma faute si nous sommes ici. Il n'a fait que m'obéir, j'ai exigé qu'il m'emmène en forêt pour… pour…

Elle hésita. Charles de Blois attendait, sévère, les bras croisés sur sa poitrine.

— Mademoiselle Pénélope souhaitait rapporter des plantes pour son herbier et elle m'a demandé de lui indiquer les meilleurs endroits, intervint Guillaume avec un aplomb qui surprit la jeune fille. Nous ne devions pas nous éloigner beaucoup de la clairière, mais notre exploration nous a égarés…

Les traits de Charles de Blois se détendirent, il plissa les paupières d'un air circonspect en dévisageant les deux jeunes gens face à lui, puis descendit de cheval comme pour se donner le temps de la réflexion. Pénélope pinça ses lèvres, fit un clin d'œil discret à Guillaume qui esquissa un sourire. Il venait diablement de lui sauver la mise !

— Bien ! Messire Guillaume, je vous remercie de votre franchise, vous pouvez rentrer chez vous, décida Blois en guidant sa monture par le licol. Je vais me charger de raccompagner cette jeune personne au château.

Le hobereau acquiesça, docile, et s'éloigna lentement comme pour retarder le moment où Charles de Blois allait réprimander Pénélope. La jeune fille adopta un air nonchalant qu'elle souhaitait le plus naturel possible tandis qu'elle recalait discrètement dans son dos, l'étui contenant son arc. Pourvu que son tuteur n'y ait pas pris garde !

Lorsque Guillaume eut disparu, Blois se tourna alors vers Pénélope qu'il dévisagea avec acuité. La jeune fille déglutit. Maintenant qu'ils étaient seuls, elle allait sûrement avoir droit à un sermon en bonne et due forme.

Pénélope soutenait cependant le regard de son tuteur sans ciller : même si Charles de Blois était auréolé de gloire pour ses faits d'armes et reconnu pour sa bravoure, il ne l'intimidait pas. Elle le savait bienveillant à son encontre, pour des raisons encore obscures à ses yeux et liées à son arrivée à la cour de Jeanne de Penthièvre alors qu'elle n'avait que quelques mois. Pénélope n'était qu'un bébé lorsque ses parents avaient disparu et la duchesse de Bretagne l'avait aussitôt prise sous son aile. Elle subodorait que Blois se sentait redevable envers elle ; c'était aussi pour cela qu'elle ne redoutait pas vraiment sa sévérité. Elle avait toujours considéré Charles de Blois comme son père tout comme Jeanne de Penthièvre faisait office de mère pour elle.

— Bien, jeune fille, causons un peu ! s'exclama soudain Charles de Blois. Je vous avoue que je ne crois pas un instant à cette histoire d'herbier... Vous m'avez habitué à plus d'inventivité !

Pénélope baissa les yeux. Il fallait reconnaître qu'il avait raison.

— Messire Guillaume me montrait comment poser des collets dans la forêt, temporisa-t-elle d'un air posé. C'est moi qui le lui ai demandé.

— Des collets ? Pourquoi diable voulez-vous attraper du gibier ? s'étonna le duc. Ne mangez-vous donc pas à votre faim ?

Pénélope se mit à rire franchement, cette fois. Le ton de Blois était léger, et elle en fut rassurée.

— Mon Dieu, non ! Je ne veux pas attraper du gibier...

— Alors pourquoi poser des collets ? Ce qui, entre nous, est interdit puisque c'est du braconnage. Je vous rappelle que le droit de chasse est réservé au seigneur, c'est-à-dire moi.

Pénélope blêmit légèrement.

— Oh ! vous n'allez pas vous en prendre à Messire Guillaume, monseigneur ? Il n'a rien fait de mal, il a agi sur mes ordres, c'est moi la seule fautive.

— Votre bienveillance vous honore, damoiselle, répondit Blois. Je n'inquiéterai pas Guillaume. Cependant, la prochaine fois, trouvez donc une autre occupation !

— Oui, monseigneur. De toute façon, il n'y aura pas de prochaine fois, se renfrogna Pénélope. Quand Madame la duchesse va apprendre mon escapade, elle va me cloîtrer dans ma chambre sous haute surveillance pour que je ne recommence plus !

Blois sourit à son tour.

— Et elle aurait raison ! Les forêts ne sont pas sûres, encore plus pour une jeune fille, la sermonna-t-il. De plus, vous êtes sortie seule avec un homme, ce qui est contraire à la plus élémentaire bienséance. J'espère au moins que Messire Guillaume a été correct avec vous !

— Messire Guillaume est tout à fait respectable, assura Pénélope. Je sais que je n'aurais pas dû… Mais il y a tant à découvrir et à explorer dans le monde, je ne peux me contenter de la Cour et des mièvreries de mes compagnes de jeu. Pourquoi les garçons ont-ils le droit de guerroyer, manier les armes, aller à la chasse et non les filles ?

— Vous aimeriez aller à la chasse ?

Le regard clair de la jeune fille pétilla à cette évocation.

— M'emmèneriez-vous avec vous ? s'exclama-t-elle en joignant ses mains, fébrile. J'aimerais tant, j'aimerais tant !

Blois frotta son menton en réfléchissant.

— Savez-vous monter à cheval ?

— Oui. Je sais aussi utiliser une épée.

Le duc haussa les sourcils, surpris. Il posa sa main sur l'épaule de la jeune fille.

— Eh bien, vous recelez des capacités que j'ignorais ! Cela mérite que je vous emmène découvrir avec moi la vénerie qui est l'apanage des seigneurs. Vous verrez que c'est une discipline autrement plus noble que ce braconnage de coquins que Guillaume tentait de vous apprendre !

Au lieu de sauter de joie, Pénélope grimaça.

— Madame de Penthièvre n'y consentira jamais, dit-elle sombrement.

— N'ayez crainte, j'en fais mon affaire. Pour commencer, pas un mot sur votre escapade d'aujourd'hui. Nous dirons que vous étiez partie ramasser des plantes sans escorte, ce qui est très inconscient, et que je vous ai trouvée dans les bois par hasard. En contrepartie, vous suivrez à la lettre les consignes de Madame la duchesse jusqu'à nouvel ordre afin qu'elle soit de bonne composition avec vous. C'est compris ?

Pénélope hocha la tête avec frénésie. Elle avait très bien saisi ! S'il y avait quelques sacrifices à faire pour avoir le droit de suivre son tuteur à la chasse, elle y consentirait avec joie. Satisfait, le duc tendit la main vers le panier qu'elle portait toujours.

— Avant de rentrer, donnez-moi donc cela et montrez-moi ce que vous portez dans votre dos.

Surprise, Pénélope resta interdite, et Blois eut l'air d'apprécier son effet. Elle avait eu tort de le sous-estimer, il était loin d'être naïf. Elle se mordit la lèvre inférieure et défit son étui de ses épaules pour le lui tendre.

Le visage de Blois changea de couleur lorsqu'il en sortit l'arc et quelques flèches. Son regard interloqué oscilla de l'arme à Pénélope.

— Je voulais apprendre, monseigneur, balbutia-t-elle d'un air contrit. C'était juste un emprunt, je ne comptais pas voler !

— Loin de moi cette pensée, mais tout de même ! Pourquoi voulez-vous apprendre à tirer à l'arc ?

Pénélope baissa les yeux, les releva.

— Pour pouvoir me défendre si la guerre reprend. Lorsque les hommes sont réquisitionnés par l'ost, les femmes se retrouvent seules avec les enfants et les vieillards, sans personne pour les protéger. Les villages et les mottes castrales ne sont pas à l'abri des combats !

Blois hocha la tête.

— Décidément, vous êtes pleine de surprises, mademoiselle de Porléach… Je souhaite bien du courage à celui qui aura votre main un jour ! Allons, il est temps de rentrer, mes gens vont s'inquiéter de ne pas me voir revenir de la forêt.

Il lui offrit son bras et prit le licol du cheval dans l'autre main. Pénélope posa ses doigts sur son gant de cuir, attentive à calquer sa foulée sur la sienne afin de ne pas être distancée.

Le chemin du retour ne ressembla pas à celui de l'aller pour Pénélope : sur le passage du comte de Blois, tous s'inclinaient, manants comme soldats, paysannes et camelots venant au château vendre leurs produits ou ravitailler les cuisines. Pénélope n'était pas peu fière de marcher auprès de son tuteur dont l'allure noble forçait le respect.

Ils pénétrèrent dans la forteresse qui abritait le logis seigneurial et, aussitôt, un palefrenier se précipita pour s'occuper du cheval du comte sans que celui-ci n'ait eu besoin de faire un geste. À l'intérieur, un autre serviteur débarrassa Blois de sa cape et Pénélope de la sienne, mais lorsqu'il voulut prendre l'étui des mains de la jeune fille, le comte intervint.

— Laisse, mon brave, nous rapportons ceci avec nous, dit-il.

Blois arborait un regard complice et posa son index sur sa bouche en signe de silence. Pénélope se mit à rire. Elle ne pensait pas son tuteur si matois ! Il lui fallut toute sa maîtrise pour réussir à retrouver son sérieux et gagner ses appartements sans éveiller les soupçons.

Chapitre 5

Pénélope terminait d'ajuster le chaperon de lainage dont la courte pèlerine recouvrait ses épaules lorsque Mme de Penthièvre pénétra dans sa chambre, vêtue d'une grande houppelande d'intérieur bordée d'hermine. Le matin frais enveloppait Suscinio d'un léger brouillard, et les serviteurs se dépêchaient de ranimer les braises dans les cheminées pour réchauffer les pièces. Pénélope se retourna vers sa tutrice dont le visage était grave.

— M. de Blois vous attend en bas avec son maître d'armes, dit la duchesse d'une voix teintée d'amertume. Êtes-vous bien sûre de vouloir apprendre l'archerie ?

— Oh oui, madame ! C'est mon vœu le plus cher et je suis si heureuse que vous y ayez consenti !

Jeanne de Penthièvre ne répondit pas tout de suite et entreprit de refaire la boucle qui nouait le capuchon de la jeune fille, comme pour se donner une contenance.

— Je n'avais pas vraiment d'autre choix…

Pénélope fut touchée par le ton désabusé de sa tutrice.

— Madame, votre inquiétude à mon endroit vous honore, dit-elle en prenant ses mains dans les siennes. Mais je ne suis plus une petite fille…

— Je le sais, soupira la duchesse en portant les mains de Pénélope contre sa poitrine. Mais n'oubliez pas que, lorsque je vous ai recueillie, j'ai juré devant Dieu de vous élever aussi sûrement que si vous étiez ma fille. Je dois aussi à la mémoire de vos parents de vous protéger, envers et contre tout.

— Justement, madame, c'est bien pour cette raison que je veux apprendre à me défendre ! renchérit Pénélope, terriblement déterminée. J'ai déjà perdu mes bien-aimés parents, je ne souhaite pas vous perdre aussi.

Jeanne de Penthièvre se rembrunit, comme à chaque fois que la jeune fille évoquait la mort tragique de sa mère, Marguerite d'Avaugour, qui était également la tante de Jeanne. Au début de la guerre de Succession de Bretagne, Hervé de Léon, le père de Pénélope, avait assiégé Hennebont puis Carhaix pour le compte de Charles de Blois. En représailles, Montfort avait chargé son lieutenant général, Tanguy du Chastel d'attaquer le château de Porléach et d'exécuter tous ceux qui s'y trouvaient, hommes, femmes et enfants. Seule Pénélope avait échappé au massacre, sauvée de justesse par sa nourrice qui avait fui le brasier allumé par les Anglais. La brave femme, éperdue, avait tout naturellement demandé asile à la duchesse de Bretagne, et Jeanne de Penthièvre avait aussitôt décidé de prendre sous son aile sa cousine.

— S'agit-il seulement de vous défendre… ou plutôt de vous venger ? interrogea la duchesse avec acuité.

À l'instar d'une grande partie de la cour des Blois-Penthièvre, Pénélope vivait dans la haine des Montfort. Chez la jeune fille, cette vindicte se doublait d'un véritable désir de vengeance envers Tanguy du Chastel qui avait assassiné ses parents.

— Vous me connaissez trop bien, admit-elle. J'ignore encore quand et comment je ferai payer les Montfort, mais je me suis juré d'y parvenir un jour. C'est pourquoi il est important pour moi d'être en mesure de me battre.

Jeanne rompit en comprenant sans doute qu'aucun de ses arguments ne trouverait grâce aux yeux de Pénélope. Elle se dirigea vers la porte qu'elle ouvrit, avant de se retourner vers sa pupille.

— Ne faites pas attendre M. de Blois, dit-elle seulement d'une voix terne. Allez, maintenant…

Demeurée seule, Pénélope resta un instant interdite. L'absence d'enthousiasme de la duchesse ne l'étonnait pas vraiment, mais elle aurait apprécié un peu plus de confiance de sa part.

Pénélope refusa de s'appesantir sur ces considérations et s'élança hors de sa chambre pour rejoindre Charles de Blois dans la cour du logis seigneurial. Avec patience, le comte l'initia au maniement de l'arc, sous l'œil avisé du maître d'armes et lui montra comment se tenir pour ne pas être emportée en arrière une fois la flèche tirée.

Pénélope s'en sortit avec une certaine dextérité qui étonna son tuteur ; elle avait la main sûre et une excellente acuité visuelle, ce qui lui donnait une grande assurance. Charmé, Charles de Blois lui offrit, quelques jours plus tard, un petit arc de bois léger qu'elle pouvait porter facilement, agrémenté d'un carquois de peau dans lequel elle pouvait stocker ses flèches. Le tout était richement ouvragé et gravé à ses initiales. Il lui fit néanmoins promettre de ne pas quitter l'enceinte du château seule avec son arc avant qu'il ne l'emmène à la chasse. Pénélope accepta du bout des lèvres, sachant déjà qu'elle n'aurait pas la patience d'attendre le duc de Bretagne.

Trois jours plus tard, le matin sourdait à peine de derrière les nuages lorsque Pénélope referma sans bruit la porte de la tour nord-est du château de Suscinio. Elle leva les yeux rapidement vers les fenêtres des appartements de Jeanne de Penthièvre, toujours plongés dans la pénombre de la nuit. La voie était libre.

La fraîcheur de l'aube saisit la jeune fille, qui resserra sur elle son ample cape d'une main. De l'autre, elle palpa son épaule pour vérifier que le carquois garni de ses flèches et de son arc s'y trouvait bien. L'appel de la forêt était trop puissant. Elle avait besoin de grand air et elle estimait s'être suffisamment entraînée sur les bottes de paille et les sacs de grains pour passer à des cibles mouvantes beaucoup plus intéressantes.

Pénélope n'avait rien dit de son escapade à son tuteur. Elle voulait d'abord être sûre de pouvoir atteindre ses cibles, afin de lui montrer de quoi elle était capable. Une certaine fierté lui faisait aimer le regard admiratif que Blois posait sur elle lorsqu'il s'étonnait de ses capacités.

Elle sourit légèrement en reconnaissant le chemin qu'elle avait emprunté avec Messire Guillaume quelques semaines plus tôt. L'automne n'en était qu'à ses balbutiements, jaunissant à peine les feuilles, mais celles-ci s'envolaient à la moindre brise. L'aspect des sous-bois en était considérablement changé, et elle redoublait de prudence et de discrétion pour ne pas être repérée. Aux aguets, elle sortit son arme et avança, un pas après l'autre, guettant les bruits familiers de la faune des sous-bois, ceux des arbres qui craquaient en tanguant au-dessus d'elle et le chant des oiseaux du petit matin. Soudain, elle s'arrêta près d'un taillis ; un faisan furetait dans l'humus, à quelques toises d'elle. Pénélope retint sa respiration, enficha sa flèche dans la corde et banda son arc.

Peut-être alerté par le bruit inconnu, le volatile redressa brusquement le cou et prit son envol dans un battement d'ailes. Pénélope tira sans hésiter ; la flèche fila, sans atteindre l'oiseau qui s'éloigna rapidement.

— Raté ! bougonna la jeune fille.

Il en fallait plus pour décourager Pénélope de Porléach. Elle reprit sa route, recommença, jusqu'à abattre un pigeon et un lapin. Fière de ses prises, elle continua son chemin à travers la forêt, analysant les traces de pas et les signaux laissés par les animaux. Elle se sentait bien, libre de ses mouvements et en harmonie avec la nature qui l'environnait. Le jour était désormais bien levé et les sons changeaient, moins assourdis, comme si le monde autour d'elle s'était aussi éveillé. Alors qu'elle quittait une clairière, Pénélope fut alertée par des aboiements furieux, comme si des chiens se battaient. Elle fronça les sourcils, prépara une flèche sur son arc et avança vers l'endroit avec prudence. Lorsqu'elle souleva la branche du buisson qui lui masquait la vue, elle eut un mouvement de recul : à une trentaine de mètres d'elle, un homme était aux prises avec deux grands loups.

Malgré sa haute taille et ses muscles puissants, le jeune homme, qui devait avoir dans les vingt-cinq ans, était en fâcheuse posture. À demi plié en deux, il se protégeait le visage et le cou des morsures à l'aide de ses bras, tout en essayant d'éloigner les animaux à grands coups de pieds. Les loups poussaient des cris de douleur à chaque assaut, mais revenaient toujours. Pourquoi étaient-ils sortis de leur tanière de si bon matin ? Ils devaient être bien affamés… Ou alors ils avaient été dérangés.

Soudain, déséquilibré par une nouvelle attaque, l'homme trébucha et tomba en arrière. Mais, alors que le bon sens imposait de s'enfuir, il ne bougea pas. Pourquoi ce noble, à en juger ses vêtements, n'était-il pas armé ? Pénélope ne put s'attarder sur cet étrange détail, car elle constata que l'inconnu avait le pied entravé par un collet. Elle pâlit : il s'agissait peut-être d'un des pièges qu'elle avait posés avec Guillaume quelques semaines auparavant !

Prise de panique, la jeune fille saisit son arc en réfléchissant à toute vitesse sur la meilleure stratégie à adopter : si elle tirait sur l'un des loups, l'autre était susceptible de la voir et de lui fondre dessus... Mais si elle en abattait un, l'autre prendrait peut-être la fuite. Dans le pire des cas, elle pouvait venir à bout du deuxième avec l'aide de l'homme.

De toute façon, elle ne pouvait pas rester sans agir et regarder l'inconnu se faire tuer ! Pénélope banda son arc, visa la tête du premier loup, respira profondément et tira. L'animal poussa un hurlement et tomba lourdement sur le jeune homme qui, surpris, s'en débarrassa aussitôt. Le cœur de Pénélope battait à tout rompre et elle ferma les yeux brièvement. Elle avait réussi !

L'autre loup, frappé de stupeur, mit quelques secondes à réagir, et Pénélope en profita pour tirer une deuxième flèche. Touché à l'arrière-train, l'animal couina et détala en boitant sans demander son reste. Soulagée, le souffle court, Pénélope baissa son arc avant de sortir prudemment du fourré dans lequel elle était cachée.

Plus elle s'avançait lentement vers l'inconnu, plus Pénélope le trouvait séduisant. L'ardeur du combat avait décoiffé ses cheveux bruns et déchiré ses vêtements, son teint était plus rouge qu'il ne le fallait, son torse puissant se soulevait à un rythme plus rapide que la normale et il était à bout de souffle, mais il semblait pourtant indestructible. Il promena son regard bleu glacier tout autour de lui, sans doute pour découvrir à qui il devait la vie sauve, et parut surpris en voyant une femme s'approcher.

Le regard fixé sur le jeune homme, Pénélope trébucha

sur quelque chose qui faillit la faire tomber. Rouge de confusion, elle baissa les yeux et vit briller dans les feuilles une claymore qu'elle ramassa. L'arme avait dû être projetée au début du combat ; voilà pourquoi l'homme n'avait pu se tirer seul de ce mauvais pas.

Pénélope essaya de reconnaître les armoiries sur la garde de l'épée. Qui cet homme pouvait-il être ? Vêtu plutôt richement, l'inconnu ne semblait pas être un pauvre hère ni un manant qui se serait livré au braconnage. Elle était cependant certaine de ne l'avoir jamais vu à la cour de la duchesse de Bretagne, et il n'était pas de ces hommes qui passent inaperçus !

Chapitre 6

Empêtré dans la cordelette du collet, Armel regardait la jeune fille s'approcher. Qui pouvait être cette paysanne armée d'un arc et au sang-froid inattendu ? Elle était fort jolie avec ses cheveux blonds tressés sous son chaperon et une taille fine qu'il devinait sanglée dans la cotte hardie de coutil grossier. Pourtant, hormis ses hardes, elle n'avait rien d'une pauvresse, et ce mystère aiguisa sa curiosité.

Lorsqu'elle ramassa sa claymore sans paraître surprise du poids de l'arme, il esquissa un sourire, mais ce dernier mourut lorsqu'il la vit s'approcher de lui en brandissant l'épée au-dessus de sa tête. Il eut un moment de panique : elle ne pouvait pas l'achever alors qu'elle venait juste de lui sauver la vie !

— Ne bougez pas ! intima-t-elle seulement avant d'abaisser sa lame et de sectionner d'un seul coup le collet qui emprisonnait le pied droit du guerrier.

Armel soupira de soulagement en constatant qu'elle était aussi habile avec une épée qu'avec un arc. Décontenancé par sa dextérité, il hésita avant de tendre la main vers l'arme, qu'elle lui laissa sans hésitation. Elle paraissait intimidée, mais ne semblait pas effrayée le moins du monde. Elle affichait même un aplomb pour le moins surprenant.

Pourtant, il voyait bien à ses regards fuyants qu'il ne la laissait pas indifférente.

— Merci, damoiselle, dit-il enfin, conscient de l'effet qu'il produisait sur la jeune fille. Sans vous, je n'aurais pas donné cher de mon cuir !

— Je vous en prie, répondit-elle d'un ton neutre. Vous avez de la chance que mes pas m'aient menée jusqu'ici. Comment avez-vous pu vous faire attaquer par deux loups solitaires ? En général, ils se déplacent en meute…

Armel se mit à rire franchement. Cette jeune fille connaissait manifestement bien la forêt et ses habitants ! Il désirait ardemment en savoir plus sur elle.

— Je crois que je les ai dérangés pendant leur repas, avoua-t-il. J'ai réussi à échapper au reste de la meute, mais ceux-ci m'ont poursuivi, puis j'ai été piégé par ce collet.

Tout en parlant, il avait essayé de se relever, mais il interrompit son geste avec une grimace de douleur.

— Vous êtes blessé, constata la jeune fille. Laissez-moi regarder.

Il n'eut pas le temps de répondre qu'elle était déjà agenouillée auprès de lui, offrant à ses narines le doux parfum de ses cheveux. Sans hésiter, elle souleva l'étoffe déchirée et tachée de sang de son surcot. La morsure avait mis la chair à vif, et elle sortit de son havresac un linge propre qu'elle humecta à sa gourde pour nettoyer la plaie. Armel tressaillit tandis qu'elle s'activait pour le soigner, résistant à l'envie de poser sa bouche sur la nuque découverte par la pèlerine de son chaperon qui avait glissé.

— Voilà, c'est propre, dit-elle en se remettant à genoux près de lui. Je n'ai pas cela ici, mais vous devriez mettre un onguent d'herbes cicatrisantes pour guérir plus vite.

— Ne vous inquiétez pas, j'en ai vu d'autres, susurra-t-il en prenant sa main. Encore une fois, merci, ma chasseresse guérisseuse... J'ai de la chance de vous avoir rencontrée. Mais dites-moi, les Bretonnes sont-elles toutes aussi curieuses et intéressantes que vous ?

Elle releva la tête vers lui, et leurs yeux se croisèrent, allumant un feu dans le corps d'Armel. Ses doigts se glissèrent sur la nuque de la paysanne en une douce caresse et il attira son visage vers lui pour lui voler le plus impérieux des baisers.

Elle sursauta violemment lorsqu'elle sentit ses lèvres sur les siennes et se releva d'un coup de reins, visiblement furieuse. Des larmes perlaient au coin de ses yeux, d'un vert très clair. Mais c'était surtout la colère qui habitait son visage.

— Je crois que vous n'avez plus besoin de moi, dit-elle en le toisant avec dédain. Adieu.

Le jeune homme ne comprenait pas ; elle était si douce et si gentille l'instant d'avant, et voilà qu'elle le repoussait maintenant ! Elle avait d'ailleurs l'air plus fâchée contre elle-même que contre lui. Il se releva aussi, plus difficilement qu'il ne l'aurait cru. Les loups l'avaient mordu en plusieurs endroits. La paysanne reculait lentement.

— Attendez, ne vous offusquez pas, s'exclama Armel en tendant la main dans sa direction. Je ne voulais pas vous offenser !

La jeune fille se mordit la lèvre inférieure, regarda sa main, le dévisagea de nouveau. Elle hésitait, il en était sûr. Aucune femme ne lui avait résisté jusqu'à présent.

— Je suis désolée, messire, je ne peux pas rester ici, balbutia-t-elle en reculant. Adieu !

Décontenancé, Armel la regarda s'enfuir en courant, son arc à la main et son carquois bondissant dans son dos comme une chasseresse antique. Frustré, il renonça à la poursuivre, ramassa sa claymore et son chapeau tombé non loin de là dans la clairière. Il se retourna une nouvelle fois, afin de vérifier qu'elle n'avait pas changé d'avis. Mais la belle avait disparu ; dépité, il jura et partit à la recherche de son cheval qui avait dû s'enfuir à l'approche des loups.

Chapitre 7

Juillet 1363.

Pénélope planta son aiguille dans le tambourin qui tendait la toile de sa tapisserie, passa sa main par-dessous pour la récupérer et tira avec un grand geste du bras. Autour d'elle, les dames de compagnie de la duchesse faisaient de même avec une application qui ne trompait aucune d'entre elles.

L'hiver et le printemps étaient passés sur la presqu'île de Rhuys. La proximité du golfe du Morbihan adoucissait la rudesse du climat breton, raison pour laquelle Suscinio était une des résidences favorites de la duchesse de Bretagne. Pénélope avait attendu avec impatience le retour de la belle saison. La période hivernale la condamnait en effet à rester au château où elle devait s'adonner à des occupations féminines, comme la tapisserie, la musique ou la lecture. Elle avait aussi dû renoncer à ses escapades en forêt et dans les marais, car Charles de Blois avait renforcé la surveillance des entrées et sorties de la forteresse, les risques de reprise de la guerre se précisant de plus en plus. Pénélope avait ainsi appris le retour de Jean de Montfort sur les terres bretonnes, avec dans sa suite des seigneurs anglais et bretons revenus d'exil.

Elle n'avait pas été longue à faire le rapprochement avec le bel inconnu qu'elle avait sauvé en forêt. Son accent anglais ne lui avait pas échappé, même s'il parlait parfaitement français[1]. Il devait sûrement faire partie des troupes de Jean de Montfort. Montfort, c'est-à-dire leur ennemi, puisqu'il était en Bretagne uniquement pour voler le titre ducal à sa tutrice bien-aimée. Dire qu'elle avait failli succomber à ses baisers ! Elle ne pouvait pas être amoureuse d'un homme de son camp sans trahir Jeanne de Penthièvre. Elle avait décidé d'oublier l'inconvenant personnage qui avait, de surcroît, osé lui voler un baiser de la manière la plus impudente possible.

Ce souvenir la fit pourtant frissonner. Lorsqu'elle s'était enfuie de la clairière où elle avait rencontré l'inconnu, elle ne s'était arrêtée de courir qu'une fois arrivée au château, craignant d'être poursuivie. Essoufflée, elle avait posé ses mains sur ses genoux pour reprendre sa respiration et ses esprits. Jamais elle n'avait connu une telle confusion des sens et des sentiments. Heureusement pour elle, le jeune homme avait été correct, puisqu'il n'avait pas insisté. S'il avait voulu la faire sienne, elle n'était pas sûre qu'elle aurait eu l'envie de lui résister.

Cette idée l'avait remplie de honte ; comment avait-elle pu nourrir de telles pensées ? Elle était la pupille de la duchesse de Bretagne, pas n'importe quelle gourgandine prête à tomber en pâmoison devant le premier venu ! Elle d'ordinaire si prudente, si méfiante, s'était comportée comme une fille de rien. Le regard doux de

1. Le français était la langue officiellement parlée à la cour d'Angleterre jusqu'en 1362, date à laquelle Édouard III imposa l'anglais (mais son application effective prit plusieurs années).

l'homme et sa voix impérieuse avaient vrillé ses nerfs et fait battre son cœur plus vite qu'à l'accoutumée. Elle n'avait jamais ressenti cela avec Guillaume, ni avec aucun autre de ses prétendants.

Au fil des jours, Pénélope avait renoncé à lutter contre elle-même. En réalité, l'Anglais n'avait pas quitté ses rêves depuis leur rencontre fortuite. Elle échafaudait mille suppositions sur son nom, son origine, ce qu'il faisait dans la contrée. Elle revoyait ses muscles puissants, son sourire simple et ses yeux d'un bleu froid et en même temps si doux… Comme elle aurait aimé que l'homme qu'elle épouserait un jour lui ressemble ! Elle avait espacé ses promenades en forêt, de peur de retomber à nouveau sur lui – à moins que ce ne fût son secret espoir.

Perdue dans ses pensées, la jeune fille réprima un bâillement derrière sa main et jeta un regard en direction des dames de compagnie de la duchesse pour vérifier que personne ne l'avait vue. Elle s'ennuyait, d'autant que la conversation oiseuse des femmes ne l'intéressait aucunement. Jeanne de Penthièvre était silencieuse, voire soucieuse, comme accaparée par de sombres réflexions. Pénélope aurait souhaité la rassurer, mais elle était incapable de se persuader elle-même que tout allait bien, tant la tension était palpable.

Le château était en effet sur le pied de guerre depuis la fin de la trêve hivernale. Lorsqu'il avait appris le retour de Jean de Montfort en Bretagne, Charles de Blois avait réuni ses troupes armées pour les mettre en ordre de bataille. Sans plus attendre, il s'était lancé à la reconquête de Carhaix avant de mettre le siège devant la petite ville de Bécherel, dans le but de provoquer Montfort et le faire sortir de sa tanière. La réaction ne s'était pas fait attendre. Les Anglo-Bretons étaient remontés de Vannes avec plusieurs bataillons, mais, à la surprise générale,

Montfort avait choisi de contre-assiéger l'armée de Blois au lieu d'engager le combat dans des conditions désavantageuses pour lui.

Piégé, le duc de Bretagne avait fini par proposer un autre champ de bataille pour en découdre loyalement. Les deux armées s'étaient donc donné rendez-vous dans les landes d'Évran, entre Bécherel et Dinan, à la mi-juillet.

Blois était ainsi parti depuis deux jours avec toute son armée, et Jeanne de Penthièvre attendait avec anxiété de connaître l'issue des combats. La décontraction de la petite assemblée féminine n'était donc que factice, chacune des participantes guettant le moindre bruit inhabituel qui aurait trahi l'arrivée d'un messager du duc. Pénélope posa sa main sur l'avant-bras de sa tutrice, en signe de soutien. Celle-ci leva un regard vers elle et esquissa un sourire forcé.

— Ne soyez pas inquiète, madame, murmura la demoiselle. M. de Blois est un grand homme de guerre, je suis certaine qu'il reviendra vainqueur.

— Merci, ma petite, répondit Jeanne avec chaleur. Je n'ai aucun doute sur les compétences militaires de mon époux, mais je connais aussi l'opiniâtreté des Montfort... et la volonté qu'a Monsieur de Blois de ne pas froisser son oncle, le roi de France.

Pénélope fronça les sourcils.

— Vous croyez que, pour ne pas lui déplaire, il est capable de composer avec Montfort ?

— Je ne sais pas. À vous dire le vrai, c'est bien de ne pas savoir qui m'agace le plus. Ne pas savoir et être condamnée à attendre ici, alors que l'on parle de mon héritage et de mon patrimoine !

— Pourquoi les femmes ne peuvent-elles faire la guerre elles aussi ? s'interrogea Pénélope tout haut. Nous sommes tout aussi aptes que les hommes à défendre nos droits, après tout.

Jeanne de Penthièvre sourit de bon cœur.

— C'est ainsi, ma douce. Dieu a mis les hommes sur terre pour protéger les femmes des duretés de l'existence.

Pénélope fit la moue, peu convaincue. Elle, elle ne compterait jamais sur aucun homme pour la protéger. Elle était bien capable de le faire toute seule !

Soudain, on frappa à la porte, et les femmes sursautèrent de concert, avant de se lever toutes dans un bel ensemble. Les dames de compagnie tombèrent aussitôt dans une révérence. Charles de Blois fit son entrée, encore tout poussiéreux de la bataille qu'il venait sans doute de mener.

Tandis que Jeanne de Penthièvre fermait les yeux brièvement, soulagée sans doute de le revoir vivant, Pénélope tentait de lire sur le visage soucieux du duc l'issue du combat. Il ne semblait ni triomphant ni défait, et son attitude déroutait grandement la jeune fille. Un *statu quo* n'était pas de meilleur augure, en vérité, car la guerre de Succession de Bretagne avait déjà mis à feu et à sang toute la province pendant des années.

— Dieu soit loué, vous êtes sauf, dit seulement Mme de Penthièvre en s'approchant de son mari.

— Madame, votre inquiétude à mon endroit me va droit au cœur, répondit Blois en s'inclinant légèrement. J'espère que ce que je vais vous apprendre ne va pas annihiler vos bons sentiments envers moi.

Jeanne de Penthièvre frémit.

— Nous avons perdu la bataille ?

Le duc baissa sur sa femme un regard vide, et Pénélope retint sa respiration. Elle sentait que ce qu'allait annoncer Charles de Blois était bien pire qu'une défaite.

— Il n'y a pas eu de bataille, lâcha enfin Blois d'un

air sombre. Les évêques se sont interposés et nous ont empêchés de combattre, au nom du traité de Brétigny.

— Comment ? Mais ce traité n'impose la trêve qu'entre les rois de France et d'Angleterre ! s'exclama Jeanne dont la colère semblait enfler. Que s'est-il passé ensuite ? Qu'ont exigé les évêques ?

— Ils nous ont forcés à négocier et ont proposé un compromis. Nous conservons le nord de la Bretagne et Montfort aurait le sud. Nous porterons tous deux le titre de duc et tous vos avantages vous restent acquis.

Jeanne de Penthièvre rompit avec colère.

— J'espère que vous n'avez pas accepté ce marchandage odieux ?

Blois fit une grimace. Pénélope sentit que sa tutrice bouillonnait intérieurement.

— Je vous rappelle que je ne suis duc de Bretagne que par notre mariage, madame, reprit-il avec calme. Je n'ai pas le droit de prendre de décision en ce qui concerne le duché sans votre aval. J'ai donc signé un accord provisoire allant dans le sens des évêques ; nous avons convenu de l'entériner ou non dans quatre jours à mi-voix du combat des Trente.

Pénélope avait souvent entendu Jeanne évoquer cet affrontement de trente champions du comte de Blois contre autant d'Anglais, en 1351, à mi-chemin entre Josselin et Ploërmel. Aucun parti n'était sorti vainqueur de l'affrontement, qui était passé au rang de symbole de la guerre de Succession.

— C'est hors de question !

Jeanne de Penthièvre avait poussé un véritable rugissement. Dressée face à son mari, elle irradiait une colère froide qui en disait long sur ses pensées. Pénélope suivait leur échange avec passion et admirait la faculté qu'avait Jeanne de tenir ses positions face à son époux.

— Hors de question, vous m'entendez ? Jamais je ne consentirai à ce qu'on remette en cause mes droits. La Bretagne n'est pas une tarte à la groseille que l'on se partage entre héritiers, je refuse qu'on la mette en pièces. Je suis l'héritière légitime et reconnue du duché de Bretagne, et mon patrimoine sera indivisible tant que je serai de ce monde !

Visiblement furieuse, elle se dirigea vers l'embrasure d'une fenêtre dont les vitraux colorés flamboyaient au soleil, dans un silence que personne n'osait rompre. Lorsqu'elle revint vers Blois, le bruit de sa robe de brocart qui effleurait les carreaux ouvragés du sol de la pièce ressemblait au tonnerre.

— Vous direz à ces messieurs les évêques et à Jean de Montfort que je m'oppose vigoureusement à tout partage que ce soit. Nul ne touchera à l'intégrité de la Bretagne, dussé-je faire la guerre jusqu'à la fin de mes jours. Que cela soit dit et écrit !

Sur ces paroles, elle quitta la pièce en claquant la porte derrière elle, laissant pantois Charles de Blois, les dames de la suite et les hommes qui avaient accompagné le duc. Blois avisa Pénélope qui le dévisageait avec acuité. Il esquissa un sourire et posa sa main sur l'épaule de la jeune fille.

— Comprenez-vous pourquoi Mme de Penthièvre mérite bien plus le titre de duchesse de Bretagne que cet intrigant de Montfort ? murmura-t-il, fataliste. Elle veut la guerre… Elle l'aura. Montfort ne cédera pas plus qu'elle.

— Moi aussi, je veux guerroyer, déclara Pénélope avec toute la force dont elle était capable pour persuader son tuteur.

Blois eut un mouvement de recul.

— Ma fille, soyez raisonnable, ce n'est pas la place d'une femme…

— Pourquoi pas ? Je sais monter à cheval, tirer à l'arc comme vos meilleurs archers et me battre à l'épée !

— Cela ne suffit pas, damoiselle, reprit Blois avec un sourire paternaliste qui hérissa Pénélope. Votre rôle est de soutenir votre tutrice bien-aimée. Laissez donc la guerre aux hommes.

Le ton n'admettait aucune réplique, et Charles de Blois tourna les talons pour signifier que la conversation était terminée. Contrariée, Pénélope se tint coite, mais, intérieurement, elle fulminait. Elle allait lui montrer, tiens, qu'une femme avait sa place sur le front !

Dans les semaines qui suivirent, Pénélope redoubla d'efforts : elle s'entraîna avec un maître d'armes, perfectionna sa technique à l'épée et chevaucha de longues heures dans la campagne, escortée par un écuyer que le comte de Blois avait fini par attacher à ses services pour rassurer Jeanne de Penthièvre.

Faute de pouvoir imposer la paix définitive entre les deux belligérants aux landes d'Évran, les évêques avaient néanmoins obtenu une nouvelle trêve jusqu'au printemps 1364. Les prélats ne relâchèrent pas leurs efforts face au refus de la duchesse de Bretagne. Après le Carême, d'ultimes négociations furent organisées à Poitiers par le Pape lui-même, mais Jeanne de Penthièvre ne revint pas sur ses positions.

Dès l'expiration de la trêve, en mars 1364, les troupes blésistes[1] se rassemblèrent à Nantes pour se diriger vers Auray. Tenue par Blois depuis 1342, la ville était

1. Les partisans des Blois-Penthièvre. Ceux de Montfort étaient souvent appelés les Montfortistes.

assiégée par Jean de Montfort depuis le mois d'août, ce qui relança de fait les hostilités interrompues à Évran.

Début septembre, Charles de Blois établit son quartier général au château de Josselin, situé à une dizaine de lieues d'Auray. Cette fois, Jeanne de Penthièvre exigea de l'accompagner, et avec elle vint également Pénélope. Alors que les préparatifs militaires étaient presque terminés, un héraut envoyé par Jean de Montfort se présenta à Charles de Blois et Jeanne de Penthièvre.

— Mon maître vous propose de reprendre les négociations de paix sur la base de l'accord d'Évran, dit-il obséquieusement.

— Madame, puis-je vous suggérer d'étudier au moins le protocole d'accord qui vous est présenté, suggéra Charles de Blois, magnanime. La Bretagne est déjà exsangue après ces années de guerre, les hommes sont épuisés, les terres en friche, les villages détruits. Les Bretons aspirent à la paix…

Jeanne de Penthièvre soupira et se redressa avec hauteur, toisant son époux de cet air impénétrable que la duchesse de Bretagne arborait lorsqu'elle voulait se montrer intraitable.

— Monsieur, vous n'avez pas le cœur d'un chevalier vaillant, asséna-t-elle, terrible. Un Breton ne négocie pas son patrimoine. La Bretagne restera indivise.

Elle se tourna vers le messager qui attendait sa réponse.

— Faites part à Jean de Montfort de ma réponse ferme et définitive. Conseillez-lui de se retirer dans son comté de Montfort-l'Amaury, nous n'irons point le chercher là-bas ! Si dans quatre jours votre maître est encore devant Auray, nous livrerons bataille.

Si l'intransigeance de la duchesse forçait l'admiration de Pénélope, la déception qu'elle lut sur le visage de

Charles de Blois la toucha tout autant. Le duc ferma les yeux, une grimace amère sur les lèvres. Pénélope les regarda l'un après l'autre ; la guerre, désormais, était inévitable.

Chapitre 8

Le jour de la Saint-Michel[1], Armel du Chastel se réveilla avant l'aube, comme à l'accoutumée. Instinctivement, il porta la main à sa ceinture pour vérifier que son arme s'y trouvait toujours, puis il se leva en s'étirant vigoureusement. Autour de lui, des hommes montaient la garde tandis que d'autres dormaient du sommeil léger des soldats prêts pour la bataille. La veille, ils s'étaient enfin dégagés d'Auray pour se positionner entre les hauteurs de la Chartreuse et la rive droite du Loc'h, afin de ne pas être pris à revers par les troupes de Charles de Blois qui avaient quitté la zone marécageuse de l'estuaire.

Armel soupira ; aujourd'hui, c'était le grand jour. Après neuf mois de siège épuisant pour les nerfs comme pour le corps, le véritable combat allait pouvoir s'engager. À ses yeux, on avait déjà bien trop traîné en palabres et en inutiles négociations de paix. Tout le monde savait qu'on finirait par combattre ! Enfin, il pourrait en découdre avec les blésistes et rendre une justice que la vie lui avait confisquée jusqu'à présent. Il attendait depuis vingt ans le moment de se venger de Charles de Blois.

1. Le 29 septembre (1364). Au Moyen Âge, on désignait souvent les dates en donnant le saint du jour.

Il n'oublierait jamais ce jour funeste, alors qu'il n'avait que cinq ans et que la guerre de Succession de Bretagne n'en était qu'à ses balbutiements. Tanguy du Chastel, son père, avait reçu de Jean de Montfort la garde du château de Brest. Il s'y était retranché avec Armel et le fils de Jean, âgé de cinq ans lui aussi. Le duc de Bretagne n'avait pas tardé à mettre le siège devant le château et capturé les deux frères aînés d'Armel, âgés de quinze et dix-sept ans. Armel reverrait toujours Blois exhiber ses prisonniers sous les murs de la forteresse brestoise en sommant Chastel de se rendre. Loyal et dévoué à la cause de Montfort, son père avait refusé, les larmes dans les yeux, broyant dans sa main les doigts frêles de son fils cadet. Impitoyable, Blois avait exécuté les deux adolescents sous leurs yeux. Le hurlement d'Armel avait retenti au-delà des murailles de la forteresse, mais le duc de Bretagne ne s'était pas laissé attendrir et avait donné l'ordre de ravager tous les domaines appartenant à la famille du Chastel.

Cinq ans après, la bataille de La Roche-Derrien avait opposé une nouvelle fois l'armée blésiste aux montfortistes. Bien que privés de leur champion[1], ces derniers étaient sortis vainqueurs du combat. Alors que Thomas Dagworth, le capitaine de la coalition anglo-bretonne, voulait exécuter Charles de Blois qu'il avait fait prisonnier, Tanguy s'était interposé pour l'en empêcher, malgré sa haine envers le duc de Bretagne en titre. Blois avait été envoyé en prison à la tour de Londres, dont il n'était sorti que neuf ans plus tard. Pendant ce

1. Jean de Montfort père est mort en 1345 devant Carhaix des suites de ses blessures. Le roi d'Angleterre poursuivit la lutte au nom du fils Montfort qu'il avait recueilli, sa mère ayant sombré dans la folie.

temps, la guerre s'était enlisée, faute de combattants. Jeanne de Penthièvre avait assuré la régence du duché en l'absence de son époux, le roi d'Angleterre dédaignant pendant ce temps la Bretagne pour se concentrer sur les combats l'opposant au roi de France[1].

Armel n'avait jamais compris pourquoi son père avait épargné le duc de Bretagne ce jour-là ; Tanguy du Chastel était mort sans s'en expliquer. Le jeune homme en avait conçu une haine encore plus farouche envers le duc de Bretagne. Armel avait juré à son père qu'il servirait aussi fidèlement que lui la cause des Montfort et qu'il vengerait la mémoire de ses frères. Sa loyauté ne s'était jamais démentie depuis.

Au fur et à mesure que le jour se levait, paresseux, les rangs s'agitaient, et Armel rejoignit Hugues de Calverly, un noble Anglais qui commandait l'arrière-garde dont il faisait partie. Jean de Montfort alignait environ huit mille hommes, répartis en trois batailles[2], dont une qu'il commandait lui-même. Les autres étaient sous les ordres de grands seigneurs anglais et bretons : Robert Knolles, Matthieu de Gournay, Olivier de Clisson. Face à eux, l'armée franco-bretonne de Charles de Blois comptait plus de dix mille hommes répartis en trois corps et une arrière-garde commandés par Bertrand Du Guesclin, Auxerre, Joigny, Rieux et Tournemine.

Les contingents prenaient position, avec une lenteur calculée qui désespérait Armel. La veille, Montfort avait voulu attaquer immédiatement, pour profiter de la marée basse et de la rivière peu profonde, mais Clisson et Knolles avaient tempéré ses ardeurs et conseillé d'attendre une

1. Nous sommes en pleine guerre de Cent Ans.

2. Le terme au sens médiéval désignait une compagnie ou garnison.

configuration plus favorable. Le commandant général des troupes, John Chandos[1], préférait aussi laisser l'initiative de l'offensive à Charles de Blois. Sombre, Armel observait les mouvements des troupes en guettant le signal de son chef. Alors que le soleil se levait, l'armée de Blois passa le Loc'h à gué vers le village de Kerzo, puis les cavaliers mirent pied à terre et se déployèrent au nord de la pente, juste en face des hommes de Montfort, basés au sud. Un peu avant prime, à peine un mille séparait les deux armées[2].

Enfin, le combat s'engagea sur l'ordre de Charles de Blois et sans les préliminaires d'usage, avec une violence inouïe, attisée par la frustration de l'attente. Tous les soldats avaient hâte d'en découdre – et d'en finir. Le premier contact se fit entre les divisions de Knolles et de Du Guesclin, Blois engagea contre Montfort et Clisson contre Auxerre. Rapidement, la confusion fut générale.

L'affrontement tourna pourtant d'abord à l'avantage de Blois. Comme Montfort reculait, Calverly commanda à la réserve de monter en renfort. À peine l'ordre prononcé, Armel dégaina sa lourde épée et se rua sur l'ennemi avec rage. Il se sentait revivre. La guerre, enfin ! Sa lame tournoyait dans les airs, tranchant les têtes comme les membres, heurtant les armures dans des gerbes d'étincelles. Le jeune homme avançait, jouant de sa carrure massive pour envoyer au sol les combattants comme de vulgaires quilles. Il fallut peu de temps aux

1. John Chandos est un des grands capitaines du roi d'Angleterre et connétable d'Aquitaine.

2. Le mille faisait environ 1,6 km et prime désignait la prière de six heures du matin. En 1382, un monastère fut érigé sur le lieu de contact entre les deux armées. Il existe encore et porte le nom de Chartreuse de Saint-Michel-du-Champs.

Anglais pour reprendre le dessus, et la réserve se porta au secours des autres divisions, elles aussi malmenées.

Tout en obéissant aux ordres de Calverly, Armel ne perdait pas de vue les déplacements de Charles de Blois, aux prises avec Montfort. Dès que l'occasion se présenterait, il pourrait assouvir sa vengeance.

Peu à peu, les Anglais prenaient le dessus sur les blésistes. La division de Chandos rejoignit celles d'Olivier de Clisson et de Knolles afin d'aller soumettre Du Guesclin. De son côté, Calverly avait ordonné à son arrière-garde de se replier afin de venir en aide en cas de besoin. Alors qu'Armel s'exécutait, il fut bousculé par un chevalier qui abattait tout devant lui en hurlant.

— Notre-Dame ! Notre-Dame !

Armel fronça les sourcils en suivant du regard l'énergumène.

— Qui est donc cet hurluberlu ? demanda-t-il à Calverly.

— C'est Bertrand Du Guesclin, le Dogue noir de Brocéliande.

— Ah, c'est lui ? Je le pensais plus impressionnant.

L'air déçu d'Armel fit rire Calverly.

— Ne te fie pas à son air rustique, c'est un redoutable combattant qui a amplement prouvé sa vaillance. Blois en a fait son lieutenant général en Normandie, dans le Maine et en Anjou…

Armel n'eut pas le temps de réagir. Excité par les cris du Breton, John Chandos avait tenté de renverser Du Guesclin de son cheval avec l'aide de quelques hommes. Particulièrement enragé, le lieutenant se releva d'un seul coup et abattit l'homme qui lui faisait face.

Calverly poussa un cri.

— Il vient de tuer Cantorbery, le beau-frère de

Chandos ! constata-t-il. Et le voilà qui rejoint à présent Charles de Blois.

— Ces Bretons commencent à singulièrement m'indisposer, grinça Armel en se redressant. Il est temps d'en finir !

Il voulait surtout atteindre son but, celui de toute une vie, celui qu'il poursuivait depuis son exil forcé en Angleterre. Son regard mauvais repéra de nouveau Blois et ses mâchoires se crispèrent.

— Que proposes-tu ?

Armel observa un instant le théâtre des opérations et, malgré le désordre apparent des combats, analysa rapidement les forces en présence.

— Contournons les lignes et attaquons Blois sur l'arrière.

Hugues de Calverly sursauta.

— Ce ne sont pas les instructions de Chandos.

— Je le sais, mais nous avons défait trois divisions et celle de Blois, la dernière, est en difficulté, argumenta Armel. Ses hommes faiblissent. En les prenant à revers, nous pouvons mettre en désordre leurs rangs et prendre rapidement l'avantage.

Calverly réfléchit un instant en se frottant le menton, dubitatif, puis il hocha la tête. Dès qu'il eut obtenu l'accord de son chef, Armel rassembla tous les soldats de l'arrière-garde qu'il put trouver. Tandis que le combat faisait toujours rage, ils contournèrent alors les lignes comme il l'avait préconisé.

Lorsqu'ils surgirent des buissons en brandissant leurs armes au-dessus de leur tête, la surprise fut totale. Brusquement désordonnées, les troupes blésistes furent rapidement piégées.

Le visage fermé, comme mû par une force irrésistible, Armel fondit sur le porteur de la bannière de Charles de Blois et jeta à terre l'étendard avec un hurlement de rage. Pendant ce temps, à quelques toises de là, Hugues de Calverly força le duc de Bretagne à descendre de cheval. Alors que le chef de l'arrière-garde s'apprêtait à capturer Blois, Armel accéléra le pas, le regard flambant d'une fureur qu'il ne contenait plus.

— Il est à moi ! hurla le jeune homme en brandissant une dague. Laissez-le-moi !

— Armel, non ! cria Calverly en se mettant en travers de son chemin.

C'était peine perdue. Fou de rage, les yeux exorbités, Armel poussa son chef d'une bourrade et, parvenu devant Charles de Blois, lui asséna un violent coup de lame à travers le visage.

— Meurs, assassin ! rugit-il, tandis que deux Anglais le ceinturaient pour l'empêcher de larder le corps de nouveaux coups. Voilà vingt ans que j'attends ce moment !

Il fallut plusieurs minutes et le renfort de deux autres soldats pour venir à bout d'Armel qui se débattait comme un forcené. Ils parvinrent enfin à le maîtriser et le plaquèrent au sol en maintenant ses bras derrière son dos. Le souffle court, Armel observa Calverly qui se penchait sur le corps inanimé de Charles de Blois. Lorsqu'il se releva, son visage était grave.

— Il est mort, constata-t-il. Qu'est-ce qui t'a pris de faire ça, Chastel ? Tu as agi au mépris de tous les usages militaires… Blois était notre prisonnier !

Armel ne quittait pas des yeux le cadavre ensanglanté du duc de Bretagne.

— Je n'en ai cure, répondit-il seulement, impassible, le regard vide. Mon père a déjà épargné ce meurtrier une fois, je m'étais juré de ne pas avoir la même clémence. Exécuter deux enfants sous les yeux de leur frère est aussi contraire aux usages. Tu peux m'arrêter, Hugues.

Je purgerai ma peine. Ma vengeance est accomplie, c'est tout ce qui compte à présent pour moi.

Le capitaine de l'arrière-garde soupira, manifestement irrité et déçu d'avoir à arrêter l'un de ses hommes, et pas le moins vaillant. Brusquement sans forces, Armel avait l'impression d'être tombé dans un brouillard diffus, comme si tout l'indifférait désormais. La voix, lointaine, de Calverly ordonna de transporter la dépouille de Charles de Blois et d'avertir Jean de Montfort de la mort du duc.

La bataille d'Auray était terminée et, avec elle, une guerre qui avait duré vingt-trois ans.

Chapitre 9

Postée depuis le matin dans l'embrasure épaisse de la fenêtre, Pénélope laissait vagabonder son regard au loin, sans parvenir à s'intéresser à quoi que ce soit. Le mouvement de la rue était pourtant incessant ; les portefaix chargés de sacs croisaient les marchandes d'oublies, des cochons fouillaient dans les déchets jetés là par une cuisinière, des soldats en armes patrouillaient, des enfants jouaient en criant d'une porte cochère à l'autre. Pénélope n'était pas habituée à l'activité grouillante de la ville : Angers n'était pas Lamballe et encore moins Suscinio. Même ses rares séjours à Nantes avec la duchesse lui avaient semblé plus calmes, peut-être parce que le château nantais se trouvait plus isolé que celui du duc d'Anjou.

Elle ne se trouvait à Angers que depuis quelques jours, mais Pénélope avait l'impression d'y être depuis des années. Avec Jeanne de Penthièvre, elles étaient parties d'Auray comme des fugitives, après que la nouvelle de la mort de Charles de Blois se fut répandue parmi les états-majors des deux camps – ou du moins ce qu'il en restait. En effet, les pertes étaient considérables de chaque côté. Dans la confusion, la duchesse de Bretagne avait dû attendre le lendemain matin pour se faire confirmer le décès de son époux. Acceptant sa défaite, la veuve avait décidé de quitter Auray pour se réfugier chez sa fille, Marie de Blois, qui avait épousé le duc Louis Ier d'Anjou.

Le choix de sa retraite n'était pas fortuit ; le gendre de Jeanne de Penthièvre était aussi le frère du roi Charles V, fraîchement couronné en avril. Même s'il ne restait de fait plus qu'un seul prétendant au duché de Bretagne, la duchesse ne comptait pas en rester là. Reprenant à son compte la lutte de son beau-père, Louis Ier rallia autour de lui les fidèles de Blois pour résister aux assauts de Jean de Montfort.

Anéantie par la défaite, Jeanne de Penthièvre suivait les événements depuis le château d'Angers, en compagnie de Pénélope qui ne décolérait pas. Elle avait bien entendu pleuré avec sa tutrice le décès de Charles de Blois, mais, élevée en pleine guerre de Cent Ans, elle ne détournait plus guère les yeux face aux cadavres. La fureur avait bien vite pris le dessus dans son cœur. Pour la deuxième fois de sa vie, elle perdait non seulement un être cher, mais surtout celui qu'elle considérait comme son père depuis son plus jeune âge. Pour la deuxième fois de sa vie, elle devait à Jean de Montfort de se retrouver orpheline. Sa haine envers lui n'avait fait que s'accroître, et elle tournait en rond comme une bête en cage, avide de venger ses parents et sa tutrice adorée. Pénélope enrageait d'être tenue à l'écart des opérations militaires que menait d'Anjou pour défendre la cause des Blois-Penthièvre.

La résistance fut cependant de courte durée : au début de 1365, le roi de France mit le holà aux velléités belliqueuses de son frère.

— Sa Majesté souhaite que je fasse la paix avec Jean de Montfort, expliqua Mme de Penthièvre en brossant les longs cheveux blonds de Pénélope, un soir, retrouvant un geste maternel que la brutalité des événements leur avait fait oublier.

— Mais pourquoi le roi exige-t-il cela de vous ? s'énerva fortement Pénélope. N'est-il plus de votre côté comme l'était Jean le Bon ? Vous abandonne-t-il, lui aussi ?

Jeanne fit une pause, le regard perdu dans le vague, puis elle reprit son brossage méthodique.

— Le roi de France est du côté de ce qui l'arrange, fit Jeanne avec amertume. Charles V veut éviter que Montfort ne se rapproche trop du roi d'Angleterre. Or, si la guerre continue, c'est ce qui risque d'arriver. Il souhaite donc que je signe la paix avec mon adversaire.

Pénélope observait ses mains, anxieuse. Lorsqu'elle releva la tête, elle croisa le regard de sa tutrice dans le miroir.

— Allez-vous accepter ?

Sa question était à peine audible, mais Pénélope devinait la réponse qui allait lui être faite.

— Hélas ! Je ne suis plus en position de force, ma fille, répondit Jeanne avec douceur. Je vais être contrainte d'accepter que Jean de Montfort soit reconnu duc de Bretagne, c'est inéluctable.

— Oh ! mais c'est pire que tout ! s'exclama Pénélope. Vous ne pouvez pas cautionner cela ! C'est comme si… Comme si M. de Blois était mort pour rien !

Jeanne de Penthièvre posa son regard serein sur sa pupille. Le contraste était saisissant entre la jeune fille vive, spontanée, au-delà des conventions, et la vieille dame[1] rendue aigrie par les vicissitudes de la vie, son veuvage et son statut.

— Renoncer au duché, c'est le prix à payer pour que le territoire ne soit pas morcelé, dit seulement Jeanne. Après tout, Jean de Montfort est mon neveu, son père était demi-frère du feu duc de Bretagne. Du sang breton coule aussi dans ses veines !

Pénélope laissa échapper une moue significative.

— Espérons que cela suffira...

Cette fois, Jeanne de Penthièvre sourit et posa sa main sur celle de Pénélope, rassurante.

— N'ayez crainte. Les négociations de paix entamées à Blain et à Redon me laissent penser que j'ai quelque chance de tirer mon épingle du jeu, reprit Mme de Penthièvre. J'ai des appuis puissants, le duc d'Anjou est mon gendre et c'est le frère du roi. Montfort ne s'en tirera pas comme cela. J'ai perdu la guerre, mais je ne perdrai pas tout ce qui est important pour moi.

Pénélope, furtivement, se demanda si elle faisait partie ou non de ce qui comptait pour elle. Aussitôt, elle s'admonesta intérieurement d'avoir de telles pensées à l'encontre de sa tutrice qui avait toujours été si bonne et attentive à son sort. Comme si elle avait deviné les pensées de Pénélope, Jeanne de Penthièvre l'entoura de ses bras et l'attira contre sa poitrine.

— Tout ira bien, ma douce, ne vous inquiétez surtout pas.

1. Jeanne de Penthièvre a 40 ans en 1364, ce qui, à cette époque, était un âge fort avancé (en 1740, date à laquelle on a commencé à avoir des données fiables sur l'espérance de vie, elle était en moyenne de 26 ans pour les femmes et 24 ans pour les hommes).

Mais, malgré son ton qui se voulait rassurant, Pénélope avait la vague impression qu'elle ne lui disait pas tout et que les clauses du traité allaient être déterminantes pour la suite de son existence.

Chapitre 10

Avril 1365

Emmitouflée dans une houppelande de brocart rendue nécessaire par les frimas d'un mois d'avril capricieux, Pénélope pénétra d'un pas lent dans la collégiale Saint-Aubin de Guérande. En défilant à travers les rues de la ville ceinturée de hautes murailles, elle avait compris pourquoi leur ennemi avait exigé d'y faire ratifier le traité scellant la fin de la guerre de Succession de Bretagne. Devenue l'une des places fortes des Montfort, maintes fois attaquée par les troupes de Charles de Blois, Guérande était située à quelques lieues seulement de la côte, entre l'estuaire de la Loire et celui de la Vilaine. C'était une bourgade prospère grâce aux revenus des baules[1] et des salines environnantes, mais qui présentait surtout des garanties non négligeables d'approvisionnement en poisson, puisque l'on se trouvait en pleine période de Carême.

1. Du breton « baol », élément du paysage des marais salants. Les baules désignaient les zones recouvertes par l'océan lors des grandes marées, dans la région de Guérande. On retrouve ce terme dans le nom de la station balnéaire La Baule.

Jeanne de Penthièvre et sa suite avaient été installées avec tout le luxe dû à leur rang, mais Pénélope se sentait malgré tout prisonnière entre les murs où on les avait confinées. La désagréable impression de ne pouvoir faire un pas sans être épiée et surveillée la poursuivait même la nuit. Les journées s'étaient étirées, mornes, sans autres visites que celles des ambassadeurs du roi de France ou du Pape, chez qui elles se rendaient constamment encadrées par des hommes en armes qui lui donnaient le sentiment d'être un condamné que l'on menait au gibet.Calquant son attitude sur celle de sa tutrice, Pénélope avait suivi Mme de Penthièvre avec patience. Résignée, celle-ci obéissait à toutes les consignes qu'on lui imposait sans broncher – ou du moins sans laisser paraître son désaccord. Pénélope savait cependant que cette soumission n'était que façade pour mieux négocier les termes du traité qu'elle s'apprêtait à signer.

Arrivée dans la nef richement décorée de statues et de peintures murales qui représentaient les scènes de la Passion, la comtesse de Penthièvre s'arrêta, et Pénélope, émue, étreignit son bras avec force avant de le lâcher, comme le souhaitait l'usage. Jeanne eut un regard reconnaissant en direction de sa pupille et prit place près de l'autel tandis que Pénélope s'asseyait dans le fauteuil qu'on lui désignait. Les mains nouées sur sa robe, le souffle court, Pénélope essaya de calmer son anxiété en s'attachant à observer l'assistance fort nombreuse. Les habitants du bourg se mêlaient aux membres des ambassades, mais les tenues devenaient de moins en moins chatoyantes et colorées au fur et à mesure que l'on se rapprochait de la porte d'entrée. Jeanne était silencieuse, le visage fermé et rendu encore plus pâle par le noir de ses vêtements de deuil et sa guimpe de veuve. De l'autre côté de l'autel, Jean de Montfort arborait un air triomphant qui n'étonnait personne. Vêtu richement d'une cotte jaune rebrodée de pierreries et bordée de fourrure de martre, il s'était posé dans son fauteuil avec nonchalance après avoir salué sa rivale plus bas que nécessaire. Pénélope serra les dents ; les Blois-Penthièvre étaient là non seulement en infériorité numérique, mais en vaincus.

Alors qu'elle observait les nobles et damoiseaux postés derrière le futur nouveau duc de Bretagne, son cœur manqua soudain un battement et un grand froid l'envahit. Au troisième rang, à l'opposé de l'endroit où elle se trouvait, elle venait de reconnaître la carrure d'athlète et le regard bleu glacier du bel inconnu qu'elle avait sauvé des loups.La poitrine de Pénélope se serra ; il était encore plus beau que dans son souvenir. Elle ne s'était pas trompée, il faisait bien partie de la suite de Jean de Montfort. Il devait même être un de ses proches, puisqu'il se trouvait comme elle dans les premiers rangs de l'assistance. Le sang lui monta à la tête. Elle ne devait pas le regarder ainsi, il était son ennemi, elle devait le détester ! Pénélope rabattit encore le voile de sa coiffe pour passer inaperçue, tout en étant vexée de constater que le jeune homme semblait trop accaparé par la scène qui se déroulait dans la collégiale pour faire attention à elle.

L'évêque venait de prendre place sur l'estrade devant l'autel avec toute la solennité requise par l'instant. Assisté de deux prélats et d'une quinzaine d'enfants de chœur qui agitaient des boules d'encens fumantes, il déplia un rouleau de parchemin qu'il posa sur la table de granit. Il prononça une prière et rendit grâce à Dieu avant de faire la lecture du traité, avec une lenteur destinée à insister sur chacun des termes.

— En l'an de grâce 1365, le douzième jour d'avril,

Jean, comte de Montfort et de Richmond, fils de Jean de Montfort et de Jeanne de Flandres, est reconnu duc de Bretagne avec le nom et les armes de Bretagne et de tout le duché. Jeanne de Bretagne, comtesse de Penthièvre, conserve en toute propriété les biens hérités de sa famille et recevra une rente viagère de trois mille livres, ainsi que des revenus fonciers de dix mille livres à la charge de Jean de Montfort. Une amnistie générale avec restitution des biens prélevés est prononcée, et toutes les sanctions et amendes seront levées pour toutes les personnes impliquées dans les deux parties. La succession de Bretagne ne viendra pas à femme tant qu'il y aura des héritiers mâles dans la lignée de Bretagne. En cas de mort sans héritier mâle, le duché reviendra au fils aîné de l'autre branche. Damoiselle Jeanne, sœur du fils de Charles de Blois, devra épouser son cousin de Bretagne. Jeanne de Penthièvre sera dispensée de l'hommage au duc et pourra porter le titre de duchesse toute sa vie. Par contre, ses enfants seront vassaux du duc, ils devront briser leurs armes et renoncer au titre princier accordé par courtoisie à leur mère…

Même si elle en connaissait les termes principaux, puisque Jeanne lui avait fait part des différentes tractations au fur et à mesure, Pénélope bouillonnait de rage en entendant ces mots. À ses yeux, les Blois-Penthièvre étaient tout bonnement humiliés par ce traité infamant ! Elle regardait sa tutrice et ne s'expliquait toujours pas le calme serein qu'elle affichait. Se pouvait-il qu'elle abdiquât à ce point devant la puissance de Jean de Montfort ? Certes, elle conservait ses biens, notamment son apanage de Penthièvre auquel elle tenait beaucoup, et ne devait rendre au nouveau duc que quelques places prises par Blois, mais elle acceptait en contrepartie que la succession passe aux Montfort… Décidément, Pénélope ne comprenait rien à la politique !

La lecture terminée, Jeanne de Penthièvre, très digne, se leva la première pour apposer sa signature sur le traité. Jean de Montfort l'imita, soudain grave lui aussi, comme s'il mesurait la responsabilité qui lui incombait désormais. Le traité fut ensuite juré sur l'autel de la collégiale, et l'évêque déclara qu'il serait ensuite adressé au roi Charles V pour être ratifié de sa main. On chanta un cantique, deux *alleluia*, puis le cortège se reforma pour quitter la collégiale Saint-Aubin.

La suite de Montfort, devenu Jean IV de Bretagne, sortit la première. La mort dans l'âme, Pénélope les regarda défiler, la tête haute, en grande pompe. Elle se cacha derrière une autre dame lorsque son bel inconnu passa à quelques mètres, sans pouvoir s'empêcher de l'observer à la dérobée avec un soupir de frustration.

Chapitre 11

En arrivant sur le pont qui enjambait les larges douves remplies d'eau verdâtre du château de Suscinio, Armel fit ralentir son cheval et admira la pierre d'ornement du massif d'entrée qui représentait une amazone encadrée par deux cerfs blancs aux bois magnifiques. La main gauche posée sur sa hanche, il conduisit sa monture de la droite dans la cour de la forteresse, toisant d'un air suffisant le palefrenier venu à sa rencontre. Armel mit pied à terre, rejeta en arrière son manteau et défit ses gants en levant la tête vers les hauteurs du logis.

Jean IV s'était installé avec sa maison dans la résidence ducale de Suscinio peu de temps après la ratification du traité de Guérande. Il en avait délogé Jeannne de Penthièvre avec une certaine délectation, forçant cette dernière à se réfugier dans son apanage, à Lamballe. Une grande effervescence régnait dans la forteresse, et Armel comprit que, devenu duc de Bretagne, Jean de Montfort n'avait pas perdu de temps pour mettre en place son administration, s'entourant de conseillers habiles et sur lesquels il pouvait compter.

L'intérieur du château n'était pas en reste : valets et servantes courraient en tous sens, les bras chargés, croisant des seigneurs et des dames au pas plus serein.

Armel salua celles et ceux qu'il trouvait sur son chemin, reconnaissant quelques *rogues* Anglais débarqués avec lui et Montfort. Force était de constater néanmoins que la proportion se réduisait au profit de Bretons du terroir que le nouveau duc de Bretagne ralliait peu à peu à sa cause.

Le roi de France avait ratifié le principe du traité en mai 1365, mais avait exigé du nouveau duc qu'il vînt faire son hommage au roi, afin de montrer sa soumission au royaume. Jean s'était exécuté de mauvaise grâce, déjà fâché d'avoir dû composer avec les exigences de Jeanne de Penthièvre, protégée par le roi. Il n'avait accepté de signer que sous pression du roi d'Angleterre. Comme Charles V, Édouard III voyait un avantage à imposer la paix en Bretagne, après avoir soutenu la guerre pendant des années pour servir ses propres intérêts.

Armel patienta dans une antichambre en admirant les lourdes tapisseries colorées disposées sur les murs pour les réchauffer et qui représentaient des scènes mythologiques. Lorsque le jeune homme fut introduit dans le cabinet du duc de Bretagne, il resta interdit un instant. Une quinzaine de personnes se trouvaient là, la plupart richement vêtues, réparties dans les embrasures des fenêtres creusées dans la muraille. Chaque petit groupe pépiait à qui mieux mieux, remplissant le cabinet d'un brouhaha inconsistant à la limite du supportable.Lorsqu'il vit son ami, Jean IV abandonna ses interlocuteurs pour se porter au-devant d'Armel. Celui-ci commença à s'incliner pour saluer le duc, mais Montfort l'arrêta d'un geste.

— Allons, Armel, ce n'est pas parce que je porte la couronne ducale que tu n'es plus comme mon frère, sermonna-t-il en lui ouvrant les bras pour une accolade fraternelle.

— Je te suis fort gré de t'en souvenir, Jean, murmura Armel en esquissant un sourire ému. À voir tout changer autour de toi, je craignais de ne pas reconnaître mon ami en arrivant ici… Très beau château, d'ailleurs.

— Le séjour y est agréable, admit le duc en guidant Armel vers le fond de la pièce. Je comprends pourquoi Blois aimait y résider… Prends cet escabeau et assieds-toi.

Ils étaient arrivés près d'une fenêtre plus petite creusée dans une encoignure et moins fréquentée que le reste de la salle. Comme pour respecter le cercle informel que le duc traçait ainsi autour de lui, les autres nobles s'étaient insensiblement écartés, tandis qu'un valet apportait promptement un fauteuil afin de permettre à Montfort de s'asseoir.

— Je suis content de te revoir, Armel, déclara le duc en se penchant à demi vers lui. Les choses sont allées très vite, depuis Auray, et je n'ai eu guère le loisir de ta compagnie.

Armel soutint le regard attentif de son ami. Il devait avouer que, depuis la fin de la guerre, leurs liens amicaux s'étaient quelque peu distendus.

— C'est que tu as désormais la charge d'une province en quasi-décrépitude et ruinée par des décennies d'affrontements, constata-t-il, fataliste. Il est normal que tu choisisses de t'entourer de conseillers, de financiers et de clercs. Moi, je suis un homme d'action, je n'ai pas ma place ici.

Montfort baissa la tête avec une sorte de lassitude, et Armel eut le sentiment que son ami se heurtait de plein fouet à des réalités dont il n'avait pas forcément mesuré toute l'ampleur.

— Tu sais, je regrette parfois moi aussi la complicité qui était la nôtre en Angleterre, avoua-t-il. Ici, je suis très entouré… mais je me sens aussi très seul.

Armel posa sa large main sur l'épaule de son compagnon d'armes.

— C'est la rançon du pouvoir, Jean. Tu voulais la couronne ducale, tu l'as et tu la mérites. Ce n'est pas le moment de faillir. Tu es un grand duc de Bretagne !

Jean releva la tête vers Armel, ému à son tour. Autour d'eux, les nobliaux et autres damoiseaux ne prêtaient guère attention à leur conversation.

— Si j'avais oublié pourquoi tu es mon meilleur ami, tu viens de me le rappeler, dit-il avec chaleur.

— Tu sais bien que tu peux compter sur moi, Jean. Demande-moi ce que tu veux, je le ferai sans discuter.

Montfort soupira.

— J'espère que tu ne m'en voudras pas de te prendre au mot, alors...

Armel se mit à rire, et ses paupières se fermèrent à demi.

— Voilà bien des mystères... Qu'as-tu donc à m'annoncer de si terrible ?

— Tu sais comme moi que le traité de Guérande n'est pour l'instant qu'un morceau de parchemin contresigné. Charles V et le roi d'Angleterre exigent que la réconciliation des Montfort et des Blois-Penthièvre soit assise par des mariages.

Armel leva un sourcil ; il s'attendait à beaucoup de choses en étant convoqué à Suscinio par son ami, mais pas à évoquer un mariage. Dubitatif, il posa son menton sur sa main et commença à frotter sa barbe machinalement. Jean s'était arrêté de parler, comme s'il hésitait.

— Continue, je t'écoute.

— Nous avons convenu avec Jeanne de Penthièvre de plusieurs alliances, reprit Jean IV après s'être éclairci la voix. Ces dernières serviront de garanties, tout en tissant des liens familiaux entre nos deux partis.

— Ne tourne donc pas tant autour du pot, j'ai

compris, gouailla soudain Armel en se renversant en arrière sur son escabeau. Je dois épouser une dame de l'entourage de Mme de Penthièvre, c'est cela ?

— Tu as deviné, fit Jean, soulagé et soudain plus prolixe. Tu ne seras pas le seul, de nombreuses tractations sont encore en cours. Je sais que tu ne comptais pas forcément te marier, mais je t'ai réservé un parti de choix, car tu es mon ami, presque mon frère… Qu'en penses-tu ?

Armel darda son regard bleu glacier dans celui de Jean et se pencha vers lui.

— Je t'ai dit que tu pouvais me demander n'importe quoi, répondit-il. J'ai voué ma vie à te servir, tu le sais, et tes impératifs sont les miens. Qui est la femme que tu me destines ?

— Elle s'appelle Pénélope de Porléach, elle est issue de la famille de Léon. Elle est richement dotée par Jeanne de Penthièvre qui en a fait sa pupille à la mort de ses parents. De mon côté, je te fais comte de Rosmadec et je te donne les terres de Châteaugiron[1], situées dans les Marches de Bretagne. Tu pourras établir ta lignée sur ce fief. Tu feras partie de mon conseil et tu bénéficieras de tous les avantages liés à ta fonction… En plus de ma reconnaissance et de mon amitié qui te restent bien évidemment acquises.

Armel dévisagea longuement son suzerain. Jean de Bretagne savait pertinemment qu'Armel n'avait aucun moyen de refuser sa demande, même si l'annonce

1. Historiquement, il y eut bien deux Armel de Châteaugiron au XIVe siècle. Ils descendaient de la lignée fondée en l'an 1008 par Anquetil, qui reçut du duc de Bretagne de l'époque ces terres situées près de Rennes. Leur destinée a été différente de celle du héros de cette histoire.

laissait entendre qu'il avait le choix. Le parti que lui destinait le duc était loin d'être le pire qu'on pût lui proposer, et Armel savait que son ami ne lui tendait aucun piège. Il n'avait aucune raison de refuser, d'autant plus qu'il avait vingt-huit ans et qu'il était grand temps pour lui de penser à transmettre son nom. Il gagnait en outre un comté et un fief sur lequel il pourrait asseoir sa descendance. Enfin, il n'était pas mécontent de l'humiliation qui était ainsi infligée aux vaincus, même s'il avait conscience de n'être lui aussi plus qu'un pion dans l'échiquier de la stratégie ducale. Avec un peu de chance, la femme qu'on lui destinait ne serait pas un laideron ou une créature chétive, et il comptait bien faire en sorte qu'elle lui donne de beaux enfants.

— Qu'attends-tu de moi, à présent ? demanda Armel avec emphase. Dois-je aller demander la main de l'heureuse élue ?

— Ce ne sera pas nécessaire, les pourparlers sont déjà bien engagés, répondit le duc en faisant signe à un des nobles postés non loin de là de s'approcher. Tu es attendu par Jeanne de Penthièvre et la demoiselle de Porléach à Lamballe pour officialiser les fiançailles et fixer la date du mariage.

Armel eut un léger mouvement de recul ; il avait bien eu raison de ne pas refuser. Manifestement, tout était déjà acté par le duc de Bretagne et Mme de Penthièvre.

— Fort bien, pas de palabres inutiles, dit-il seulement.

— Patry de Quanteil, que voici, t'accompagnera à Lamballe, ajouta Montfort en poussant devant lui l'homme qu'il avait appelé. Je le détache de ma maison pour le mettre à ton service.

— À mon service ? répéta Armel, abasourdi.

Il n'avait pas l'habitude d'avoir des seigneurs à sa solde. Celui-ci dénotait dans l'assemblée chatoyante de ses comparses par sa cotte hardie rouge sombre tombant sur des chausses noires. Il était sensiblement plus âgé que les autres et devait avoir dans les quarante ans. Son visage sévère était cependant adouci par un regard noisette où Armel lut beaucoup de prévenance. Jean sourit de nouveau face à la réaction de son ami.

— Tu auras sûrement besoin d'un bon chambellan pour t'aider à gérer ton nouveau fief, expliqua Montfort. Patry est un homme sûr, habile et compétent. Tu pourras t'appuyer sur lui sans crainte.

— Ma vie vous appartient, messire du Chastel, murmura Patry en inclinant légèrement la tête. Je suis honoré d'avoir à servir un homme aussi valeureux que vous !

Armel hocha la tête à son tour, ne sachant que penser. Il dévisagea Patry sans savoir que dire et, à court de paroles, se tourna vers Jean IV.

— Je suis coi devant tant de bonté, dit-il enfin tandis que le duc se levait, signifiant la fin de l'entretien. Je te remercie de tes attentions envers moi, Jean IV, tu peux être sûr de ma fidélité et de ma loyauté envers ta cause.

Jean prit Armel dans ses bras pour une accolade fraternelle. Encore abasourdi, Armel quitta le cabinet du duc, son nouveau chambellan sur les talons. En seulement une heure, sa vie venait de prendre un tournant et pas des moindres !

Chapitre 12

— Jamais !

Le cri était sorti tout seul de la gorge de Pénélope. Elle avait bondi de son escabelle comme un diable à ressort et se dressait face à sa tutrice, furieuse, le cœur battant. Elle retenait ses larmes, refusant de céder à la vague de désespoir qui montait, irrépressible.

— Jamais je ne consentirai à ce mariage ! reprit-elle d'une voix qu'elle aurait voulue plus assurée. Je préfère mourir, vous m'entendez ? Plutôt mourir que d'épouser le fils de Tanguy du Chastel !

Le nom honni fit céder le dernier barrage, et un flot salé déferla sur les joues de la jeune fille. Vaincue, elle ferma les yeux brièvement, plongea son visage dans ses mains et s'enfuit des appartements de Jeanne de Penthièvre en courant.

La lourde porte claqua à tel point que les ferronneries résonnèrent dans tout le château, mais Pénélope ne se retourna pas, poursuivant sa fuite jusqu'à sa chambre. Ivre de douleur, elle se jeta sur son lit, à plat ventre, noyant ses sanglots dans l'épais édredon qui le recouvrait.

C'était impensable, ce n'était tout simplement pas possible. Elle faisait un cauchemar, un horrible cauchemar et elle allait se réveiller pour constater que tout cela n'avait jamais existé. Pénélope ne voulait pas croire ce qu'elle avait entendu de la bouche de Mme de Penthièvre. Comment pouvait-elle lui demander d'épouser Armel du Chastel ? Le fils de l'assassin de ses parents, la personne qu'elle haïssait le plus au monde, encore plus que Jean de Montfort !

Dans la brume de son chagrin, Pénélope entendit sa porte s'ouvrir et le pas inégal de Mme de Penthièvre[1] se rapprocher d'elle. Butée, elle ne bougea pas, mais ralentit les reniflements de ses sanglots, vexée d'apparaître ainsi anéantie aux yeux de celle qu'elle adorait.

La comtesse s'assit sur le lit à ses côtés et, quelques secondes plus tard, sa main effleura lentement les cheveux blonds de Pénélope. Insensiblement, la caresse apaisa la jeune fille et, au bout d'un long moment, elle sortit du refuge de ses bras.

— Pourquoi, mais pourquoi ? balbutia-t-elle dans un sanglot, le visage ravagé.

— Vous ne m'avez pas laissé le temps de vous l'expliquer, ma fille, répondit Jeanne de Penthièvre avec douceur.

Pénélope fronça les sourcils, butée.

— Expliquer quoi ? Il n'y a rien à expliquer. C'est pire que d'épouser le diable en personne…

La vieille dame prit un air choqué et se signa rapidement.

— Ne blasphémez pas ! gronda-t-elle tout en sortant un carré de tissu de son aumônière. Tenez, mouchez-vous. Et écoutez-moi.

Mme de Penthièvre avait retrouvé son ton de duchesse, celui qui n'admettait pas de contradiction. Pénélope se redressa légèrement, essuya ses larmes avec le mouchoir,

1. Jeanne de Penthièvre était aussi surnommée la Boiteuse.

y retrouvant l'odeur de lilas de sa tutrice. Enfin, elle leva son regard clair vers celui de Jeanne de Penthièvre, à la fois compréhensif et déterminé. Elle sentit que sa lutte allait être inutile et qu'aucun argument ne trouverait grâce aux yeux de la duchesse.

Elle connaissait l'intransigeance de Jeanne, qui elle-même avait renoncé à sa couronne pour le bien de la Bretagne. Pénélope était redevenue une pièce dans l'échiquier complexe des alliances et des stratégies. Elle avait été élevée dans l'objectif de servir la cause des Blois-Penthièvre, comme les filles de Jeanne elles-mêmes, comme ses compagnes suivantes de la comtesse, comme toute jeune fille noble de l'aristocratie bretonne. Qu'avait-elle à dire si ce n'était se soumettre aux exigences de sa caste ?

— Tout de même, madame, n'y avait-il pas d'autre parti intéressant à me destiner que le fils du meurtrier de ma famille ? objecta Pénélope d'une voix faiblarde. L'entourage de Jean de Montfort ne doit pas manquer de seigneurs puissants à marier !

Malgré elle, le visage raffiné sous les cheveux sombres et emmêlés du jeune homme qu'elle avait sauvé des loups passa devant ses yeux. Pourquoi pensait-elle encore à lui ? Hormis sa brève apparition dans la collégiale de Guérande, elle ne l'avait plus jamais revu. Et pourtant, elle avait gardé une image très précise de sa carrure athlétique, de son regard bleu, de ses muscles puissants… jusqu'au velours de sa voix et l'arôme de sa bouche.

— Pénélope ! M'écoutez-vous ?

La jeune fille sursauta et rougit violemment, prise sur le fait. Mme de Penthièvre fronça les sourcils, visiblement contrariée.

— Excusez-moi, murmura-t-elle, contrite. Vous avez toute mon attention.

— Bien. Je n'ignore pas quel rôle a joué le père d'Armel du Chastel dans la mort de vos parents, reprit Jeanne de Penthièvre posément. Je vous reconnais le droit de haïr son nom et sa descendance… Moi aussi, j'ai d'excellentes raisons de détester Armel du Chastel. Vous ne le savez sans doute pas, mais c'est lui qui a frappé mortellement mon époux, à Auray.

Pénélope poussa un cri et ouvrit des yeux immenses.

— C'est pire que tout ! lâcha-t-elle enfin, horrifiée. Les du Chastel sont assassins de père en fils… Et c'est ce nom que vous voulez me voir porter ?

— Mesurez vos mots, ma fille, la tança Jeanne de Penthièvre avec dureté. Je vous rappelle qu'il s'agissait, dans un cas comme dans l'autre, de faits de guerre. Vous qui rêviez d'accompagner M. de Blois au combat, vous devez savoir que, sur le front, il n'y a pas de place pour les sentiments !

Pénélope dévisageait Jeanne en essayant de souscrire à son raisonnement et de se rallier aux raisons qui l'avaient amenée à un tel choix. Mais, elle avait beau réfléchir, elle ne comprenait pas.

— Comment pouvez-vous me demander pareille chose ? Qu'ai-je fait de mal pour mériter une telle punition ?

Jeanne de Penthièvre posa ses doigts sur le menton de sa pupille et releva son visage vers elle. Pénélope ne reconnaissait plus le regard de celle qui l'avait élevée. Il était froid, calculateur, dénué de toute tendresse.

— Pénélope, nous devons construire l'avenir, reprit la duchesse plus doucement. Pour cela, il ne faut pas regarder en arrière. Armel du Chastel est l'ami d'enfance du nouveau duc de Bretagne. Je ne fais absolument pas confiance à Jean IV et encore moins au roi d'Angleterre… En épousant Armel, vous serez amenée à côtoyer Montfort. Vous serez nécessairement au plus près du pouvoir. Vous pourrez ainsi, le cas échéant, me tenir au fait de choses susceptibles de m'intéresser, comprenez-vous ? Pénélope soupira et ferma les yeux douloureusement, laissant échapper une larme qui roula sur sa peau duveteuse.

— Oui, je comprends, dit-elle d'une voix monocorde.

Elle comprenait surtout qu'elle n'avait pas le choix. Son visage se ferma et son cœur se serra lorsqu'elle entrevit le regard satisfait de sa tutrice. Quelque chose se brisa en elle, peut-être ce qu'elle croyait être un amour indéfectible envers celle qui lui avait sauvé la vie et qui venait de la condamner au pire cauchemar qui puisse exister sur terre. Pénélope avait toujours considéré Jeanne de Penthièvre comme sa mère et lui vouait une adoration sans limites. À cet instant-là, elle avait le sentiment désagréable d'avoir été trahie.

Elle avait une étrangère en face d'elle.

Jeanne de Penthièvre posa de nouveau sa main sur ses cheveux blonds, et Pénélope frémit de tout son être sous la caresse. Brusquement, toute son enfance venait de lever le camp et s'enfuyait face à la perspective du mariage infâme auquel on la destinait. Lorsque la porte de sa chambre se referma, Pénélope s'abattit à nouveau sur la courtepointe de son lit. Cette fois, ses larmes avaient le goût terreux des cendres d'un passé disparu.

DEUXIÈME PARTIE

Chapitre 13

En faisant route vers Lamballe où il devait rencontrer sa future épouse, Armel mesura à quel point la guerre de Succession avait ruiné le duché. Les villages désertés, les champs laissés en jachère et même les châteaux abandonnés semblaient comme autant de symptômes de la grande pauvreté du pays breton. Traçant son chemin depuis Suscinio, le jeune homme avait d'abord traversé les forêts giboyeuses du Porhoët et du pays de Loudéac, avant d'arriver dans les vallées encaissées du Mené, à l'approche du Penthièvre.

Il arrêta son cheval à l'ombre d'un bosquet de châtaigniers et prit sa gourde, suspendue à la droite de sa selle. L'été était particulièrement torride, cette année ; le soleil grillait la végétation et asséchait rivières et ruisseaux. La canicule rendait encore plus difficile le travail des paysans que le jeune homme voyait dans les champs à faucher le foin. Armel renversa la tête en arrière et jeta une grande rasade d'eau dans le fond de sa gorge, avant de s'en arroser généreusement le visage.

— Quelle chaleur ! s'exclama-t-il. J'en viens presque à regretter l'Angleterre… Veux-tu de l'eau, messire Patry ?

Il s'était tourné vers son nouveau futur chambellan. Celui-ci secoua la tête négativement avec un demi-sourire.

— Merci, messire. J'ai ce qu'il me faut, dit-il en désignant sa propre gourde qu'il prit en main.

Amusé, Armel le regarda boire doucement, sans en perdre une goutte, comme s'il s'agissait du plus précieux des nectars. Quel curieux personnage que ce Patry de Quanteil ! Il n'arrivait pas à se faire une opinion sur lui. L'homme était plutôt discret, parfois obséquieux, toujours très prévenant envers lui. Très soigné et soigneux, peu bavard, il était visiblement très intelligent et rusé, voire calculateur. Armel n'avait pas d'a priori négatif à son égard, car il lui avait été recommandé par son ami Jean, mais instinctivement il ne pouvait s'empêcher d'être sur ses gardes. La guerre lui avait appris que l'ennemi pouvait se trouver n'importe où, y compris dans la tête de celui qu'on croyait être son plus fidèle ami. Armel se méfiait ainsi de tout et de tout le monde, et il lui fallait du temps pour accorder sa confiance à quiconque.

Patry ne semblait pas s'offusquer de la défiance de son nouveau maître. Depuis Suscinio, il chevauchait près de lui, le plus souvent en silence, mais sans jamais omettre de répondre aux questions d'Armel.

— Que sais-tu de plus sur la jeune fille que le duc me destine ? demanda-t-il lorsqu'il eut fini de boire. Jean m'a parlé de sa dot, mais je n'en sais guère plus.

— Vous voulez savoir si la damoiselle de Porléach est bien faite ? fit Patry d'une voix doucereuse.

Armel partit dans un rire sonore. Quanteil l'avait bien cerné, ma foi !

— Disons cela ainsi ! Je voudrais surtout savoir si elle pourra me donner de beaux héritiers.

— Pour ce que j'en sais, Mlle de Porléach est petite, blonde, au teint frais, décrivit Patry en ayant l'air de réfléchir. Plutôt jolie et bien pourvue par la nature pour enfanter.

— Dis donc, tu m'as l'air bien informé ! siffla Armel en frappant sa cuisse avec sa main.

— Monseigneur le duc a des yeux partout.

Cela, Armel le savait bien. Depuis qu'ils avaient quitté Suscinio, il avait constaté que les espions de Jean IV pullulaient : dans les villages, dans les bois, les champs et même dans les relais d'étapes.

— En tout cas, je suis fort aise de ne devoir voyager qu'en ta compagnie, s'exclama Armel en secouant les rênes pour faire repartir son cheval. Dans le cas contraire, il nous aurait fallu des semaines pour atteindre Lamballe !

Les enjeux et l'importance de son mariage avec la pupille de Jeanne de Penthièvre auraient en effet justifié l'envoi d'une délégation de prélats et de clercs pour accompagner le nouveau comte de Rosmadec.

— Monseigneur le duc vous fait suffisamment confiance pour vous laisser conclure le mariage avec la damoiselle de Porléach.

— Mouais, je ne suis pas si naïf, grogna Armel en se rembrunissant. Jean ne prend pas un si grand risque en m'envoyant seul puisque tout est déjà négocié. Une fois là-bas, je n'aurais pas d'autre choix que de signer le contrat de mariage et d'épouser la damoiselle qu'il m'a choisie, le tout sans discuter, bien sûr !

Patry dévisagea son compagnon de route un moment.

— Vous n'approuvez pas vraiment ce mariage qui vous est imposé, n'est-ce pas ? osa enfin le vieil homme.

— C'est surtout qu'il me soit imposé qui me dérange, répondit aussitôt Armel sombrement. Je n'ai cure d'épouser une damoiselle, c'est le moins que je puisse faire si je veux perpétuer mon nom… Mais de là à m'unir à la pupille de la comtesse de Penthièvre, j'ai l'impression de soudoyer l'ennemi !

— La guerre est finie, messire Armel, répliqua Patry.

— C'est bien dommage ! Moi, j'aime guerroyer. À te dire le vrai, ce mariage m'ennuie déjà.

Patry se retint de rire.

— Personne ne peut pourtant épouser mademoiselle de Porléach à votre place, messire…

Armel ne répondit pas tout de suite. Une idée venait de germer dans son esprit.

— Pourquoi pas ?

— Je vous demande pardon ?

Le jeune homme arrêta de nouveau son cheval. Patry l'imita en le dévisageant avec curiosité, manifestement avide de savoir ce que son nouveau maître avait à l'esprit.

— Personne ne nous connaît à la cour des Penthièvre, reprit Armel sur un ton de conspirateur. Que dirais-tu de prendre ma place pour la présentation officielle à la duchesse et à la damoiselle de Porléach ? Moi, je me fondrais dans l'assistance et, ainsi, je pourrais étudier à loisir et en toute discrétion ma fiancée. Qu'en penses-tu ?

Patry de Quanteil fronça les sourcils, manifestement désarçonné par l'idée d'Armel. Il réfléchit un instant avec une moue renfrognée qui en disait assez long sur ce qu'il en pensait.

— Je ne comprends pas trop ce que vous y gagnerez, dit-il enfin. Vous venez de dire vous-même que vous n'avez pas la possibilité de refuser ce mariage. Que va donc vous apporter cette mascarade ?

— J'ai envie de m'amuser, répondit Armel qui commençait à trouver agaçant de devoir se justifier.

Il ne pouvait tout de même pas lui dire que l'aspect physique de Patry de Quanteil augmentait le plaisir du jeu ! Son chambellan était en effet peu gâté par la nature : sa silhouette sèche et nerveuse accentuait l'air coupant de son visage aux arêtes acérées, et ses épaules voûtées donnaient l'impression qu'il était toujours en demande de quelque chose. Armel se délectait déjà des réactions de sa promise face à ce mari froid et malingre qu'on lui apportait.

— N'as-tu pas envie de devenir seigneur de Rosmadec pendant quelque temps ? reprit Armel pour tenter d'emporter l'adhésion de son compagnon.

— Je ne sais si je saurais, souffla Patry, à moitié convaincu. Pendant ce temps, vous prendriez donc ma place ?

Le sourire d'Armel s'élargit.

— Oh ! que voilà une riche idée !

— Vraiment ?

— Mais oui ! Je vais prendre ta place et en profiter pour mettre à l'épreuve ma promise, expliqua Armel, enthousiaste. Je lui ferai une cour éhontée jusqu'au jour du mariage. Si elle ne me cède pas avant la cérémonie, elle méritera bien que je l'épouse. Et, au moins, je ne m'ennuierai pas pendant le temps des fiançailles.

Un rire tordit la bouche de Patry.

— Vous êtes cynique, messire. Vous savez qu'aucune femme ne vous résiste…

Armel lui rendit son rire et lui tapa sur l'épaule.

— C'est bien cela qui va rendre la chose encore plus délicieuse. Ah ça, tu viens d'illuminer ma journée, Patry. Piquons des talons, j'ai désormais hâte d'arriver à Lamballe !

Le jeune homme joignit le geste à la parole et lança son cheval au galop sans se soucier de savoir si son chambellan le suivait. Armel passa le reste du voyage à imaginer la manière de procéder pour tromper tout son monde, la comtesse de Penthièvre y compris.

Chapitre 14

— Pour l'amour du ciel, ne bougez donc pas tant, damoiselle !

Pénélope soupira et leva les yeux au ciel à l'injonction courroucée de la couturière. Cela faisait au moins la dixième fois que celle-ci la rappelait à l'ordre, mais Pénélope n'en avait cure. Juchée sur une estrade de trois pieds, la future fiancée n'en pouvait plus de rester immobile afin que les petites mains puissent surfiler l'ourlet de sa robe.

— Cela sera-t-il encore long ? demanda-t-elle en se tournant vers la modiste. L'heure avance et l'on va bientôt venir me chercher.

— Nous avons encore la coiffe à poser, damoiselle, répondit la vieille femme d'un air revêche. Voyez donc comme vous êtes ravissante !

Elle lui tendit un miroir avec insistance. Pénélope baissa les paupières et serra les dents. Depuis le début des essayages, elle s'était totalement désintéressée des toilettes qu'on lui enfilait, au même titre que ce mariage auquel elle ne consentait toujours point. Elle s'était soumise de mauvaise grâce aux ordres de sa tutrice, puisqu'elle n'avait pas le choix. Mais, pendant qu'on la préparait et l'apprêtait comme une confiserie de Pâques, elle réfléchissait aux manières les plus sûres d'échapper à sa triste destinée. Son imagination romanesque lui faisait échafauder mille plans tous plus rocambolesques les uns que les autres mais, à chaque fois, elle se heurtait à la dure réalité de la surveillance étroite que les gens de la comtesse exerçaient sur elle. Pénélope s'était peu à peu résignée et s'était enfermée dans un mutisme borné auquel tout le monde avait fini par s'accoutumer.Aujourd'hui encore, elle refusait de se regarder dans le miroir et se soumettait aux demandes des servantes de mauvaise grâce. C'était pourtant le grand jour, celui où son futur époux allait lui être présenté. Jeanne de Penthièvre lui avait en effet annoncé, la veille, qu'Armel du Chastel était arrivé à Lamballe, accompagné de son chambellan. Conformément à l'usage, il avait sollicité une audience pour être présenté à la duchesse et demander officiellement la main de Pénélope de Porléach.

La couturière en chef termina de nouer en deux tours la magnifique ceinture de soie garnie de pièces d'orfèvreries et de pierreries, à laquelle elle accrocha une aumônière de cendal doré dans laquelle Pénélope aurait à disposition un mouchoir, des épingles pour ses cheveux et un couteau pour manger.

— Qu'on me donne aussi l'étui contenant ma dague, exigea la jeune fille en désignant l'arme posée sur une console avec la robe qu'elle portait avant l'habillage.

— Damoiselle, vous n'aurez pas besoin de…

— Donnez-moi ma dague !

Pénélope avait haussé le ton, glaçant l'atmosphère de la pièce grouillante de servantes et de couseuses, les unes supervisées par la première femme de chambre, les autres par la couturière. Cédant à l'injonction, cette dernière prit l'étui de cuir ouvragé et l'attacha à la ceinture, du côté opposé à l'aumônière. Pénélope soupira, excédée. Pourvu que cette mascarade se termine vite !

Mme de Penthièvre fut annoncée et entra ; toutes les femmes s'interrompirent en saluant avec déférence, avant de reprendre leur travail en pépiant. Jeanne s'approcha de sa pupille et lui prit les mains.

— Tu es magnifique, ma fille ! s'exclama-t-elle avec une chaleur que Pénélope trouva surfaite.

— La damoiselle ne daigne même pas donner un coup d'œil dans le miroir ! déplora la couturière en apportant la coiffe. C'est pitié de travailler avec une fiancée aussi rétive. Descendez et asseyez-vous ici, damoiselle, que le coiffeur fasse son office.

Pénélope toisa la vieille avec hauteur, insensible à ses critiques. Il était même fort inconvenant de sa part d'oser émettre des remarques sur son comportement. Elle consentit enfin à descendre de son piédestal et prit place dans le fauteuil que la couturière lui désignait. Le coiffeur prit un cercle d'or serti d'émeraudes et de jades, pour rappeler les yeux de Pénélope. Avant l'habillage, il avait déjà rassemblé sa magnifique chevelure blonde en un chignon complexe. Son aide y posa un carré de soie très fine, puis le coiffeur y positionna la couronne qu'il fixa avec des épingles. Il ajusta une boucle, recula d'un pas, rectifia encore.

Son attitude arracha un rire à la jeune fille ; il ressemblait à un peintre ou à un sculpteur apportant la touche finale à son œuvre.

— Seigneur, vous avez réussi à la faire rire ! s'exclama Jeanne. Si vous pouviez garder cette belle humeur pour la présentation, cela serait parfait… Elle plaira ainsi à son futur époux.

— Quel est l'intérêt de plaire à mon futur mari,

puisque tout est déjà scellé ? répondit sèchement Pénélope, tandis que le coiffeur terminait.

Jeanne soupira avec lassitude, et la jeune fille savoura cette petite victoire. Sa tutrice lui tendit la main et la fit se lever de son siège. Au lieu de s'en aller, elle se planta devant elle, le regard soudain sévère. Son visage était si proche qu'il touchait presque le sien.

— Pénélope, écoutez-moi bien, commença-t-elle à voix basse. Je sais que vous désapprouvez cette union et que vous avez toutes les raisons du monde de haïr celui que vous allez épouser. Mais je vous jure sur la croix que, si vous faites quoi que ce soit pour faire échouer ce mariage, vous vous en repentirez votre vie durant.

Pénélope soutint le regard de Mme de Penthièvre avec une brusque envie de pleurer. Elle contint ses larmes au prix d'un douloureux effort, ferma les yeux, les rouvrit et hocha seulement la tête. Jeanne pinça les lèvres en un sourire qui ressemblait plutôt à un rictus. Elle rompit, puis lui présenta son bras pour rejoindre la salle où devait se dérouler la présentation. Pénélope posa sa main sur la manche de sa tutrice et la suivit, le cœur lourd.

La grande salle du château dont la cheminée monumentale arborait fièrement les armes des Blois-Penthièvre avait été magnifiquement décorée. Le bas des tapisseries en laine et en soie disparaissait sous d'énormes bouquets d'hortensias dont les nuances bleues et roses rehaussaient les tons plus sombres des lambris et des meubles en chêne foncé. Tous les nobles voisins étaient là avec leurs épouses, arborant leurs plus riches atours : surcots de soies précieuses aux couleurs vives, mantels légers bordés d'hermine et de martre, coiffes brodées de fils d'or et de pierreries. Pénélope nota avec intérêt que tout le décorum des réceptions ducales avait été installé, depuis le dais surplombant les fauteuils de velours rouge posés sur une estrade jusqu'aux blasons pavoisant les murs qui reprenaient les armes des pays bretons environnants.

Jeanne guida lentement Pénélope à travers la haie des spectateurs et la jeune fille sentait leurs regards curieux tomber sur elle avec insistance. Mme de Penthièvre l'invita à s'asseoir sur un des fauteuils puis, avec superbe et dans un grand effet de manche, fit un signe à son maître des cérémonies. Les hérauts portèrent leurs instruments à leur bouche et sonnèrent.

— Messire Armel du Chastel, comte de Rosmadec, seigneur de Châteaugiron demande à être reçu par Madame la duchesse !

— Qu'il entre et soit le bienvenu chez nous, répondit Jeanne d'une voix claire et pleine d'autorité.

Pénélope sentit son cœur s'accélérer en même temps qu'un grand froid l'envahit. Elle baissa la tête, refusant soudain de voir celui qui entrait. Elle s'obstina à fixer ses mains dont les doigts s'entortillaient sur sa magnifique robe. Elle avait envie de pleurer, de hurler et même de sortir sa dague pour tous les tuer. La haine prit possession d'elle aussi sûrement qu'une fièvre sournoise. Le pas irrégulier de l'homme s'approchait de l'estrade, et le silence s'était fait dans la salle, pesant, presque morbide. Était-on à un enterrement ou bien célébrait-on une demande en mariage ?

Pénélope entendit le nouvel arrivant plonger dans une révérence et en profita pour risquer un regard furtif sur son futur fiancé. Elle ne vit qu'un amas de tissu bleu sombre, une longue épée à l'étui parfaitement lustré et des cheveux noirs clairsemés. La silhouette était longiligne, nerveuse, sèche.

Jeanne de Penthièvre débita son discours d'accueil

convenu, et Pénélope baissa de nouveau la tête. Ses mains étaient si moites qu'elle avait l'impression d'inonder sa robe. L'homme parla à son tour, d'une voix chevrotante et mal assurée. Récitant les termes ampoulés dictés par l'usage, il formula la demande en mariage sans aucune chaleur. Mme de Penthièvre, sans surprise, y répondit positivement, avant de se tourner vers Pénélope.

— Voici votre fiancée, messire de Rosmadec, dit-elle avec emphase en prenant la main de sa pupille dans la sienne. Je la confie à vos bons soins pour que votre union scelle la réconciliation des Blois-Penthièvre et des Montfort !

Pénélope eut un mouvement de recul ; la main de Jeanne était froide comme celle d'un cadavre. Elle releva les yeux vers sa tutrice, aux abois.

— Ne me déçois pas, fit cette dernière entre ses dents. Sois digne du nom que tu portes.

Ces derniers mots piquèrent l'orgueil de la jeune fille. Elle prit une profonde inspiration et se leva. Jeanne la mena sur le devant de l'estrade, la fit descendre à sa suite pour rejoindre le fiancé. Obstinément, Pénélope regardait le bas de sa robe qui jetait des éclairs moirés sur l'assistance, jusqu'à ce que Mme de Penthièvre mette sa main dans celle, tendue vers elle, de son futur époux.

Alors, Pénélope leva lentement la tête vers l'homme qu'elle devait épouser. Son visage acéré avait un teint bistre, un air sec et cassant qui le rendait antipathique. Ses épaules voûtées donnaient l'impression qu'il était bossu. Elle se mordit les lèvres, puis se tourna de nouveau pour regarder devant elle, les yeux brillants.

Ne pas pleurer, surtout, ne pas pleurer. Ne pas lui offrir l'ultime victoire de son désespoir. Elle était une Porléach et elle serait digne de son nom.

Chapitre 15

Resté en retrait, presque à la porte de la grande salle de réception, Armel observait avec acuité Patry de Quanteil jouer son rôle de futur époux. Il fallait admettre qu'il relevait le défi avec brio. Dès leur arrivée à Lamballe, les deux hommes avaient échangé leurs vêtements, bijoux et même leurs montures afin de parfaire l'illusion. Il avait accompagné Patry pour rencontrer une première fois Mme de Penthièvre, afin de valider les termes du contrat de mariage et remettre à la duchesse des documents confiés par le duc de Bretagne.

Jeanne ne s'offusqua nullement de la présence du chambellan à toutes les tractations, elle-même étant assistée de moult clercs et conseillers. Armel obtint de la duchesse que le contrat définitif de mariage soit signé après la bénédiction nuptiale. Ainsi, il pourrait effectivement y apposer lui-même son paraphe. La date des épousailles fut fixée à la fin de l'automne, afin de laisser le nouveau comte de Rosmadec prendre possession de son domaine. Les choses s'étaient si bien passées que Patry avait pris confiance en lui. Il assumait les différentes obligations auxquelles il devait se soumettre sans regimber et même avec un plaisir évident qui amusait Armel.

Du fond de la salle, il attendait avec impatience que

la future épouse daignât relever la tête, qu'elle gardait obstinément baissée depuis leur entrée dans la pièce. Il voyait seulement qu'elle était ainsi que l'avait décrite Patry : silhouette menue, cheveux blonds, plutôt bien tournée. Il se félicita : la conquérir allait être facile !

Enfin, la duchesse alla chercher la demoiselle pour la mener jusqu'au chambellan, admirable dans son nouveau costume. Insensiblement, le corps d'Armel se pencha vers l'avant avec avidité. Il voulait voir son visage, il désirait savoir si Jeanne de Penthièvre s'était jouée de lui et si Patry avait menti. Son sourire mourut sur ses lèvres au moment où la jeune fille leva enfin la tête vers celui qu'elle croyait être son promis.

Aucun doute possible ! Il avait gardé un souvenir très précis de l'éclair têtu lancé par les yeux verts de la jouvencelle qui l'avait sauvé des loups. C'était elle, sans équivoque. Sa paysanne chasseresse était donc Pénélope de Porléach, sa future femme !

Médusé, Armel s'étonna de l'avoir reconnue aussi instantanément, comme si son souvenir ne l'avait jamais quitté. Il n'avait pourtant jamais repensé à elle depuis leur rencontre fortuite, mais la revoir ravivait des souvenirs enfouis au plus profond de lui.

Elle avait embelli ; ses traits s'étaient affirmés, ses manières étaient plus posées, sa tournure affermie. Seul son regard fier n'avait pas changé. Ni ses lèvres charnues et rosées dont il avait encore le goût en mémoire. À cette évocation, Armel tressaillit en sentant sa virilité s'éveiller dans ses chausses. Ce n'était pas le moment de folâtrer ! La cérémonie de présentation se terminait, et il allait devoir rejoindre Patry pour se retirer. Déjà, Pénélope regagnait sa place sur l'estrade, à côté de Jeanne de Penthièvre qui regardait l'assistance s'éparpiller.

En trois enjambées, Armel rejoignit Patry de Quanteil

qui s'apprêtait à prendre congé. Ce dernier s'inclina vers les deux femmes assises sur leur fauteuil, et Armel l'imita, en s'attardant ostensiblement en direction de Pénélope avec une certaine malice. Se souvenait-elle de lui ? Lorsque son regard croisa celui de Pénélope, il vit ses traits se décomposer et ses yeux s'ouvrir démesurément.

Il avait la réponse à sa question : elle aussi se souvenait très bien de lui. Tant mieux ! La perspective de la séduire n'en aurait que plus de saveur. Il esquissa un sourire, mais le protocole l'empêcha de voir sa réaction en retour, car ils devaient désormais quitter la salle.

Lorsqu'ils furent sortis du château de Lamballe, Patry interrogea Armel.

— Alors, messire, votre future épouse vous agrée-t-elle ?

— Assurément, mon cher Patry, assurément ! répondit le comte, radieux. Je me languis d'arriver au jour du mariage, pour te confesser la vérité.

— Êtes-vous bien sûr de vouloir échanger nos rôles jusqu'à l'automne ? questionna encore Quanteil, tandis qu'ils descendaient dans la cour du château. Vous devez avoir pourtant hâte de vous installer sur vos terres…

— Justement. Dans tous les cas, c'est à toi que reviendra la charge de gérer mon domaine, répondit Armel en posant sa main sur l'épaule de Patry. Que tu le fasses sous mes traits ou sous les tiens revient au même ! Et puis, maintenant que j'ai aperçu ma fiancée, j'ai encore plus envie de la voir céder à mes avances.

Un éclair cynique traversa le froid regard d'Armel.

— Je veux qu'elle se couvre de honte en trahissant l'homme qu'elle doit épouser ! reprit-il. Je veux voir la fière Pénélope de Porléach ramper devant moi en implorant ma pitié, en me suppliant de lui pardonner sa forfaiture. Mais je serai inflexible ! On ne trahit pas Armel du Chastel.

Son rire sardonique résonna tandis qu'ils enfourchaient leurs chevaux afin de regagner leurs quartiers, une maison cossue que Jeanne de Penthièvre avait mis à leur disposition.

Chapitre 16

Pénélope referma la porte de sa chambre avec une violence inouïe, puis elle s'y adossa en levant la tête vers le plafond aux poutres ouvragées de petites fleurs et de colombes peintes en blanc et bleu. Plaquées sur le vantail, ses mains se refermèrent lentement, faisant crisser les ongles sur le bois rêche. Un gémissement naquit dans sa gorge, puis enfla jusqu'à devenir un long râle qu'elle renonça à retenir. Elle était tellement furieuse qu'elle ne savait même plus si elle avait plus envie de pleurer ou de frapper quelque chose.

Ce fut cette dernière option qui l'emporta tout d'abord ; elle se rua sur le mur opposé à la porte en faisant claquer ses souliers sur le pavé inégal de la pièce. La froideur du mur de pierre la saisit, sans être suffisante à la calmer. Alors, elle commença à marteler le granit de ses poings fermés, jusqu'à ce que la douleur physique soit au moins aussi forte que celle de son cœur.

— Damoiselle, damoiselle ! Cessez donc de vous mutiler, Doux Jésus !

La voix épouvantée de sa gouvernante l'atteignit à peine et n'interrompit pas les coups assénés. Avec patience et douceur, Françoise l'entoura de ses bras et l'entraîna avec fermeté jusqu'au fauteuil damassé posé près du lit. Elle la fit s'asseoir, puis approcha une chaise afin d'y poser son volumineux séant.

Choisie pour être la nourrice de Pénélope à cause de sa poitrine généreuse, Françoise pouvait se targuer de ne l'avoir jamais quittée depuis dix-huit ans. Grâce à elle, la dernière des Porléach avait survécu à l'incendie du château d'Hervé VII de Léon. Malgré sa taille gironde et son air gaillard qui ne la faisait pas passer inaperçue, Françoise avait mobilisé tout son courage pour sauver la petite fille du massacre de sa famille. Elle avait longtemps couru à travers la forêt, jusqu'à trouver refuge dans le manoir du seigneur voisin. Là, elle avait décidé de gagner la cour de Charles de Blois et Jeanne de Penthièvre afin de mettre l'enfançon sous la protection de la duchesse de Bretagne. Pénélope ne s'était jamais séparée de sa nourrice, dernier vestige du passé, et Françoise était devenue peu à peu gouvernante, femme de chambre et dame de compagnie. Sa présence auprès d'elle s'était renforcée depuis que Pénélope avait senti Jeanne s'éloigner d'elle après la mort de Blois.

— Sainte Vierge, regardez dans quel état vous avez mis vos mains ! se désola la servante en prenant les doigts ensanglantés de Pénélope dans les siens.

La jeune fille ne répondit guère, mais laissa ses phalanges dans celles, chaudes et moelleuses, de Françoise. Petit à petit, l'odeur de camomille de la nourrice l'enveloppa des parfums de son enfance au point de la faire abdiquer. Elle se jeta contre sa poitrine et, enfin, se mit à pleurer.

Françoise avait gardé cette habitude servile de ne pas chercher à en savoir davantage que ce que le seigneur voulait bien lui dire, mais la détresse de la jeune fille la fit dépasser sa retenue coutumière.

— Pénélope, ma fille, ne pleurez donc pas tant, vous allez vous gâter le teint, murmura-t-elle d'un air désolé.

— Oh ! Françoise, avez-vous vu le mari que l'on me destine ? Je suis désespérée.

— Oui, j'ai vu. J'imagine qu'il est loin de correspondre à ce que vous espériez…

— C'est peu de chose de le dire !

Elle avait jeté ces derniers mots avec un mélange de haine mêlée de déception et de rancune. Elle aurait voulu refuser de se résigner à ce mariage qu'on lui imposait, tout en sachant qu'elle n'avait aucun moyen de le faire sans se déshonorer et sans trahir Mme de Penthièvre. Même si cette dernière l'avait mise devant le fait accompli, elle ne pouvait envisager de lui être déloyale. Comme beaucoup de jeunes filles de sa condition, elle n'avait pas autorité à contester les alliances matrimoniales scellées entre familles.

— Cependant, il est titré, riche et hautement placé auprès de Jean IV de Bretagne, la raisonna Françoise. Vous ne pouvez pas tout avoir, damoiselle !

Pénélope ravala sa colère en entendant les paroles sages de sa nourrice. Elle avait en effet bien tort de se plaindre ! Mme de Penthièvre la mariait presque aussi bien que ses propres filles, alors qu'elle n'était que sa pupille.

— Je sais, Françoise. Mais c'est tellement difficile de… de renoncer à ses rêves !

Elle ne pouvait pas ignorer l'embrasement qui l'avait envahie lorsqu'elle avait identifié le visage du bel inconnu de la forêt de Suscinio. Il n'avait pas changé, et le temps avait même renforcé la virilité de ses traits. Pénélope ferma les yeux, et la silhouette puissante s'inscrivit à l'intérieur de ses paupières.

Comment pouvait-elle décemment expliquer à sa suivante qu'elle avait reconnu dans l'assistance l'homme qui faisait battre son cœur depuis tant de temps, précisément au moment où on lui présentait son futur mari ?

Devant son silence, Françoise entreprit de défaire sa toilette. Elle ôta d'abord le surcot, puis la robe de dessous et Pénélope se retrouva seulement vêtue de sa chemise en toile fine. Elle frissonna, malgré la chaleur estivale qui régnait au-dehors, tandis qu'une servante apportait une robe de dessous en fin lainage vert et un surcot de soie jaune fourré d'hermine. Pénélope secoua la tête pour évacuer l'image du jeune homme. Elle ne devait pas y penser, elle devait l'oublier, elle allait se marier sous peu ! Ce n'était pas convenable et, surtout, ce n'était pas digne d'une Porléach.

Soudain, une pensée traversa Pénélope comme une fulgurance : alors qu'elle quittait la salle de réception, tout à l'heure, elle avait vu l'inconnu s'adresser à son fiancé avec connivence. Sur le moment, elle n'y avait pas prêté attention, toute à sa surprise, mais l'image lui revenait à présent.

L'inconnu de Suscinio connaissait-il son promis ? Pénélope fouilla dans sa mémoire pour essayer de se remémorer la scène, mais elle n'arrivait pas à se souvenir d'autres détails lui auraient permis de savoir s'ils étaient familiers. Malgré tout, si l'homme faisait partie de la suite de son futur époux, elle allait sûrement être amenée à le revoir.Au lieu de la réjouir, cette pensée acheva de la miner. Si tel était le cas, son mariage promettait d'être un supplice quotidien !

Chapitre 17

Armel attrapa une pomme dans le panier d'une marchande qui se trouvait sur son passage et lui lança une pièce avec un large sourire. Il déambulait dans les étroites ruelles de Lamballe depuis le matin et appréciait de se sentir libre de ses mouvements. Il découvrait un autre avantage à son accoutrement d'officier du comte : celui de ne pas être tenu aux représentations et autres réceptions qui l'ennuyaient. Patry s'en chargeait à merveille et avec beaucoup d'application. Quelle riche idée d'échanger leurs rôles !

D'ici quelques jours, ils partiraient pour Châteaugiron, le temps de préparer les malles de Pénélope et de sa suite. Il avait été convenu que Jeanne de Penthièvre accompagnerait sa pupille sur les terres des Marches de Bretagne que le duc avait offertes à Armel. Elle y demeurerait le temps des fiançailles jusqu'à la célébration du mariage. Un important convoi se préparait donc, composé essentiellement de femmes, mais aussi d'une escorte armée assez impressionnante, de quintaux de nourriture et d'une quantité de coffres et de garde-robes qui semblait inépuisable.

— Le voyage aller a été rapide, mais nous allons

mettre des semaines pour gagner Châteaugiron avec cet équipage, marmonna le jeune homme pour lui-même.

Il pénétra dans le jardin du château, aménagé au-delà des douves, mais protégé du reste de la ville par d'épaisses murailles. Là, le tumulte de la rue s'atténuait un peu, et Armel apprécia ce calme relatif. Il avança, jetant les yeux çà et là, lorsqu'une voix de femme parvint jusqu'à lui. Tout en coupant des roses qu'elle disposait dans un petit panier qu'elle portait au bras, elle chantonnait en breton un air qui ressemblait à une berceuse. Charmé, le jeune homme esquissa un sourire en ralentissant le pas. Il s'avança afin d'apercevoir la chanteuse et se cacha aussitôt derrière un buis : c'était Pénélope.

Il cherchait à la rencontrer seule depuis le jour de la présentation et avait désespéré pouvoir y parvenir. Elle était toujours soit chaperonnée par une ou plusieurs dames, soit introuvable, sans doute cloîtrée dans le château par la duchesse. La Providence était donc aujourd'hui de son côté ! Sa voix pure avait quelque chose de cristallin qui emporta Armel dans ses pensées. Même s'il ne comprenait pas un traître mot de ce qu'elle disait, il était happé par cette mélodie un peu mélancolique et pleine de douceur. Cela contrastait fortement avec le souvenir de la chasseresse qu'il avait conservé de leur première rencontre.

— Oh !

Armel sursauta et rouvrit les yeux lorsque le chant s'interrompit sur le cri de Pénélope. Elle avait porté la main à sa gorge enveloppée dans une cotte hardie de cendal bleu ciel et le regardait de ses grands yeux verts. Armel fut presque fâché de ne lire que de l'étonnement là où il aurait aimé voir de l'effroi et de la gêne. Mais Pénélope ne semblait pas faite de ce bois-là. Il se souvint de son rôle et plongea avec déférence dans un grand salut de cour, bien trop exagéré pour être sincère.

— Mes hommages, damoiselle. Je ne voulais point vous effrayer, veuillez me pardonner d'avoir perturbé votre retraite…

Pénélope reprenait sa respiration, et il s'émut de voir sa poitrine se soulever et s'abaisser avec régularité. La belle avait été fort bien pourvue par Dame Nature.

— N'ayez crainte, messire, vous ne m'avez pas fait peur, j'ai simplement été surprise, répondit-elle avec un petit hochement de tête dans sa direction.

Elle affecta de reprendre son chemin afin de lui signifier qu'elle ne souhaitait pas poursuivre la conversation. C'était d'ailleurs tout à fait compréhensible, car une demoiselle ne pouvait décemment converser seule avec un homme sans être accompagnée. A fortiori lorsqu'elle était tout juste fiancée ! Armel savait tout cela, mais il ne comptait pas en rester là. Il voulait savoir dans quelles dispositions se trouvait Pénélope à son endroit.

— J'ai pu constater en effet qu'il vous en fallait bien plus pour avoir peur, murmura-t-il d'une voix suave. Je ne sais pas vraiment si je vous préfère chantant au milieu des roses ou abattant un loup en pleine forêt.

Il vit Pénélope pâlir. Elle avait compris qu'il se souvenait très bien d'elle. Elle baissa les yeux, les releva, désormais légèrement rougissante.

— Vous avez un avantage sur moi, messire, dit-elle enfin d'un ton détaché.

— Lequel ?

— Vous savez qui je suis. En revanche, j'ignore toujours à qui j'ai autrefois sauvé la vie.

Armel eut un rictus carnassier. Si Pénélope souhaitait savoir qui il était, il ne lui était donc pas indifférent.

— Je suis Patry de Quanteil. Monseigneur le

duc de Bretagne m'a placé au service de Messire Armel du Chastel, dont je suis le chambellan.

Il se délecta de sa réaction : ses yeux s'ouvrirent démesurément tandis que son visage se décomposait. C'était à son tour de lui décocher la dernière flèche.

— Je suis ravi et vraiment charmé que nous soyons appelés à nous revoir, damoiselle, susurra-t-il en s'approchant d'elle plus qu'il n'était convenable. Je suis sûr que le goût de vos lèvres n'a pas changé depuis tout ce temps.

Sa bouche n'était qu'à quelques pouces des siennes, et son parfum frais et fleuri l'enivra. Cependant, à sa grande surprise, Pénélope se raidit et fit deux pas de côté pour lui échapper. Son visage était soudain froid, dur, impénétrable.

— Vous êtes bien placé, messire de Quanteil, pour savoir que je suis promise à votre maître, rappela-t-elle d'un air sévère. Je vous saurai gré d'oublier ce qui s'est passé dans la forêt et de me témoigner le respect qui sied à la future comtesse de Rosmadec !

Sur ces mots, elle tourna les talons et s'enfuit lestement, bien trop vite pour qu'Armel ne devine pas qu'elle voulait échapper à son emprise. Elle serait sienne, bientôt, il en était sûr. Mais, pour le moment, il n'avait pas l'impression d'avoir l'avantage et cela l'agaçait au plus haut point. Il ramassa l'une des roses que la jeune fille avait laissées tomber de son panier dans sa fuite et la porta à ses narines en fermant les yeux.

Pénélope n'était pas une fleur fragile, mais plutôt une plante robuste et résistante. La cueillir n'en serait que plus savoureux.

Chapitre 18

Dans le chariot qu'on avait préparé à son intention, Pénélope somnolait sur la banquette inconfortable malgré les nombreux coussins et les édredons empilés autour d'elle. Depuis deux jours, elle avait pris la route pour rejoindre Châteaugiron, le fief de son futur époux, où seraient célébrées leurs noces. À son visage fermé et terreux, on aurait pu penser qu'elle se rendait à des funérailles. En vérité, Pénélope n'avait nulle envie de se rendre dans les Marches de Bretagne.

Malgré l'immense convoi qui l'emmenait, elle se sentait seule, désespérément seule et abandonnée. Elle avait l'impression d'être envoyée au gibet. Même la présence de Mme de Penthièvre à ses côtés ne pouvait la rassurer.

Quelque chose s'était brisé entre elles depuis que la duchesse avait imposé ce mariage. Si encore Jeanne l'avait accompagnée pour partager ce moment de bonheur avec elle, comme l'aurait fait une mère pour son enfant ! Mais le voyage de la duchesse de Bretagne déchue n'était que pur intérêt ; elle agissait ainsi qu'il se devait dans ce type de mariage de haut lignage. Elle tenait surtout à être présente pour s'assurer que tout se déroule en observant les règles afin que l'alliance ne soit pas entachée de nullité. Son mariage était une des clauses du traité de Guérande, dont dépendait la paix du duché.

Petite fille, puis jeune femme, Pénélope s'était entièrement vouée à Jeanne, pensant être quelqu'un d'exceptionnel à ses yeux. Quelle naïve elle avait été ! Pénélope avait compris, un peu trop tard, que Jeanne de Penthièvre n'avait et n'aurait jamais que la Bretagne dans le cœur.

Depuis le départ de Lamballe, les vallons encaissés de Penthièvre cédaient leur place aux majestueuses forêts peuplées de châtaigniers, de chênes et de houx. L'équipage avait fait étape chez des seigneurs blésistes, ravis d'offrir l'hospitalité à la veuve de leur champion, tout en étant agréable au nouveau duc de Bretagne. Selon l'usage féodal, tout seigneur se devait en effet d'offrir le gîte et le couvert à tout noble qui se présentait chez lui, quelles que soient l'heure et la saison, sans en être avisé au préalable. C'était encore plus vrai lorsqu'il s'agissait d'un suzerain ; cela faisait partie de ses privilèges, en contrepartie desquels celui-ci assurait la protection des vassaux.

— Nous avons quitté le territoire des Penthièvre, annonça bientôt Jeanne en regardant dehors. Fort heureusement, il nous reste moins d'une journée de voyage, nous n'aurons pas à loger ce soir chez un vassal de Montfort.

Pénélope observa sa tutrice avec lassitude. C'était donc là tout ce qui inquiétait Mme de Penthièvre ? La jeune fille, désabusée, s'absorba silencieusement dans la contemplation du paysage. Les moissons battaient leur plein et les champs étaient investis par des paysans de tous âges ; les hommes maniaient la faux, les femmes et les enfants rassemblaient les épis en bottes et les érigeaient par cinq ou six afin de les laisser sécher au soleil. Dans le champ voisin, d'autres groupes piquaient les fétus au bout d'une fourche pour les ranger dans une charrette menée par un âne ou un cheval que guidait un enfant armé d'un bâton.

— Les Marches de Bretagne me semblent bien différentes de ce que j'ai pu connaître jusqu'à présent, murmura-t-elle. Je crois que c'est surtout la mer qui va me manquer…

Elle sentait ses paupières frangées de larmes et sa poitrine oppressée par un sanglot qu'elle ne consentait pas à expirer. Elle ne voulait pas pleurer devant Mme de Penthièvre, surtout pas. Elle n'avait que faire de sa pitié et savait désormais que sa détresse ne suscitait aucune empathie chez sa tutrice. Sur la banquette raide de la carriole, des doigts serrèrent discrètement les siens. Pénélope tourna la tête vers Françoise, son infatigable gouvernante, qui esquissa un sourire rassurant pour l'apaiser.

Soudain, un cavalier s'arrêta devant la portière de la voiture, et Pénélope se raidit insensiblement. Le chambellan de son époux fit ralentir son cheval pour trotter à leur hauteur et il retira son couvre-chef pour saluer l'équipage.

— Mes hommages, madame la duchesse. Mes hommages, damoiselle de Porléach, dit-il avec une emphase trop gouailleuse pour n'être pas ironique. Faites-vous bon voyage ?

— Oui, merci, messire, répondit Mme de Penthièvre. Mais nous sommes heureuses que le trajet touche à sa fin.

Pénélope acquiesça sans lever les yeux vers lui, de peur que son embarras et sa confusion ne se lisent sur son visage. Depuis leur dernier entretien dans le jardin de Lamballe, elle évitait soigneusement de le croiser, mais il semblait prendre un malin plaisir à tenter de contourner sa défense. Il agissait finement pour qu'ils ne soient jamais seul à seule et que la bienséance soit respectée, mais il s'arrangeait toujours pour être là lorsqu'elle aussi s'y trouvait. Pénélope aurait juré qu'il se délectait de son trouble.

— Si vous voulez bien vous donner la peine de vous pencher par la portière, vous apercevrez le château de Châteaugiron au loin. Voyez comme il se détache sur le ciel, vers l'est. Nous y serons avant la nuit…

Pénélope se mordit la lèvre inférieure ; elle brûlait de regarder par la fenêtre, mais elle se refusait à obéir à l'ordre du chambellan. Elle savait que ce dernier la guettait discrètement tandis qu'elle fixait obstinément les plis que faisait sa robe de soie sur ses genoux serrés.

— Ne voulez-vous pas voir votre future demeure, Pénélope ? fit Jeanne en se penchant vers elle d'un air encourageant.

Les prunelles de la jeune fille s'obscurcirent, et elle décocha un regard furibond à sa tutrice. Butée, elle secoua la tête.

— J'aurais amplement le temps de le découvrir une fois que nous serons arrivées, puisque, comme vous le soulignez, cela sera ma future demeure, rétorqua-t-elle froidement.

La duchesse eut un léger mouvement de recul, mais n'insista pas face au visage fermé de Pénélope. La jeune fille se renfonça dans son siège, et, pour couper court à toute conversation, feignit de s'intéresser à ses mains posées sur sa jupe.

Entre ses cils, elle aperçut l'air amusé du chambellan qui piqua des talons pour guider son cheval vers l'avant du convoi. Il ne fit aucun commentaire, mais son rire en disait assez long sur sa pensée. Sa présence la rendait terriblement nerveuse, et elle s'en voulait d'être à ce point touchée par le moindre de ses gestes.

Dès qu'il eut disparu, elle tourna la tête vers l'ouverture de la porte pour tenter d'apercevoir la silhouette du château, mais de hauts peupliers masquaient désormais l'horizon. Elle fut dépitée ; s'était-elle condamnée elle-même à devoir attendre jusqu'au soir pour satisfaire sa curiosité ?

Il fallut un petit moment avant que le convoi bringuebalant dépasse le bosquet d'arbres et que le champ de vision depuis la voiture se dégage enfin. Tout en ayant l'air de ne pas s'intéresser à ce qu'elle voyait, Pénélope se pencha vers la portière et chercha le château du regard. Elle mit quelques minutes à distinguer le toit pointu d'un donjon plutôt massif, isolé des autres bâtiments qu'il côtoyait. Au fur et à mesure qu'ils approchaient, Pénélope essayait d'appréhender la configuration des lieux. Alors qu'elle se voulait indifférente à ce qui l'attendait, elle se découvrait curieuse d'en apprendre davantage sur l'histoire de sa future demeure.

Étrangement, le donjon ne semblait pas avoir été construit sur le point le plus haut du territoire, comme il était d'usage pour un château fort. Ce qui dominait, c'était un grand bâtiment conventuel, sans doute un prieuré, qui s'étalait horizontalement comme pour répondre à la verticalité du donjon qu'il surplombait. Quel choix stratégique avait donc guidé l'édification de cette forteresse presque en contrebas de la colline ? L'édifice seigneurial était flanqué de cinq autres tours, plus petites et trapues, reliées entre elles par un logis aux fenêtres étroites et une chapelle surmontée d'un clocheton noir.

— Cela ne semble pas être un très grand domaine, murmura Pénélope en soupirant profondément. Même la plus simple de vos demeures était plus vaste que ce château lugubre.

La déception de Pénélope allait en empirant au fur et à mesure qu'elle approchait de la vie qui l'attendait.

— Les fastes de la cour ducale ne sont désormais plus de mise chez moi non plus, coupa Jeanne de Penthièvre d'une voix blanche. Montfort m'a même repris les châteaux de Nantes et de Suscinio… Je vous offre un mariage presque princier. De quoi vous plaignez-vous ?

La jeune fille darda son regard dans celui de la duchesse et elle releva le menton. Un long silence flotta dans l'habitacle, seulement troublé par les bruits de la voiture sur les cahots de la route.

— De rien, madame, dit-elle enfin. Je ne me plains de rien. Mais ne me demandez pas de vous être reconnaissante.

Pénélope eut la satisfaction de voir un voile passer sur le visage fermé de Mme de Penthièvre.

Chapitre 19

Juché sur son cheval, Armel rejoignit la tête du convoi où chevauchait Patry. Durant le court voyage, ils n'avaient rencontré aucune difficulté à se faire passer l'un pour l'autre, puisque personne ne les connaissait avant leur arrivée en ces contrées et qu'Armel avait vécu la quasi-totalité de sa vie en Angleterre. Armel appréciait d'observer les événements sous son nouveau costume, même s'il devinait que sa relative tranquillité s'achèverait bientôt. L'arrivée sur le fief allait lui demander beaucoup d'investissement, et il ne connaissait rien à l'administration d'un domaine. Lui, il savait avant tout guerroyer, défendre son honneur et celui de son souverain. Heureusement, le mariage était prévu dans quelques semaines ; à ce moment-là, les masques tomberaient et chacun reprendrait son identité.

D'ici là, il aurait fort à faire pour loger la comtesse de Penthièvre et sa nombreuse suite, mais aussi pour séduire Pénélope de Porléach. La froideur que sa fiancée affichait attisait en lui un désir grandissant de la voir tomber. Il devinait que cette indifférence n'était que feinte.

— Alors, messire, que vous inspire cette première vision de Châteaugiron ? s'exclama Patry lorsque Armel fut parvenu à sa hauteur. Ne trouvez-vous pas que le duc de Bretagne a été fort généreux avec vous ?

Armel regarda autour de lui pour vérifier qu'aucune oreille ne risquait de surprendre leur conversation, mais les gardes qui les suivaient à quelques toises portaient une armure qui devait empêcher toute audition normale.

— L'endroit est plaisant, répondit le jeune homme. J'espère que la demoiselle de Porléach s'y sentira bien également...

— Je n'ai aucun doute sur le fait que vous saurez vous y prendre pour lui rendre le séjour agréable.

La voix de Patry semblait légèrement ironique, comme cela arrivait souvent, mais Armel ne savait pas si cela était volontaire ou bien si c'était simplement sa manière naturelle de s'exprimer. Le jeune homme eut un rictus, mais il ne répondit pas, se contentant d'observer le château duquel le convoi se rapprochait.

Ils arrivaient par le bas du bourg, en longeant une petite rivière qui serpentait entre les bosquets et les champs où paissaient des vaches et quelques moutons paisibles. Le donjon se dressait face à eux, isolé du reste du château. Vu d'en bas, il lui paraissait beaucoup plus impressionnant. Sa base faisait plusieurs dizaines de pieds de tour et le cylindre se rétrécissait jusqu'au sommet, coiffé d'une toiture recouverte d'ardoises gris sombre. Les meurtrières laissaient échapper des pigeons qui se mêlaient aux corneilles dont les croassements sinistres déchiraient le ciel.

Le jour tombait, lentement. Il était grand temps d'arriver. Le début du convoi contourna la forteresse entourée d'une profonde douve, puis remonta en arc de cercle jusqu'au châtelet d'entrée où le pont-levis était déjà baissé. Patry et Armel s'engouffrèrent dans la cour et s'arrêtèrent. À main gauche, une tour massive presque aussi large que le donjon, mais moins haute, semblait veiller sur la chapelle. Au fond, face à eux, le logis prenait tout l'espace, jusqu'à la deuxième tour, plus petite, reliée à une troisième à main droite. Un court bâtiment la reliait ensuite à la dernière tour, qui faisait écho au donjon tout à fait à leur droite. L'ensemble formait un édifice assez trapu, mais qui ne manquait pas de caractère. Armel ne parvenait cependant pas à masquer son dépit. Tout cela manquait de panache et de confort.

— Ne soyez pas déçu, messire, intervint Patry en voyant sa moue significative. Le château nécessite quelques travaux, mais le domaine est vaste et fécond. Monsieur le duc ne s'est pas joué de vous en vous offrant ce fief.

— L'emplacement est bien curieux, remarqua Armel. D'ordinaire, on construit les donjons sur un point culminant…

— Cela est vrai. Le château a été bâti en 1008 par un chevalier normand, qui a d'abord édifié la motte castrale à cet endroit, au méandre de cette rivière qu'on appelle l'Yaigne. Ce n'est certes pas le point le plus haut des environs mais, du donjon, on surplombe une des routes principales pour gagner Rennes. Nous sommes dans les Marches de Bretagne, la zone frontière entre le duché et le royaume de France.

— Ah, je comprends mieux ! Le donjon servait surtout à surveiller cette voie d'accès stratégique, traduisit Armel en se retournant légèrement. Voici la voiture des dames qui arrive, c'est à toi qu'il revient de les accueillir, en tant que seigneur du lieu ! Quant à moi, je redeviens subalterne.

Patry fit un signe de tête entendu et descendit de cheval, imité par Armel. Aussitôt, le jeune homme vit son compagnon se redresser et arborer un visage hautain et très seigneurial. Que pensait-il à cet instant ? Ne devrait-il pas se méfier de cette aisance qu'il avait à se mouler dans le rôle de maître en un battement de cils ? L'arrivée de Mme de Penthièvre et de Pénélope arrêta le fil de ses pensées, et il profita de son poste d'observation pour ne rien manquer des réactions de sa fiancée.

Des palefreniers surgirent des communs pour prendre les rênes des chevaux et, en un instant, la cour fut noire de monde. Cette soudaine effervescence redonna un peu de vie au château endormi. Un serviteur ouvrit la portière, posa un billot de bois sous la porte et s'inclina très bas en tendant la main afin que les dames puissent s'y appuyer pour sortir. Françoise, la gouvernante de Pénélope, descendit en premier, puis la suivante de Mme de Penthièvre et la duchesse de Bretagne.

La dernière fut Pénélope qui sortit sans l'aide du laquais. Armel nota ce détail avec amusement. Ses manières contrastaient avec celles des dames qui l'accompagnaient ; elle n'était pas faite du même bois, c'était évident. Une fois descendue, elle releva la tête, dédaigneuse, et observa le lieu qui s'offrait à sa vue. Rien ne passait sur son visage fin, tant elle paraissait absente.

Patry vint s'incliner devant Mme de Penthièvre, puis devant Pénélope qui lui tendit une main résignée. Elle était pâle comme la mort, mais elle faisait face avec un courage qui forçait le respect.

— Madame, permettez-moi de vous accueillir au château de Châteaugiron, mon fief ! annonça Patry avec déférence et une certaine emphase qui déplut à Armel. Mes gens vont vous mener à vos appartements.

Pénélope se contenta d'acquiescer. Était-elle devenue muette ? Armel jugea qu'il était temps d'entrer en scène à son tour. Il s'inclina devant elle en gage de respect.

— Damoiselle, je suis votre obligé, dit-il. Si vous

voulez bien venir avec moi, je vous accompagnerai en ces murs.

Le visage de Pénélope s'anima en le voyant, mais elle prit visiblement sur elle de contenir son émotion. Armel lui présenta son bras, et elle posa sa main dessus sans l'ombre d'une hésitation. Il ordonna au serviteur qui le précédait de les guider jusqu'aux appartements des dames, tandis que Patry, en tant qu'hôte, proposait son bras à Jeanne de Penthièvre.

Armel trouvait le truchement plutôt agréable puisqu'il lui permettait d'amener sa future épouse dans le château au lieu d'y conduire Mme de Penthièvre s'il avait été à sa véritable place. À travers l'étoffe de son surcot, il sentait la main de Pénélope, plus chaude qu'il ne l'aurait pensé, presque moite. D'un regard en biais, il voyait sa poitrine se soulever de manière désordonnée, comme si elle manquait d'air. Il la devinait aux abois, presque effrayée, mais elle ne laissait rien transparaître et avançait, le regard fixé vers l'avant, déterminée.

Il aurait dû savourer par anticipation son triomphe prochain, celui d'avoir piétiné la fierté de Pénélope, de la voir suppliante, toute honte bue. Au lieu de cela, Armel se surprenait à penser qu'il devait être doux d'avoir une compagne comme elle.

Alors qu'ils pénétraient dans la grande salle de réception du château, il secoua la tête brusquement. Que lui arrivait-il donc ? Ces idées sentimentales ne lui ressemblaient guère.

Chapitre 20

Il fallut quelques jours pour que chacun et chacune prenne ses aises dans le château du nouveau seigneur de Rosmadec. Les serviteurs firent diligence pour l'aménager en logis confortable et chaleureux. Ils tendirent d'immenses tapisseries qui représentaient des scènes chevaleresques sur les murs pour réchauffer les pièces, déroulèrent des tapis de Flandres sur les sols, disposèrent quantité de courtepointes, de fourrures et de coussins matelassés sur les fauteuils. Comme tous les seigneurs, Mme de Penthièvre voyageait avec sa maison qui comprenait non seulement ses gens, depuis la première femme de chambre jusqu'au dernier mitron, mais aussi une grande partie de ses meubles. En un tournemain, les coffres furent transformés en banquettes recouvertes de peaux, les garde-robes dépliées habillèrent les murs des chambres et des buffets garnis de services à vaisselle furent installés dans les pièces de vie.Pénélope était habituée depuis son plus jeune âge à cette vie quelque peu nomade, au gré des pérégrinations de la cour de la duchesse de Bretagne. On passait de la résidence d'été à celle d'hiver et du bivouac de bataille au campement de campagne avec autant d'aisance que s'il s'agissait de changer de pièce pour déjeuner.

Cette installation-là avait cependant quelque chose de différent, car elle savait que, lorsque Jeanne de Penthièvre repartirait, elle ne la suivrait pas, pour la première fois. Lorsque sa tutrice aurait quitté Châteaugiron, Pénélope serait devenue comtesse de Rosmadec, à la tête d'un fief dont elle ne connaissait rien, ni le territoire, ni les habitants, ni même les ressources. Cet inconnu-là l'effrayait pourtant moins que celui du mariage avec le maître des lieux. Elle n'était pas naïve au point d'ignorer ce que la bénédiction nuptiale allait signifier pour elle, mais elle ne parvenait pas à imaginer une quelconque proximité physique avec son futur époux. Rien que le nom d'Armel du Chastel, qu'elle allait pourtant devoir bientôt porter, ne lui inspirait que du dégoût ; envisager de se retrouver dans le même lit que lui était tout simplement au-dessus de ses forces.

— Entrez ! fit la jeune fille en entendant frapper à la porte, alors que Françoise brossait ses longs cheveux clairs.

Le lourd vantail de bois s'ouvrit sur son fiancé qui s'inclina très bas devant telle. Pénélope s'efforça de sourire. Comme chaque matin depuis leur arrivée au château, il venait toquer à la porte de ses appartements, afin de la saluer et s'enquérir de sa santé avant même de commencer sa journée.

— Je viens vous saluer, damoiselle, fit-il d'un ton affable en s'approchant. Comment a été votre nuit ?

— Très bonne, je vous remercie, répondit Pénélope en lui tendant mollement sa main à baiser. Que la journée vous soit profitable également.

Cela ne durait à chaque fois que quelques instants, car il avait fort à faire avec l'installation de son domaine, mais il semblait tenir à cette visite matutinale à sa fiancée. Dès qu'il fut parti, Pénélope resserra sa houppelande sur elle et frissonna comme si la neige venait de prendre possession de sa chambre. Son visage reflétait de l'effroi, mais surtout une grande lassitude. Françoise tenta de lui sourire dans le miroir.

— Il faut reconnaître que votre fiancé fait tout pour vous être agréable, malgré les milles et une choses inhérentes à sa prise de possession du domaine.

— Je te l'accorde, ma bonne Françoise, répondit Pénélope en soupirant. Mais je doute que cela soit totalement désintéressé...

En vérité, Pénélope n'arrivait pas à trouver une quelconque qualité à son futur époux.

— Ne trouvez-vous donc pas cette attention charmante ?

— Si fait. En sera-t-il de même lorsque le comte aura eu ce qu'il veut et que le mariage sera consommé ?

La réponse avait été si véhémente que Françoise s'arrêta de brosser ses cheveux.

— Vous êtes dure avec lui, reprit la vieille femme.

Pénélope, cette fois, se retourna vers elle, outrée.

— Mais enfin, Françoise, son père a assassiné mes parents et il a lui-même porté le coup fatal à M. de Blois ! Tu es bien placée pour le savoir, toi qui m'as sauvée du massacre ordonné par Montfort... Comment pourrais-je éprouver autre chose que de la haine envers cet homme et le nom qu'il porte ? Comment puis-je me faire à l'idée d'avoir à partager la couche de ce meurtrier ?

— Il faudra pourtant bien que vous vous fassiez à sa proximité, gronda la voix ferme de Mme de Penthièvre qui venait d'entrer dans la chambre de sa pupille comme elle se le permettait encore parfois. Dois-je vous rappeler que vous devez l'épouser d'ici la fin de ce mois ?

Un profond soupir s'échappa de la poitrine de Pénélope. Elle n'avait pas entendu sa tutrice entrer et elle regretta avoir trop parlé. Elle ne savait que trop que le mariage approchait, tout le château ne vivait plus que pour la noce prochaine.

— Je ne l'ignore pas, madame, répliqua la jeune fille en se levant de son tabouret pour lui faire face. Si vous en doutiez encore, je fais tout ce qui est en mon pouvoir pour lui montrer une figure agréable. Mais, grands dieux, ne me demandez pas de l'aimer !

— Je n'en attends pas autant de vous, répondit froidement Jeanne. Je veux seulement que vous soyez une épouse dévouée à lui donner sans attendre les héritiers qu'il désire.

Pénélope baissa brièvement les paupières.

— Ne suis-je donc qu'un ventre à vos yeux ?

— C'est ce que vous êtes aux yeux des hommes, rétorqua Jeanne de Penthièvre. C'est le lot des femmes de votre condition, damoiselle. Vous n'y échapperez pas !

Pénélope faillit répliquer, mais une discrète pression de Françoise sur son bras lui enjoignit le silence. Suivant le conseil avisé de sa nourrice, elle hocha seulement la tête avec une soumission toute feinte. Satisfaite, Mme de Penthièvre sortit, non sans lui avoir souhaité une bonne journée avec ce qui eût pu passer pour de l'ironie.

Après son départ, Françoise prit sa fille de lait par les mains.

— Je vous ai déjà recommandé de ne pas vous dresser contre Mme la Duchesse, fit-elle d'une voix douce. Vous savez bien qu'elle parvient toujours à ses fins.

— Je sais, Françoise, mais c'est… C'est tellement au-dessus de mes forces !

Elle se jeta dans les bras de sa nourrice.

— Non, Pénélope, non, assura la vieille dame avec un sourire. Vous n'avez pas survécu aux pires atrocités pour vous laisser abattre par un mariage, aussi inique vous paraisse-t-il. Vous êtes plus forte que vous ne le pensez, n'oubliez jamais cela.

Les larmes perlèrent au coin des paupières de Pénélope, submergée par l'émotion. Pourquoi Françoise était-elle seulement sa nourrice et non point sa mère ? C'étaient ces paroles-là qu'elle aurait souhaité entendre dans la bouche de Jeanne de Penthièvre ! Au lieu de cela, elle avait reçu des ordres secs jetés du bout des lèvres et avec un mépris qu'elle ne s'expliquait pas.

— Croyez-moi, damoiselle, le mariage n'est pas une triste aventure, si vous savez vous y prendre...

La nourrice avait un regard malicieux, et Pénélope fronça les sourcils, intriguée.

— Que veux-tu dire par là ?

— Contentez-vous de faire ce que votre époux vous demandera, conseilla la nourrice avec un air entendu. Ni plus ni moins. Une fois que vous aurez donné quelques enfants au comte de Rosmadec, il sera satisfait et vous couvrira de rentes. À défaut d'être heureuse, vous serez tranquille pour le restant de vos jours.

Pénélope avait envie de hurler. Son bonheur à elle ne comptait-il donc point ? N'était-elle née que pour satisfaire les désirs de son époux et non point les siens propres ? La jeune femme se laissa tomber dans un fauteuil, anéantie. Elle connaissait déjà la réponse, malheureusement. Ainsi que le lui avait rappelé Mme de Penthièvre, c'était la destinée des nobles filles. Elle aurait aimé rêver encore un peu qu'une autre soit possible.

Même si la philosophie de sa nourrice était quelque peu pragmatique, elle demeurait redoutablement tentante. Pour avoir vécu aux côtés des Blois-Penthièvre, Pénélope savait aussi que les plus riches seigneurs passaient le plus clair de leur temps ailleurs que chez eux. Lorsqu'ils n'étaient pas à la guerre, ils étaient à la chasse ou en voyage. Les dames, à l'instar de Jeanne de Penthièvre, géraient en leur absence les affaires de la seigneurie et jouissaient d'une relative liberté.

Cette pensée lui redonna un peu de courage. Françoise avait sûrement raison ; une fois qu'elle aurait donné des héritiers au comte de Rosmadec, celui-ci la laisserait vivre paisiblement au château. Armel étant de plus très proche du duc de Bretagne, il serait très certainement souvent appelé à le servir. Plus vite elle aurait des enfants et plus rapidement il la laisserait en paix. Le plus difficile allait être de remplir sans aversion la première partie de la proposition : porter les héritiers du seigneur de Châteaugiron.

Chapitre 21

Pénélope pencha la tête pour s'admirer dans le miroir de la pièce qui lui servait de chambre. Sa cotte en lainage violet faisait ressortir la couleur de ses prunelles et son teint frais, tout comme ses cheveux sagement tressés et coiffés d'un chaperon. Par-dessus, les servantes lui avaient passé un surcot de tiretaine jaune moutarde garni de galons. La robe, fendue jusqu'en bas depuis les aisselles afin de lui permettre de monter à cheval aisément, était resserrée à la taille par les deux tours d'une ceinture de cuir nouée souplement.

La perspective de suivre la chasse du comte de Rosmadec réjouissait Pénélope, ce matin-là. Cela la changeait des occupations oisives habituelles des dames. Il lui tardait aussi de découvrir le fief dont elle allait être la maîtresse : les forêts, les rivières, les villages. Ce qu'elle avait aperçu le temps du voyage l'avait charmée et avait détourné son attention de la sombre échéance du mariage.

Depuis sa conversation avec Françoise, Pénélope se raccrochait à l'idée que la vie sur le domaine de Châteaugiron pourrait être paisible et intéressante, loin des contraintes de la cour ducale auxquelles elle était soumise depuis son enfance. Bientôt, elle serait femme de seigneur et aurait la faculté de faire ce qu'elle désirait sans que Mme de Penthièvre ou une dame de compagnie ne la rappelle sans cesse à ses devoirs.

— Françoise, où sont mes gants de cuir ? Je vais être en retard et j'ai horreur de me faire attendre.

— C'est pourtant le privilège des jolies femmes !

Cette voix ! Pénélope se figea, puis se retourna lentement. Le chambellan de son futur mari s'inclina devant elle avec une déférence quelque peu exagérée. Elle ne s'était pas trompée.

— M. le comte m'envoie vous chercher, damoiselle.

— Je suis prête, je viens.

En se redressant, il lui décocha une œillade tout à fait déplacée qui lui fit froncer les sourcils. Elle ignora avec superbe le bras qu'il lui offrait et passa devant lui afin de gagner la cour du château. Il faudrait qu'elle pense à informer son promis que son personnel prenait un peu trop d'aises avec elle.

Les hommes étaient déjà à cheval et les animaux, magnifiquement harnachés de housses bleues brodées d'or, piaffaient d'impatience en frappant le sol de leurs sabots. Un peu plus loin, le grand veneur, aidé par des commis, tenait la meute de chiens en laisse. Les fauconniers sortaient de la plus grosse tour, près de la chapelle, brandissant à bout de bras le perchoir des oiseaux de proie. Quelques dames, parmi lesquelles Jeanne de Penthièvre, étaient montées sur de calmes haquenées. Pénélope s'assombrit ; allait-on la priver du plaisir de galoper[1] ?

— Excusez mon retard, messire, fit-elle en esquissant

1. La haquenée était par excellence le cheval « de dame », docile et dressé pour marcher à l'amble, c'est-à-dire en levant en même temps les jambes du même côté, ce qui obligeait la cavalière à aller à une allure très lente.

une petite révérence devant son fiancé. Je suis ravie de pouvoir vous accompagner à la chasse.

— Tout le plaisir est pour moi, damoiselle, répondit le comte en souriant. Avez-vous déjà participé à une telle activité ?

Instinctivement, Pénélope tourna la tête vers Mme de Penthièvre. Que convenait-il de répondre ? Elle avait déjà assisté à des chasses avec Charles de Blois, mais son futur époux serait sans doute flatté de lui faire découvrir cet art délicat qui n'était accordé qu'aux seigneurs haut placés.

— Je n'ai jamais participé à une chasse, déclara enfin Pénélope avec aplomb. Je serai heureuse de vous accompagner pour en connaître les détails.

Le large sourire qui se peignit sur le visage de Rosmadec rassura Pénélope ; elle avait bien répondu, semblait-il. Elle vit aussi Mme de Penthièvre hocher légèrement la tête dans sa direction en signe d'assentiment.

— Voilà qui est parfait, fit le comte. Les dames vont chasser au vol, tandis que nous irons courser le cerf ! Je vous laisse vous installer sur votre haquenée.

— Oh ! messire, ne puis-je pas avoir un palefroi afin de galoper à vos côtés ?

La question était sortie presque toute seule de la bouche de Pénélope, et elle ne se rendit compte de sa bévue qu'en voyant le sourire disparaître des lèvres de Mme de Penthièvre. Son fiancé était visiblement décontenancé par sa demande ; s'il était courant que les dames suivent la chasse, la plupart du temps elles préféraient suivre les proies débusquées par les faucons. L'allure était plus douce et moins violente que pour la chasse à courre où les participants galopaient derrière la meute afin de piéger le gibier.

La chasse du seigneur était un rituel très codifié et

Pénélope ne l'ignorait pourtant pas, mais la perspective de chevaucher au grand air avait été plus forte que tout. Au moment où Jeanne de Penthièvre s'approchait, l'air courroucé, le chambellan, qui avait disparu, revint dans la cour en menant un cheval blanc par le licol. Il se dirigea tout droit vers le comte et s'inclina.

— Messire, j'ai pris l'initiative de faire seller un cheval pour que Mademoiselle de Porléach puisse vous suivre, dit-il en dardant son regard dans celui de son maître. Ne serait-ce pas un excellent moyen de lui permettre de découvrir votre domaine ?

Le visage de Pénélope s'illumina et, pour la première fois depuis des semaines, elle lui dédia un grand sourire reconnaissant. Le chambellan ne quittait pas des yeux le comte qui restait muet. Une sorte de tension régnait entre les deux hommes, mais Pénélope était trop fébrile pour s'attarder sur ce détail.

— C'est impossible, voyons, interrompit sèchement Mme de Penthièvre. La chasse à courre n'est pas indiquée pour une damoiselle... Surtout à l'approche du mariage ![1]

Pénélope pencha la tête sur le côté, bien décidée à ne pas se laisser faire par sa tutrice.

— Oh ! madame, je serai prudente et ne galoperai point trop rapidement !

Elle se tourna vers son futur mari et s'enhardit à lui sourire avec tendresse pour tenter de l'amadouer. Elle détesta son regard concupiscent, mais ne perdit pas son aplomb.

— Si vous le permettez, madame, j'aimerais que ma future épouse m'accompagne à cheval pour cette première

1. On pensait en effet que la pratique du galop à califourchon pouvait rompre l'hymen des jeunes filles et compromettre leur virginité.

chasse, dit-il en s'adressant à Jeanne de Penthièvre. Je lui montrerais ainsi toute la richesse de mon fief. Je me porte garant de sa sécurité, mais, pour vous rassurer, messire Patry de Quanteil nous accompagnera également.

La joie envahit la poitrine de Pénélope, aussitôt éteinte par l'air triomphant de l'homme de confiance. Mme de Penthièvre se renfrogna, visiblement vexée d'être désavouée publiquement.

— Je me soumets à votre volonté, monsieur, dit-elle d'un ton glacial. Vous êtes le maître de ces lieux.

Tandis qu'un palefrenier amenait à son tour un cheval harnaché pour Quanteil, Pénélope s'avisa seulement que le comte de Rosmadec venait tout bonnement de remettre la duchesse de Bretagne dans son rôle de vaincue. Elle, la jeune fille pure destinée au mariage, avait encore une fois été le jouet de joutes politiques auxquelles elle était étrangère jusqu'à présent.

Elle s'assombrit, mais décida de passer outre. Attrapant la traîne de sa robe d'une main, elle s'approcha du cheval blanc que le chambellan tenait toujours par le licol. Au signe du jeune homme, un palefrenier apporta un escabeau pour permettre à Pénélope de s'installer confortablement sur la selle.

Elle essayait de ne pas croiser son regard et tentait d'ignorer son trouble, mais son cœur battait assez fort pour lui rappeler qu'elle n'était pas indifférente à sa présence auprès d'elle. Lorsqu'il passa le licol par-dessus l'encolure de l'étalon afin de lui tendre les rênes, sa main s'attarda plus que nécessaire sur ses doigts gantés.

— J'espère que Châteaugiron vous plaira, murmura-t-il d'un ton secret qui la déstabilisa.

Enfin, elle osa le regarder et sentit son cœur chavirer dans le bleu glacier de ses yeux. Troublée, elle le remercia d'une voix douce avant de claquer la langue pour faire avancer son cheval à la hauteur de celui de son fiancé.

Chapitre 22

Armel regarda Pénélope se poster près de Patry, juché sur son palefroi richement harnaché, et resta en retrait le temps que tout le monde soit prêt. Il n'était pas mécontent d'avoir réussi à sauver Pénélope de l'incident diplomatique. Il avait bien vu aussi que Patry se trouvait en difficulté face à la duchesse qui savait parfaitement jouer de son autorité.

Le souhait de Pénélope ne l'avait pas vraiment étonné ; il commençait à comprendre que leur rencontre au pied du cadavre d'un loup qu'elle venait d'abattre n'avait rien de fortuit. La belle semblait plus à l'aise à cheval que dans un salon. Il était curieux de découvrir quelles autres surprises elle lui réservait – car il ne parvenait pas à penser qu'elle se limitait à cela.

La trompe sonna le début de la chasse, interrompant ses réflexions, et le groupe de cavaliers s'ébranla. Ils quittèrent la cour du château pour traverser le pont-levis, puis dépassèrent la tour carrée qui commandait l'entrée de la forteresse et enfin la maison forte où logeaient le capitaine et les gardes. À petite allure, ils contournèrent les murailles le long de la lice jusqu'à un minuscule pont qui enjambait le ruisseau de l'Yaigne. Ce dernier alimentait les douves et le vivier, grande pièce d'eau qui fournissait au châtelain du poisson pour sa table.

— C'est curieux d'avoir construit un pont en pierre aussi petit, remarqua Pénélope en ralentissant sur le tablier.

— On l'appelle le pont de Mal-y-Passe, expliqua Armel en arrivant à sa hauteur.

— Pourquoi cet étrange nom ?

— On dit qu'il suffit de sauter depuis le parapet de ce pont pour soigner les maladies. Certaines femmes y baignent leur nouveau-né dès la naissance pour le préserver du mal.

Pénélope haussa les sourcils, pas vraiment surprise par cette explication. Les croyances païennes étaient très prégnantes en pays breton et le clergé peinait parfois à imposer le rite chrétien face à ces légendes et mythes tenaces.

Après avoir passé l'Yaigne, le chemin montait et ils accélérèrent l'allure des chevaux pour arriver au sommet de la côte et à l'orée de la forêt. Armel vit Pénélope regarder derrière elle et suivit son regard. Les dames étaient encore au niveau de la maison forte, plus occupées à converser qu'à faire avancer leurs haquenées.

Pénélope esquissa un sourire amusé et se mordit la lèvre en constatant qu'Armel l'avait vue. Il mit son index sur sa bouche pour lui faire comprendre qu'il ne dirait rien et sa figure s'adoucit.

— Je crois deviner que vous préférez galoper plutôt que d'aller à l'amble, chuchota-t-il en se penchant vers elle. Allez-vous chasser le loup, aujourd'hui encore ?

Son ton enjôleur n'eut pas l'air de plaire à Pénélope. Elle était toujours sur la défensive. Il devait veiller à être moins direct et brusque à l'avenir s'il voulait parvenir à ses fins.

— Je me demande si l'on ne devrait pas laisser les loups

tranquilles, parfois, répondit-elle d'une voix coupante. Ils permettent aussi de nettoyer la forêt des nuisibles…

Sur ces mots, elle piqua des talons pour faire partir son cheval au petit galop. Armel resta coi en recevant la flèche et la regarda s'éloigner, décontenancé. Bigre, la demoiselle avait de la repartie !

Il éperonna son étalon à son tour pour la rattraper mais, lorsqu'il arriva, les cavaliers s'étaient déjà tous rassemblés dans une clairière pour écouter la fanfare du réveil, ainsi que l'on nommait la musique qui accompagnait l'ouverture de la chasse. Trois valets tenaient à grand-peine en laisse les chiens limiers qui jappaient, impatients. Au signal du veneur, ils s'engouffrèrent dans les fourrés en reniflant le sol à la recherche d'une piste. Les commis courraient presque derrière eux en essayant de ne pas lâcher les laisses de cuir tendues comme des arcs. Le reste de la meute demeura avec les cavaliers qui écoutaient patiemment les sonneurs.

Au bout d'un quart d'heure, la trompe sonna de nouveau avec une mélodie différente pour les informer qu'un gibier avait été débusqué.

— Ils ont trouvé un cerf ! traduisit Pénélope avec enthousiasme.

Armel sursauta ; comment savait-elle donc cela ? Une deuxième fanfare l'empêcha d'y réfléchir en donnant le signal du départ : brusquement, la meute de chiens s'élança dans un bel ensemble à la poursuite de l'animal identifié par les limiers.

— Ça y est, le gibier est lancé ! reprit Pénélope en secouant les rênes de son palefroi pour le faire démarrer. Allez !

La monture se cabra légèrement et partit au galop dans la direction où avaient disparu les chiens. Patry l'imita et s'élança à sa poursuite, suivi d'Armel dans son sillage.

— Je vous avoue que je ne suis pas très à l'aise pour la chasse, souffla Quanteil à son ami. J'espère que je ne commettrai pas d'impair !

— Ne t'en fais pas, je ne serai jamais loin, le rassura Armel. Pour le reste, mes gens savent très bien ce qu'ils ont à faire, tu n'auras qu'à les suivre. Veille surtout sur la damoiselle…

Ils posèrent un même regard sur Pénélope qui les devançait de quelques toises, lancée au grand galop.

— Oui, messire, même s'il semble qu'en l'occurrence elle maîtrise fort bien l'art de la chasse.

Un sourire naquit à la commissure des lèvres d'Armel. Il devait reconnaître que la jeune femme s'en sortait effectivement plutôt bien ; elle avait clairement l'habitude de monter à cheval et, sans aucun doute, celle de galoper. Il pouvait même dire sans se tromper qu'elle appréciait cela. Elle évoluait avec aisance, bifurquant au son des trompes qui indiquaient aux chasseurs les ruses du gibier.

La traque dura jusqu'à ce que le cerf, blessé et épuisé, soit finalement encerclé par la meute. Très bien dressés, les chiens attendaient, fébriles, le signal du veneur en tournant en rond et en jappant. Les cavaliers se rassemblèrent autour de l'animal aux abois et, lorsque la trompe sonna l'hallali sur pied, les chiens se lancèrent alors sur la bête pour l'achever.

Armel se posta auprès de Pénélope qui reprenait son souffle, les joues rosies par la chevauchée au grand galop. Son chapeau à visière avait bougé, et le voile recouvrant ses cheveux et sa nuque s'était détaché sur un côté, laissant échapper quelques mèches folles.

— J'ai peine à croire que vous n'ayez jamais participé

à une chasse auparavant, murmura-t-il à son attention sur le ton du secret. Vous avez remarquablement anticipé les évolutions des cavaliers…

Pénélope le dévisagea, interloquée comme si elle venait d'être démasquée, mais ne répondit pas. Impassible, elle défit ses gants de cuir et les posa sur le pommeau de sa selle afin de refixer sa coiffe, en un geste d'une grande élégance. Armel ne perdait pas de vue un seul de ses mouvements, charmé par ses manières raffinées et, en même temps, par cette indifférence toute feinte qui l'amusait. Quelle curieuse épouse son ami Jean de Bretagne lui avait trouvée ! Elle ne ressemblait décidément à aucune autre femme. D'aucuns auraient crié au scandale et rappelé la belle à l'ordre, mais Armel se sentait au contraire émoustillé par sa singularité et par sa personnalité.

Au milieu de la clairière, les trompes avaient sonné la curée. Le veneur dépeçait l'animal et récompensait les chiens avec les bas morceaux et la peau, réservant les meilleurs quartiers pour la table du seigneur. Conformément à l'usage, Patry présenta à Pénélope la patte coupée du cerf.

— Damoiselle, voici votre trophée, dit-il obséquieusement.

— Je vous remercie, monsieur, de m'avoir conviée à votre chasse, répondit Pénélope avec une politesse froide.

— Que diriez-vous à présent d'aller nous restaurer pour reprendre des forces ? proposa Quanteil. Ces dames doivent être déjà rentrées au château…

Pénélope acquiesça, et ils se mirent en route, tandis que les veneurs et les aides s'occupaient des restes du cerf. Lorsqu'ils empruntèrent de nouveau le pont de Mal-y-Passe, Armel se fit la réflexion que, finalement, ils n'avaient guère eu l'occasion de visiter le domaine.

Il faudrait y consacrer une autre promenade, mais sans chasse cette fois, pour prendre le temps.

Il avait bien envie de réserver ce privilège au véritable comte de Rosmadec, lorsqu'il aurait épousé Pénélope de Porléach.

Chapitre 23

Armel arrêta son cheval au sommet d'une colline non loin du bourg de Châteaugiron et mit pied à terre. Le soleil se préparait à se lever et l'aube baignait le ciel d'une lumière particulière. Là-bas, le donjon se détachait en ombre noire sur le levant. L'astre solaire n'allait pas tarder à émerger de derrière sa silhouette massive. Armel posa pied à terre, sans lâcher la bride de son étalon qui broutait paisiblement les touffes d'herbe à sa portée. Autour de l'homme et de son destrier, tout était calme et paisible.

Armel appréciait ces moments matinaux où il pouvait s'extraire de son rôle subalterne et goûter un peu de quiétude. Quel contraste avec ses journées bien remplies à apprendre la gestion d'un domaine foncier dont il n'avait pas encore fait le tour ! Depuis qu'ils étaient arrivés à Châteaugiron, il profitait de son costume pour observer à son aise Patry de Quanteil.

Il fallait reconnaître que son homme de confiance connaissait sa matière : il était avisé, organisé et méthodique, parfois trop consciencieux. Lorsque le protocole le leur permettait, ils s'isolaient pour que Patry lui explique les arcanes de l'administration d'un fief. Armel l'écoutait volontiers, même s'il savait très bien qu'ensuite cela ne lui servirait plus. Mais il aimait apprendre et, surtout, il avait besoin de comprendre. Lorsque leur jeu de rôle l'amenait à agir à la place de Patry, il s'efforçait d'appliquer ses conseils au mieux.

De son côté, Quanteil assumait avec une certaine aisance les impératifs et les contraintes liés au statut qu'il occupait provisoirement. Il consultait Armel pour toutes les décisions stratégiques ou politiques, de manière à n'être que le porte-parole du véritable maître. Ils étaient la plupart du temps en accord, même si le jeune homme avait remarqué la propension de Patry à prendre parfois quelques libertés.

Il regarda à l'ouest, là où le ciel était encore sombre, alors que l'arc du soleil commençait à poindre sur l'horizon opposé, enflammant les environs du donjon. Les nuages se coloraient de rose flamboyant et d'orangé et, peu à peu, les couleurs du paysage se révélaient au regard. Armel soupira ; dans quelques instants, le monde allait s'éveiller et bruisser au rythme du quotidien. Il fallait reprendre le chemin du château, mais il n'en avait guère envie. Il aurait aimé prolonger un peu la félicité de ce moment.

— Allez, mon vieux, on y va ! dit-il à son cheval en reprenant la bride au licol. Mais passons par les marais de la Glaume, pour une fois.

L'étalon remua des oreilles comme s'il avait compris l'injonction de son maître, et sa réaction fit sourire Armel. Il descendit précautionneusement la colline au pied de laquelle s'étendait une zone humide peuplée de bécassines et de poules d'eau. Les roseaux et arbustes des marécages croissaient sans limite et offraient aux animaux un refuge sûr. Guidant son cheval, Armel avançait au hasard, seulement guidé par la lumière du soleil devant lui. Il savait que le château se trouvait à l'est et suivait donc sa direction.

Au détour d'un bosquet de roseaux, il ralentit ; quelqu'un était là, assis sur un tronc d'arbre, face à une grande étendue d'eau calme dans laquelle se reflétaient les lueurs du soleil levant. Armel s'arrêta et attacha son cheval à un arbuste un peu plus robuste que les autres pour aller à sa rencontre.

Il venait de reconnaître Pénélope.

Le menton posé sur ses genoux repliés, elle observait un petit groupe de canards qui nageaient non loin d'elle et s'amusait à les agacer avec une baguette d'osier qu'elle tapotait dans l'eau. Elle était simplement vêtue d'une cotte de lainage grossier recouverte d'un surcot noir en coutil. Le même genre de vêtements qu'elle portait le jour où elle l'avait sauvé des loups, dans la forêt de Suscinio. Il resta le plus discret possible, juste pour le plaisir de pouvoir l'observer à son insu.Depuis leur arrivée, il n'avait pas manqué d'occasions de la côtoyer, mais elle affectait envers celui qu'elle pensait être un subalterne une indifférence qu'il devinait feinte. De sa position, il avait pu néanmoins se faire une idée assez précise de son caractère. Elle n'était pas comme la quantité de jeunes filles qu'il avait pu rencontrer. Il s'était surpris à apprécier ses prises de position, son courage et sa droiture. En plus d'être jolie et énergique, elle était intelligente et réfléchie, des qualités qu'un homme ne recherchait pas forcément chez une épouse, mais que lui appréciait de trouver chez la sienne.

Soudain, le cheval d'Armel renâcla, et Pénélope sursauta en se retournant vers lui. Elle porta ses mains à sa gorge en le reconnaissant et se leva d'un bond.

— Oh ! Depuis combien de temps êtes-vous là ?

souffla-t-elle, visiblement courroucée. M'espionnez-vous donc ?

— Ne partez pas ! s'exclama Armel en sortant de sa cachette. Je ne voulais pas vous effrayer et encore moins vous espionner… Je me promenais avec mon cheval pour profiter de l'aurore. C'est un des rares moments calmes de la journée !

Pénélope pencha la tête sur le côté en signe d'assentiment.

— L'administration d'un domaine comme celui de Châteaugiron n'est en effet pas une mince affaire et ne doit pas vous laisser beaucoup de temps…

Son timbre de voix plus ouvert encouragea Armel à s'approcher d'elle.

— Que faites-vous donc de si bon matin au milieu du marais ? Chassez-vous les loups ?

L'air ému de Pénélope troubla Armel.

— Non. Tout chasseur qui se respecte sait que les loups ne rôdent guère dans les marécages, expliqua-t-elle. Je faisais la même chose que vous : j'admirais le lever du soleil en profitant de quelques instants de quiétude.

Armel observa un court silence.

— Vos journées sont-elles donc aussi occupées que les miennes, damoiselle ?

Il n'avait pas voulu être ironique ou blessant, mais il n'avait pas pu contrôler sa gouaille. Heureusement, Pénélope ne sembla pas lui en tenir rigueur. Elle s'assit à nouveau sur le tronc d'arbre qui lui avait précédemment servi de siège.

— Vous n'imaginez pas à quel point ! s'exclama-t-elle avec lassitude. Je n'en peux plus de ces préparatifs de mariage auxquels on me soumet chaque jour… C'est pour cette raison que je m'en vais à l'aube pour trouver un peu de tranquillité.

Armel eut un mouvement de recul face à cette vindicte soudaine à laquelle il ne s'attendait point. Pénélope avait baissé la tête, comme absorbée dans ses pensées…

— N'avez-vous pas envie d'épouser Messire du Chastel ?

Elle releva la tête brusquement ; son regard flambait de fureur contenue.

— Mes envies importent peu aux yeux de Mme de Penthièvre. Je n'ai pas eu voix au chapitre ! lâcha-t-elle avant de recouvrir sa bouche de sa main. Je ne devrais pas vous dire cela, à vous qui êtes l'homme de confiance de mon futur époux…

Armel appréciait sa spontanéité, même si ce qu'elle venait de dire n'était guère agréable à entendre.

— Pourquoi donc retenir vos mots, s'ils disent la vérité ? répliqua-t-il d'un ton qui se voulait rassurant. Je crois savoir que M. du Chastel n'a guère eu plus le choix que vous.

Il s'enhardit à s'asseoir auprès d'elle, et le silence les enveloppa quelques minutes. Contre toute attente, Armel se sentait gauche et presque intimidé d'être à ses côtés. C'était étrange de la sentir aux abois, alors qu'elle n'avait sans doute qu'une envie, celle de tomber dans ses bras.

— Il me semble pourtant que mon futur mari sait très bien ce qu'il veut et qu'il n'apprécie pas qu'on aille à l'encontre de ses volontés, confessa-t-elle avec une amertume qui alerta Armel.

— Que voulez-vous dire ? A-t-il été incorrect avec vous ? Vous a-t-il violentée ?

Pénélope s'épouvanta à ses mots et elle ouvrit de grands yeux effrayés.

— Grands Dieux, non ! assura-t-elle. Il n'a jamais levé la main sur moi. Seulement, je désapprouve certaines décisions qu'il a prises et qui vont à l'encontre de mes principes. Cela m'ennuie, car l'épouse du seigneur doit le soutenir dans ses actes et ses dires… Or, je ne les cautionne pas tous.

Armel fronça les sourcils. Voilà une chose qu'il ignorait totalement. Patry de Quanteil lui aurait-il donc de nouveau dissimulé certains faits ?

— Quel genre de décisions ?

Pénélope tourna à nouveau la tête dans sa direction et sonda son regard soucieux.

— Dois-je vraiment m'en ouvrir à vous ?

— Je vous le demande instamment… Sauf si vous refusez que j'essaie d'y changer quelque chose.

Elle semblait hésiter, le regard brillant, et Armel s'émut de la découvrir plus loyale qu'il ne l'avait supposé au départ. Elle répugnait à trahir son fiancé, simplement par principe et alors même que cela devait lui coûter. Elle soupira, regarda ses mains jointes sur sa cotte, et se lança.

— Hier, par exemple, il a ordonné l'expulsion d'un fermier qui ne pouvait plus payer son affermage, alors que sa femme vient d'accoucher d'un huitième enfant. Il engloutit des sommes dispendieuses dans ce mariage extravagant, mais notre château manque du plus élémentaire confort, ma servante dort sur une paillasse et l'on doit déjà abuser de bassinoires pour réchauffer les draps des lits, alors que novembre vient à peine de commencer ! À vous dire le vrai, messire, je trouve que mon fiancé a un curieux sens des réalités…

Armel se rembrunit en regardant ses souliers, soudain penaud. Pénélope touchait du doigt des travers qu'il avait lui-même décelés chez Patry. Il semblait que le vieil homme costumé en seigneur prenait un peu trop ses aises. De plus en plus, il avait constaté qu'il « oubliait » de le consulter avant de prendre des décisions. Deux fois déjà, il lui en avait fait la remarque, mais Patry avait éludé en promettant d'être plus vigilant. Ses promesses étaient restées lettre morte. Heureusement, le mariage avait lieu à la fin du mois et chacun pourrait reprendre sa place.

Il avait bien pensé mettre fin à cette supercherie dès maintenant pour faire cesser les agissements douteux de Patry, mais il se heurtait à un problème de taille : qui allait croire sur parole qu'Armel était bien le comte de Rosmadec ? Seul Jean IV de Bretagne pouvait garantir la véritable identité de son ami sans que personne n'ose mettre en doute sa parole ! Or, le duc, évidemment convié à la noce, ne devait arriver qu'à la mi-novembre. Il lui faudrait être patient et surtout redoubler de vigilance envers Patry.

La voix de Pénélope l'extirpa de ses réflexions.

— Vous ai-je choqué par ma franchise ? murmura-t-elle avec un soupçon de crainte dans la voix.

— Non, au contraire ! s'exclama Armel. Vous faites bien de vous en ouvrir à moi. J'intercéderai auprès de votre époux.

— Merci.

Brusquement, il prit ses mains dans les siennes.

— Damoiselle, je vous promets de tout faire pour que les gens de Châteaugiron soient toujours traités avec bonté et justice, déclara-t-il avec ferveur. J'apprécie votre confiance et j'admire votre courage de m'avouer tout cela. Pénélope, je me suis trompé sur vous, j'espère que vous saurez me le pardonner.

La jeune fille haletait, émue aux larmes par des aveux qu'elle ne pouvait se permettre d'accepter dans la bouche d'un autre homme que son fiancé. Elle ferma les yeux, les rouvrit, puis retira ses mains des siennes au prix d'un douloureux effort. D'un bond, elle fut debout, dominant Armel resté assis sur la souche.

— Il suffit, messire, vous vous égarez. Je vous rappelle que je dois épouser votre maître. Gardez vos sentiments pour vous. Je… Je vous saurai gré de ne plus m'importuner avec cela à l'avenir !

Elle se voulait ferme, mais sa voix tremblait. Armel sut qu'elle ne pensait pas un mot de ce qu'elle venait de dire et il admira sa détermination. Il se leva à son tour et voulut s'approcher d'elle, mais elle tendit sa main ouverte dans sa direction pour l'empêcher d'avancer.

— Laissez-moi, je vous en conjure, souffla-t-elle avant de s'enfuir à toute hâte.

Armel la regarda s'éloigner, quelque peu déconfit. Il détacha son cheval et le guida par le licol pour regagner le château.

Chapitre 24

L'escalier qui menait au sommet du donjon se terminait par une simple échelle, mais elle ne découragea pas Armel. Il n'était pas monté jusque-là pour rebrousser chemin à la dernière étape ! Cela faisait trois jours qu'il s'attachait à explorer le château de fond en comble, visitant chaque salle, chaque réduit, chaque tourelle. Il s'était mis en tête de connaître chaque pierre de sa forteresse, comme pour se l'approprier plus sûrement.

Il déboucha sous la toiture pointue de la tour maîtresse du château et il dut se courber pour pouvoir marcher jusqu'aux minuscules fenêtres aménagées dans la couverture d'ardoises. Même au milieu du plancher, il pouvait à peine se tenir debout.

Armel força un peu pour ouvrir la lucarne rouillée par l'humidité et l'absence de manipulation, puis il passa la tête à travers pour voir le paysage. Il ne fut pas déçu ; du haut des vingt toises de l'édifice, il embrassait les environs sur plusieurs lieues. Difficile de cerner pour lui les limites de son domaine, mais il avait pu constater, lors de ses promenades matinales, qu'il y avait de nombreuses forêts, des champs fertiles, des pièces d'eau et maintes rivières, le tout semé de hameaux où vivaient des manants paisibles dont la plupart travaillaient pour les grandes fermes réparties sur le territoire.

Un nuage de poussière attira son attention sur la route de La Guerche, en contrebas. Le convoi transportant Jean IV de Bretagne se trouvait encore à quelque distance, mais il serait sûrement là dans moins d'une heure. Il était temps de partir.

La veille au soir, un messager s'était présenté à Châteaugiron pour annoncer l'arrivée imminente du duc de Bretagne. Jean IV était bien évidemment l'invité privilégié de la noce qui aurait lieu dans une quinzaine de jours, au même titre que Jeanne de Penthièvre. Par leur seule présence, tous deux scellaient l'alliance des Blois-Penthièvre et des Montfort.

Armel avait longtemps tergiversé avant de trouver une manière recevable de mettre son ami dans la confidence concernant l'échange de rôle avec Patry. Il ne pouvait pas prendre le risque de mettre Jean IV devant le fait accompli à son arrivée, car il comptait se dévoiler publiquement le jour du mariage devant Pénélope. Armel avait nécessairement besoin que le duc de Bretagne avalise aux yeux de tout le fief la véritable identité du seigneur de Rosmadec. Il avait donc décidé de guetter l'arrivée du convoi afin d'aller au-devant de son ami pour l'avertir. Il espérait seulement que Jean serait compréhensif et accommodant !

Le comte descendit du donjon et se dirigea vers les écuries afin de demander un cheval à l'écuyer. Il se mit en selle sans plus attendre et s'engagea au grand galop sur la route de La Guerche.

Il rejoignit le convoi ducal en moins d'une heure. Il y avait là cinq chariots, trois calèches et deux litières, sans compter les soldats à cheval et les serviteurs montés sur des baudets et autres mules. Armel ouvrit des yeux ronds ; il ne s'attendait pas à un tel équipage.

Le jeune homme fit ralentir son cheval au niveau de la litière ducale, reconnaissable à ses tentures plus luxueuses que les autres. Les plus riches seigneurs utilisaient encore couramment ce type de moyen de transport pour voyager confortablement. Armel calqua le pas de sa monture sur celle du convoi et se pencha légèrement pour interpeller les occupants.

— Holà, monseigneur le duc daignera-t-il s'arrêter pour saluer un vieil ami ? fit-il d'une voix enjouée.

Un gémissement féminin lui répondit, et Armel se figea, interdit. S'était-il trompé de litière ? La tête de Jean surgissant des rideaux le rassura, mais il comprit rapidement de quoi il en retournait en apercevant, derrière lui, les jambes nues d'une jeune femme et le désordre révélateur des édredons et des oreillers entassés sur la couche.

— Sacrebleu, Armel du Chastel, tu n'avais pas le temps d'attendre que j'arrive à Châteaugiron pour m'accueillir ?

Armel éclata de rire ; décoiffé, le visage rouge, la chemise à moitié ouverte sur son torse clair, Jean IV n'avait pas grand-chose de ducal en cet instant.

— Je suis désolé, Jean, j'ignorais que tu voyageais en si bonne compagnie ! s'exclama Rosmadec, hilare.

— Je suis veuf depuis cinq ans, grogna le duc en passant sa main dans ses cheveux. Il est question que j'épouse l'an prochain la comtesse de Kent mais, pour l'instant, je suis libre !

— Tu aurais tort de t'en priver, mon ami ! Je m'excuse encore une fois d'avoir interrompu ta… galante conversation. Mais je suis venu au-devant de toi pour te parler d'une chose importante… et privée.

Le temps de leur échange, Jean avait rajusté ses vêtements et il tira les rideaux en ordonnant au cocher d'arrêter la litière, immobilisant du même coup tout le convoi. Il fit un signe à la femme qui l'accompagnait et celle-ci, qui s'était également rhabillée, descendit pour rejoindre le chariot qui suivait.

— Attache ton cheval à la litière et monte à mes côtés, dit Jean à Armel. Nous serons à l'aise pour parler.

Armel obéit et s'installa sur la couche de la litière, encore chaude des ébats qui venaient de s'y dérouler. Le parfum suave de la femme titilla les narines du comte, et il prit une grande inspiration pour empêcher sa virilité de se manifester. Le duc de Bretagne tira de nouveau les tentures et ordonna de reprendre la route avant de se tourner vers son ami.

— Je t'écoute.

Armel soupira en se demandant par quoi il devait commencer.

— Ne sois pas surpris par ce que je vais t'apprendre. J'espère que j'aurai ta compréhension…

— Tu m'inquiètes, Armel, fit le duc d'un air soucieux. J'espère qu'il ne s'est rien passé de grave ?

Le jeune homme sourit et secoua la tête.

— Non, ne te fais pas de souci. Tu seras sans doute seulement… un peu surpris. Ce n'est pas moi qui t'accueillerai tout à l'heure quand tu entreras dans Châteaugiron. Ce sera Patry.

Ce fut au tour de Jean IV de froncer les sourcils.

— Patry ? Patry de Quanteil ? Mais pourquoi donc ?

— Nous avons convenu d'échanger nos rôles respectifs, avant d'arriver à Lamballe pour nous présenter à Mme de Penthièvre, expliqua Armel en parlant très vite, comme s'il avait hâte d'arriver au bout de son argumentaire. Cela va te paraître complètement fou mais, à Châteaugiron, tout le monde pense qu'il est le comte de Rosmadec. Moi, je suis l'homme de confiance.

Jean demeura silencieux un long moment, et Armel ne sut dire si ce silence était consterné, réprobateur ou simplement destiné à la réflexion.

— Pourquoi as-tu fait cela ? demanda-t-il enfin. Tu ne veux pas du fief et du titre que je t'ai donné ? Tu ne souhaites pas épouser Mlle de Porléach ?

— Si, bien sûr que si, le rassura Armel. Je voulais juste m'amuser en prenant la place de Patry. Je comptais tenter de séduire ma fiancée et tester ainsi sa loyauté…

— Et as-tu réussi ?

Armel baissa la tête.

— Non. En réalité, j'ai été pris à mon propre piège, avoua-t-il d'un air penaud qui fit sourire son ami. Non seulement, elle ne m'a pas cédé, mais, de plus, je crois bien être tombé sous son charme.

Jean se frappa la cuisse du plat de la main et donna une bourrade amicale dans l'épaule du jeune homme.

— Ah ! Je suis bien content de l'apprendre… Votre union n'en sera que plus solide ! Alors, qu'attends-tu de moi ?

Armel retrouva un semblant de sourire. Il n'aurait pas dû douter de la confiance de Jean de Bretagne à son égard.

— D'abord, je vais avoir besoin de ta caution pour révéler que je suis bien Armel du Chastel, comte de Rosmadec, dit-il posément. Personne n'osera mettre en doute ta parole, mon autorité ne sera pas contestée et personne n'ira accuser Patry d'usurpation.

— Tu peux compter sur moi pour cela.

— J'aimerais aussi que tu maintiennes l'illusion jusqu'à la cérémonie de mariage, ajouta Armel. Bien sûr, tous tes gens devront également garder le secret.

— Pourquoi ne pas lever le voile dès mon arrivée ?

— Je voudrais me dévoiler publiquement le jour de la cérémonie, devant Pénélope, pour la surprendre. Je pense… Enfin j'espère, qu'elle appréciera de m'épouser moi plutôt que Patry.

Jean IV partit d'un rire sonore.

— J'imagine mal comment elle pourrait refuser d'épouser un gaillard comme toi au lieu d'un gringalet comme Patry !

Armel garda le silence. Malgré lui, il était moins confiant que son ami dans la réaction de Pénélope ; elle pouvait se révéler si imprévisible !

— Tout sera fait comme tu le désires, Armel, reprit Jean. Décidément, tu es plein de surprises ! Je suis assuré de ne jamais m'ennuyer en ta compagnie.

Armel le remercia chaleureusement, et ils continuèrent à converser tandis que le convoi ducal poursuivait sa route. Peu avant le château, Armel descendit de la litière et reprit son cheval afin de les guider jusqu'au manoir du Bois-Orcan, situé à moins d'une lieue de là. Le duc pourrait ainsi s'y restaurer et se préparer pour faire son entrée en grande pompe dans Châteaugiron.

Chapitre 25

Assise sur un tabouret de bois, Pénélope reposa la couronne de fleurs sur la table qui lui faisait face en soupirant. Sa chambre était inhabituellement vide et silencieuse. Le babil incessant des servantes en train de préparer ses toilettes pour le lendemain l'avait indisposée jusqu'à la nausée et elle avait congédié tout ce petit monde. Même la pauvre Françoise avait dû déguerpir face à la mauvaise humeur de sa maîtresse.

Pénélope souhaitait être seule, ce soir. Demain, elle deviendrait Pénélope du Chastel, comtesse de Rosmadec, elle serait unie à l'être qu'elle haïssait le plus au monde et elle ne pouvait rien faire contre cette marche implacable du destin. Elle se leva et se dirigea lentement vers l'étroite fenêtre creusée dans le mur. La cour du château était envahie de gens qui allaient et venaient, les bras chargés de nourriture, de tissus, de babioles destinées à décorer la salle de réception. Le duc de Bretagne lui-même était arrivé quelques jours plus tôt, et Pénélope mesurait peu à peu la notoriété de son futur époux : toute l'aristocratie bretonne allait assister à des noces dont elle ne voulait pas ! Elle s'appuya contre le mur, et le froid de la pierre transperça l'étoffe légère de sa houppelande, simplement passée par-dessus sa chemise.

Françoise l'avait juste déshabillée et coiffée pour la nuit avant de la laisser seule, à sa demande. Elle avait sans doute ressenti le besoin de solitude de Pénélope.

Brusquement, elle se dirigea vers la porte en saisissant au passage un manteau de martre. Elle avait besoin d'air frais, elle avait besoin de voir le ciel pur baigné d'étoiles, elle avait besoin de fuir cette atmosphère oppressante de fête à laquelle elle se sentait étrangère.

Compte tenu de la foule qui s'activait encore dans la cour, inutile d'espérer faire comme autrefois à Suscinio et quitter le château sans passer inaperçue ! Pénélope se dirigea donc vers la tour située à l'arrière de l'édifice et emprunta l'escalier de service étroit qui menait au chemin de ronde.

La brise la cueillit au sommet ; elle ferma les yeux en penchant la tête en arrière, les mains sur la muraille, avant de regarder en bas. Un voile passa devant ses yeux. Si elle sautait, là, maintenant, son sort serait scellé à tout jamais et elle échapperait au mariage honni… Elle recula d'un pas en posant sa main sur sa poitrine, effrayée par sa propre pensée. Voulait-elle donc être damnée pour l'éternité ? Ceux qui se donnaient la mort risquaient l'excommunication et les flammes de l'enfer. Elle était folle d'envisager une chose pareille ! Mais c'était peut-être cela, oui, ce mariage lui faisait perdre la raison.Les larmes affluèrent sous ses paupières, comme un torrent irrépressible. Pénélope inspira longuement pour faire taire le sanglot qui montait lui aussi. Ivre de douleur et de chagrin, elle rejoignit sa chambre au pas de course et ne s'arrêta qu'une fois qu'elle se fut jetée à plat ventre sur son lit.

Le bruit inhabituel autant qu'incongru de la porte qu'on refermait maladroitement l'alerta, et elle se retourna d'un coup de reins. Son futur époux se tenait devant elle, simplement vêtu d'une cotte longue qui le rendait encore plus maigre et famélique. Pénélope fronça les sourcils et, d'un geste instinctif, referma l'encolure de sa houppelande sur sa poitrine.

— Bonsoir, damoiselle, dit l'homme de sa voix chevrotante. Je viens rendre mes derniers hommages de fiancé à la plus belle d'entre les belles...

Il avait abusé de la boisson, cela ne faisait aucun doute. Pénélope se redressa et releva le menton en signe de défi.

— Soyez-en remercié, messire. Je vous souhaite une bonne nuit... Veuillez sortir, à présent, afin que je puisse dormir.

Une grimace déforma le visage du comte.

— Vous voilà bien peu amène, ma mie, grogna-t-il en s'approchant d'elle. Oubliez-vous que vous devez obéissance à votre mari ?

— Demain seulement, monsieur, le brava Pénélope. Je n'ai pour le moment rien juré devant Dieu ! Pour la dernière fois, je vous demande de bien vouloir sortir de ma chambre... Vous ne voudriez tout de même pas que je fasse appeler la garde ?

Elle soutenait son regard vague mais, en réalité, elle tremblait de tous ses membres. Pourvu qu'il s'en aille vite !

Mais il ne l'entendait pas ainsi. Visiblement fâché qu'elle lui tienne tête, il devint cramoisi.

— La garde ? répéta-t-il. La garde m'obéit, sale mijaurée ! Je vais t'apprendre à te soumettre !

Il se rua sur elle en poussant un rugissement terrible, et Pénélope poussa un cri strident. Il la bascula en arrière sur sa couche et arracha d'un coup les agrafes de sa houppelande, puis déchira sa chemise. Pénélope se débattit, essaya de le mordre, planta ses ongles dans sa chair, sans succès. Il la tenait fermement, mais il était tellement soûl qu'il ne parvenait pas à relever sa cotte. Pénélope, dans sa terreur, retint un rire.

— Elle se moque, la garce !

Son bras s'éleva en l'air et retomba lourdement sur le visage de la jeune fille qui hurla de douleur. À moitié assommée par le coup, elle s'affala sur le lit, offrant malgré elle son corps inerte aux mains de son futur époux. L'esprit embrumé, elle tenta encore de se débattre, sans en trouver la force et sentait sa lucidité l'abandonner. Souillée, elle allait être salie à tout jamais, elle arriverait impure devant l'autel et devant Dieu.

Non, non, ce n'était pas possible, elle ne voulait pas, elle ne voulait pas…

— Là, là, tout doux, damoiselle, tout doux.

La voix douce et rauque de celui qu'elle continuait d'appeler son bel inconnu la fit brusquement revenir à elle. Pénélope ouvrit tout grand ses yeux verts et découvrit, penché sur elle, le visage soucieux d'Armel. Son premier geste fut de vouloir ramener sur elle sa chemise déchirée, mais il avait déjà recouvert son corps à demi dénudé à l'aide du drap du lit.

Soulagée, elle ferma les yeux, les rouvrit, se réjouit de constater qu'il était toujours là. Il passa son doigt sur sa tempe afin de replacer une mèche de ses cheveux en arrière.

— Tout va bien, murmura-t-il enfin. J'ai mis dehors votre fiancé, il n'était pas dans son état normal…

Pénélope se raidit.

— C'est peu dire… Vous trouvez encore des raisons de le défendre ? questionna-t-elle faiblement. Ma vie va être liée pour toujours à ce malotru, il va faire de moi sa chose et je ne pourrais rien y changer !

Le jeune homme parut touché et il secoua la tête.

— Non. Non… Il sera châtié, je vous le promets.

Mais l'heure n'est pas venue, pas encore. Il vous faut patienter un peu.

La douceur de sa voix vrilla les nerfs de Pénélope, et elle sentit les larmes monter.

— Je n'ai plus le courage. Je ne peux plus, je n'en peux plus…

— Je suis certain que vous le pouvez, damoiselle. Vous êtes forte.

Tout à coup, elle se retrouva dans ses bras, et ses narines s'emplirent de ce parfum boisé qu'elle n'avait jamais oublié. Les larmes dévalèrent ses joues avec lenteur.

— Pourquoi ? Pourquoi devrais-je être forte ?

Il la prit par les épaules et la regarda droit dans les yeux.

— Si vous ne le faites pas pour vous, faites-le pour moi. Je vous promets que vous ne le regretterez pas… Faites-moi confiance, Pénélope.

Lentement, son visage s'approcha du sien, et Pénélope perdit pied. Comme la première fois, elle fut submergée par un océan de sensations, et des frissons montèrent le long de ses reins, tandis que la langue du jeune homme prenait possession de sa bouche. Comme la première fois, la fièvre s'empara d'elle, et ses bras se refermèrent sur les épaules de l'homme qui l'embrassait passionnément. Le temps avait passé, mais rien n'avait changé, ni le goût de ses lèvres, ni ses sentiments. Tout était intact comme au premier jour et cette découverte la terrorisa.

Les mains d'Armel glissèrent de sa nuque à son cou en une douce caresse qui arracha un gémissement à Pénélope. Lorsque ses doigts s'aventurèrent sur la gorge à peine recouverte du drap, Pénélope sursauta violemment.

— Non !

Elle recula d'un coup de reins et brandit devant elle sa paume ouverte comme un fragile rempart. Heureusement, il eut la bienséance de ne pas insister, au contraire de son goujat de maître. Pénélope baissa les yeux, cherchant ses mots, puis releva la tête vers lui. Son visage était grave.

— Pardonnez-moi, expliqua-t-elle en essayant de ne pas faire trembler sa voix. J'ai juré à Mme de Penthièvre que j'arriverai pure au mariage... Je n'ai qu'une parole.

— Ne vous excusez pas, répondit-il en portant sa main à ses lèvres, l'air transfiguré. C'est tout à votre honneur... et j'admire votre loyauté sans faille, mademoiselle de Porléach. Vous avez tout mon respect.

Il s'inclina profondément devant elle avant de sortir, sans la quitter des yeux. Lorsque la porte se fut refermée sur lui, Pénélope fondit en larmes pour de bon, cette fois.

Chapitre 26

Une fois dans l'antichambre, Armel avisa le corps inerte de Patry, affalé par terre. Son arcade sourcilière saignait, mais l'homme était surtout assommé. Armel n'eut aucun mal à le charger sur son épaule comme un vulgaire sac et l'emporta dans la chambre qu'occupait Patry à sa place depuis leur arrivée à Châteaugiron.

Heureusement qu'il avait pris l'habitude, depuis les confidences de Pénélope sur Patry, d'être vigilant sur les agissements de son chambellan ! Lorsqu'il l'avait vu entrer chez elle, passablement éméché, son sang n'avait fait qu'un tour.

Il déposa sans douceur sur le tapis Quanteil qui grogna en se débattant vaguement. Armel le regarda avec amertume, terriblement déçu par l'attitude de celui en qui il avait confiance. Il était surtout fâché de s'être laissé berner par ses dehors inoffensifs.Depuis que Patry avait endossé son identité de seigneur de Rosmadec, son comportement n'avait cessé de se modifier, et les révélations de Pénélope sur ses agissements n'avaient fait que conforter ses impressions personnelles.

— Je ne pensais pas que le pouvoir pouvait corrompre des hommes à ce point, fit-il pour lui-même.

Il se dirigea vers une console posée dans l'embrasure

de la fenêtre et se servit un verre de vin qu'il avala d'une seule gorgée. Il était tellement énervé que le gobelet se brisa sous sa poigne rageuse.

— Ah ! La peste soit de cette vaisselle trop fragile ! s'énerva-t-il en jetant les morceaux à terre.

S'avisant que sa main saignait, il la porta à sa bouche pour enrayer l'hémorragie puis revint vers Patry qui semblait émerger de son hébétude.

— Allons, réveille-toi, espèce de porc ! dit-il en le secouant par l'épaule. J'ai deux ou trois choses à te dire avant de te prier de déguerpir.

Quanteil ouvrit des yeux vitreux, fronça les sourcils, porta la main à sa tête et regarda ses doigts ensanglantés sans comprendre.

— Vous m'avez frappé ? s'étonna-t-il d'une voix pâteuse. Qu'est-ce qui vous a pris ?

— Et toi, qu'est-ce qui t'as pris d'essayer d'abuser de Mlle de Porléach ?

Patry ouvrit des yeux ronds.

— Vous êtes fou !

— Je te demanderai de garder du respect envers ton maître. Tu l'as déjà assez fâcheusement oublié !

La voix tonitruante d'Armel fit se redresser Patry sur son séant. L'inquiétude se peignait sur son visage. Il cherchait manifestement un moyen de se dédouaner de ses méfaits.

— Je te faisais entièrement confiance, et tu m'as trahi, reprit Armel en croisant les bras sur sa poitrine puissante. Tu te croyais donc tout permis en endossant mon costume de seigneur ? Non seulement tu as violenté ma fiancée, mais de plus tu as usurpé les droits que je t'avais délégués. Tu as pris des décisions à ma place, sans m'en informer… Ce n'était pas ce dont nous avions convenu !

Patry posa ses mains sur ses genoux et souffla bruyamment en secouant la tête, avant de se mettre debout pour faire face à Armel qui le dominait de toute sa hauteur.

— Pardonnez-moi, messire, j'ai perdu la tête, tenta le chambellan d'une voix mielleuse. Je n'ai pas l'habitude de l'alcool, je ne voulais pas…

Armel détesta ses paroles obséquieuses et son air sournois. Comment avait-il pu accorder sa confiance à cet homme ? Tout en lui sonnait faux. Il en venait à se demander s'il n'avait pas été le jouet d'un complot.

— De toute manière, l'heure de mettre bas les masques a sonné, rétorqua fermement Armel. Demain sera célébré le mariage et je reprendrai ma véritable identité.

— Bien sûr, bien sûr… Je vous assure que je saurais garder ma place, à présent, monseigneur.

— Tu ne m'as pas compris, Patry de Quanteil, asséna Armel durement. Je ne veux plus te voir ici. Rassemble tes affaires et quitte la région.

Le visage de Patry se décomposa en entendant la sentence, et il se voûta comme s'il avait reçu un coup.

— Non, non, vous ne pouvez pas me renvoyer, messire ! Vous ne pouvez pas vous en sortir sans moi, vous ne connaissez rien à l'administration d'un domaine…

— J'en sais suffisamment et je choisirai moi-même qui me conseillera !

Une sorte d'effroi s'était emparé de Patry, comme si la perspective de se retrouver sans charge le terrorisait plus que la prison.

— Mais le duc de Bretagne s'est porté garant de moi !

— Je lui dirais qu'il a eu tort ! rugit Armel. Quand ma confiance est trahie, je ne reviens pas en arrière. Tant pis pour toi. Je comptais attendre demain, mais tu m'obliges à redevenir dès à présent le comte de Rosmadec. Quant à toi, tu as une heure pour disparaître. Sors d'ici !

Comme il n'avait pas l'air de saisir, Armel le prit par l'encolure et le poussa vers la porte comme un vulgaire sac. Patry n'était pas de taille à résister à la puissante musculature du comte, alors il adopta une autre tactique. Une fois dans le couloir, il se mit à crier comme un damné pour alerter les soldats qui patrouillaient.

— Gardes, gardes, saisissez cet homme ! s'époumona Patry en gesticulant dans leur direction. Il veut usurper ma place, il est fou !

Il se figea en entendant Armel rire à gorge déployée. Les soldats, interloqués, ne bougèrent pas. Le raffut fit sortir de sa chambre le duc de Bretagne, en robe de nuit, encore plongé dans un demi-sommeil et qui se frottait les yeux.

— Ventredieu ! Que se passe-t-il donc ici ? s'exclama-t-il avec un soupçon de colère dans la voix.Patry de Quanteil se jeta à genoux aux pieds du duc.

— Messire du Chastel veut me chasser ! Monseigneur, intercédez en ma faveur !

Jean IV se tourna vers Armel, sous l'œil désabusé des soldats qui n'y comprenaient plus rien.

— Que reproches-tu à cet homme ?

— Je l'ai surpris dans la chambre de la damoiselle de Porléach, asséna Armel d'une voix dure. Il a tenté d'abuser d'elle de la façon la plus vile qui soit !

Jean baissa les yeux vers Patry.

— Est-ce vrai ?

Quanteil se mit à sangloter, pitoyable.

— J'avais trop bu, monseigneur, j'ai fauté, avoua-t-il, dégoulinant d'hypocrisie. Je m'en repends sincèrement. Je ne mérite pas un tel châtiment ! Vous connaissez ma valeur, monseigneur…

Armel n'en pouvait plus de l'entendre larmoyer. Il reprit Patry au col et le souleva de terre.

— Ce scélérat oublie de dire qu'il a un peu trop pris des libertés avec le rôle que je lui avais demandé de remplir, interrompit Armel. La soif du pouvoir l'a aveuglé, et il a trahi ma confiance.

Jean IV parut réfléchir, regarda Patry, puis Armel.

— J'avais même donné une chance à cet imbécile en lui demandant de quitter la région, alors que j'aurais pu le mettre aux fers, reprit le comte avec amertume. Au lieu de ça, il a tenté de me faire passer pour un usurpateur aux yeux des gardes. Il ne mérite pas ma clémence, Jean, ni la tienne.

Le duc garda le silence quelques secondes puis se tourna vers les soldats.

— Qu'il en soit ainsi. Gardes, saisissez-vous de cet homme, décréta Jean en désignant Patry. Conduisez-le au cachot sur-le-champ.

Comme le capitaine paraissait encore hésiter, Jean posa sa main sur l'épaule d'Armel.

— Voici le véritable Armel du Chastel, comte de Rosmadec, mon ami. J'ai dit !

Le soldat s'inclina respectueusement.

— Vous veillerez à ce que la chose ne soit pas ébruitée d'ici la cérémonie nuptiale de demain, reprit le duc.

— Bien, monseigneur.

Il salua Armel d'un air complice et ordonna à ses sbires de s'emparer de Patry. Quanteil se mit de nouveau à brailler et tenta de se débattre, mais les poignes fermes des soldats le maintinrent en respect. Armel les regarda s'éloigner, fourbu. La main de Jean n'avait pas quitté son épaule, et il sentit la pression amicale de ses doigts.

— Dure soirée, non ? constata-t-il avec un air compréhensif. Que dirais-tu d'un petit remontant ?

Armel le dévisagea avec lassitude. Il avait été tenté de retourner voir Pénélope afin de s'assurer qu'elle allait bien, mais elle devait avoir eu son lot d'émotions pour la journée, elle aussi.

Jean avait raison, il était épuisé, et la journée du lendemain n'allait pas être de tout repos. Il hocha la tête, déclenchant un large sourire sur les lèvres de Jean qui le fit entrer dans sa chambre, non sans avoir donné aux gardes la consigne de veiller sur la porte de Mlle de Porléach.

Chapitre 27

Contrairement à ce que pensait Armel, Pénélope ne dormait pas, elle en était bien incapable. Dès qu'il avait quitté la chambre, elle avait inondé son lit de larmes, défaite. Tous ses plans de vie conjugale paisible aux côtés de son époux lui semblaient désormais impossibles après ce qui venait de se passer. Elle avait découvert comment la concupiscence pouvait changer le plus affable des hommes en bête vicieuse. Que serait-il advenu si son sauveur n'avait pas été là ?

Elle ne préférait pas y penser et se raccrocha au souvenir des lèvres de son bel inconnu sur les siennes. Pénélope se reprit et, avisant sa tenue et sa chambre, sonna Françoise pour qu'elle l'aide à se changer.

— Doux Jésus, mais que s'est-il passé ? s'épouvanta la vieille dame, catastrophée en entrant dans la pièce. Qui a mis ce désordre ?

— Messire mon fiancé, répondit Pénélope.

— Je vous demande pardon ?

— Ce malotru a voulu faire valoir sur moi ses droits d'époux par anticipation, expliqua Pénélope avec une froideur qui l'étonnait elle-même.

Françoise, tout en l'écoutant, avait commencé à relever les chaises tombées à terre et prit une chemise dans la garde-robe. Elle posa la chainse qu'elle avait choisie sur le lit défait et dévisagea la jeune fille, une question aux lèvres.

— Il n'a pas eu le temps d'arriver à ses fins, la rassura Pénélope. Son chambellan est heureusement intervenu à temps pour l'en empêcher.

Tout en parlant, elle avait ôté sa houppelande déchirée, et Françoise lui enleva la chainse qui ne valait guère mieux. Elle avisa la trace rougeâtre d'une griffure sur la gorge de Pénélope et fronça les sourcils.

— Dieu tout-puissant, Sainte Vierge, s'exclama-t-elle en joignant les mains. C'est ce monstre auquel on veut vous marier ! Je ne peux pas laisser faire ça, je vais alerter Mme de Penthièvre…

— Non ! s'écria Pénélope avec vivacité. Je t'interdis de dire quoi que ce soit à la duchesse. Il ne sera pas dit qu'une Porléach aura fait échouer la paix en Bretagne.

— Mais, damoiselle… Cet homme est mauvais !

— Je ne serai pas la première fille à être mal mariée, rétorqua Pénélope, fataliste. Ni toi ni moi ne pouvons rien contre cela. Je n'ai pas d'autre choix que de me soumettre aux exigences de la politique et des alliances… Tu le sais encore plus que moi, toi qui m'as sauvée des flammes allumées par Montfort père.

— Mon petit, mon tout-petit… J'ai le cœur brisé pour vous. Ne vous inquiétez pas, tant que je serai vivante, je vous protégerai…

Pénélope se blottit dans les bras de sa nourrice et ferma les yeux. Devant ses paupières closes dansaient les prunelles bleues de son sauveur. Une douce chaleur l'envahit.

— Lui aussi me protégera, murmura-t-elle, alanguie.

Françoise caressa les cheveux de Pénélope et soupira.

— Lui ? Voulez-vous dire : le chambellan de votre mari ?

— Oui. Je sais à présent qu'il me garantira des agissements malsains de mon époux. C'est un homme bon, droit et juste.

Françoise s'écarta légèrement de Pénélope et plongea son regard bienveillant dans le sien.

— Damoiselle, pardonnez-moi de vous poser la question si abruptement, mais… êtes-vous donc éprise de cet homme ?

Pénélope s'échappa des bras de sa nourrice et la regarda d'un air de défi.

— Oui, je l'aime, déclara-t-elle avec une assurance et une facilité qui la surprirent elle-même. Je l'aime, même si je sais cet amour impossible. Je serai loyale à mon mari, envers et contre tout. Je me conformerai à la volonté de Mme de Penthièvre et je ne trahirai pas la confiance qu'elle me donne. Je resterai digne de porter le nom de Porléach, le nom de mes parents injustement assassinés ! Je leur dois bien cet hommage… Même si pour cela je dois en mourir de douleur chaque jour que Dieu fait !

— Votre courage force le respect, damoiselle, murmura Françoise en l'attirant de nouveau contre elle. Vous ne méritez pas un tel châtiment pour tant d'abnégation…

Pénélope soupira profondément en se blottissant de nouveau contre le sein de la vieille dame. Elle ne voulait plus pleurer, elle l'avait déjà assez fait. Son destin était scellé à présent, et rien ne pourrait le changer. Elle se raccrochait à l'espoir de pouvoir côtoyer chaque jour et en secret l'homme qui habitait ses pensées depuis tant d'années. La cohabitation avec son époux lui paraissait ainsi moins effrayante et plus supportable. Elle savait que le chambellan serait loyal et droit, à la fois envers elle et envers son maître.

Mais pourquoi n'était-ce donc pas lui qu'elle devait épouser le lendemain ?

Chapitre 28

Lentement, le soleil se levait en enrobant le ciel de rose et d'orange. Les oiseaux commençaient à pépier en tournoyant autour des fenêtres du château de Rosmadec. Au sommet du donjon, les corneilles et les corbeaux lançaient leurs cris sinistres dans de grands bruissements d'ailes.

Pénélope profitait de sa dernière aube de vierge. Dans quelques heures, elle serait mariée et sa vie changerait du tout au tout. Comme à son habitude, elle s'était levée aux aurores, bien avant que les servantes n'arrivent, les bras chargés de robes et de colifichets. La perspective de cette journée la fatiguait par avance, mais elle n'avait d'autre choix que d'en passer par là.

Ce fut Françoise qui entra la première, peu après le lever du soleil. Elle pénétra dans la chambre avec sa discrétion habituelle, et son premier geste fut d'enlacer Pénélope avec force, sans un mot. La jeune fille se blottit dans ses bras et ferma les yeux, le cœur battant. Elles furent interrompues par des coups frappés à la porte, et Pénélope se sépara de sa nourrice à regret pour se redresser et arborer l'air impassible commandé par sa condition.

— Entrez !

Jeanne de Penthièvre fit son apparition, vêtue d'une somptueuse houppelande écarlate qui recouvrait entièrement ses vêtements. Pénélope détesta son sourire faux lorsqu'elle s'approcha d'elle en tendant les bras.

— Ma chère fille, c'est votre journée, c'est le grand jour ! Je vous souhaite d'être heureuse...

— Bonjour, madame, répondit Pénélope froidement en se laissant embrasser par sa tutrice. Merci pour vos vœux, j'espère qu'ils seront exaucés.

Les servantes entrèrent à la suite de la duchesse et s'éparpillèrent dans la chambre, allumant les bougeoirs et ouvrant les tentures pour laisser entrer la lumière. Aussitôt, la pièce auparavant silencieuse se transforma en ruche vrombissante. Ébahie, Pénélope les regarda défiler une par une, les bras chargés. La première déposa sur le lit une nuageuse chemise en soie très fine, brodée de fils d'or, la seconde apporta des bas garance et des petits souliers pointus taillés dans un beau cuir de Cordoue et les suivantes empilèrent sur les bancs-coffres différentes coiffes en fourrure, en fleurs ou en orfèvrerie, toutes plus magnifiques les unes que les autres.

Quatre jeunes filles entrèrent ensuite avec une démarche théâtrale qui semblait très surfaite à Pénélope, d'autant plus que la montagne de tissu qu'elles lui présentaient paraissait bien lourde. Elle regarda d'un air absent la somptueuse robe dont la jupe faisait plusieurs aunes de tour. Les commis disposaient pendant ce temps des plats d'argents garnis d'oublies chaudes et sucrées, de compotes de pommes et de pots de lait pour permettre à Pénélope de se sustenter avant la cérémonie. Mais la jeune fille n'avait pas faim, et se restaurer était la dernière de ses préoccupations.

La duchesse de Penthièvre donnait des ordres aux soubrettes et, docile, Pénélope se soumettait aux injonctions. C'était comme si elle était désincarnée, comme si elle était spectatrice de sa propre vie. Elle ne voulait plus réfléchir, plus penser, elle faisait simplement ce qu'on lui demandait de faire, sans se poser de questions.

Elle accorda à Françoise le soin de coiffer ses longs cheveux blonds. Nul besoin pour Pénélope d'user de faux cheveux, comme tant de femmes le faisaient, car elle avait les siens fort longs et soyeux. Françoise se contenta de les lisser longuement avec le peigne, tout en les saupoudrant de poudre de lilas, avant de les partager en deux pour les tresser. Une soubrette lui tendait, tour à tour, des rubans et des galons d'or et d'argent que la nourrice entremêlait habilement aux cheveux. Enfin, elle enroula les deux longues tresses sur la tête de Pénélope et les fixa avec des épingles.

Elle ne jeta pas un regard à la robe qu'elle devait porter, d'un rouge écarlate comme le voulait l'usage. Il n'était pas forcément obligatoire pour la mariée de revêtir une tenue spécifique pour la cérémonie nuptiale, mais Jeanne de Penthièvre avait tenu à lui faire faire un vêtement d'apparat tout exprès. Sur la chainse de cainsil[1] blanc, les servantes enfilèrent d'abord une longue cotte de pelisson[2] galonné d'or aux poignets serrés et sur le bas qui effleurait ses chevilles. La même passementerie ornait l'encolure. Par-dessus, elles lui passèrent un surcot somptueux en osterint[3], avec de larges manches fort longues qui touchaient presque le sol et sous lesquelles on voyait celles du pelisson. Le corsage fut ajusté par une

1. Toile de lin très fine utilisée pour les draps et les sous-vêtements.

2. Fourrure d'hermine enfermée entre deux étoffes, souvent de la soie.

3. Soie teinte en rouge.

pièce lacée à l'arrière afin de donner l'ampleur nécessaire à la jupe. Enfin, les femmes nouèrent la ceinture de soie avec laquelle elles firent deux tours, le premier serré sur les hanches et le deuxième plus lâche retombant sur le devant afin de laisser apparentes les pièces d'orfèvrerie serties de topazes, de rubis et d'agates.

Les cloches de la chapelle retentirent soudain, appelant les fidèles à la messe de mariage. Le cœur de Pénélope accéléra son rythme, et elle réalisa qu'elle avait extrêmement chaud. Elle quitta ses souliers de chambre pour enfiler les chaussures de cuir brodées d'or qu'on lui présentait tandis que Françoise posait sur son chignon un voile rond fixé à l'aide d'une couronne d'or sertie de pierres.

Jeanne de Penthièvre s'était fait habiller dans la même chambre qu'elle et avait revêtu le manteau ducal que le traité de Guérande lui permettait d'encore porter, à l'instar du titre de duchesse de Bretagne. Elle était magnifique et triomphante. Pénélope avait encore plus l'impression d'être insignifiante, mais elle ravala son orgueil et fit face avec courage. Elle n'était pas arrivée jusque-là pour renoncer maintenant.

Comme Charles de Blois était mort, il revenait à Jeanne de Penthièvre de la conduire jusqu'à son futur mari et elle présenta son bras à Pénélope avec un beau sourire. La jeune fille y posa sa main, prenant de l'autre la traîne de sa robe pour la relever légèrement. Autour d'elle, une dizaine de fillettes habillées en demoiselles d'honneur portaient des petits paniers blancs remplis de pétales séchés.

— C'est l'heure, dit seulement Jeanne de Penthièvre comme elle aurait prononcé une sentence suprême. Allons rejoindre votre fiancé qui vous conduira devant l'évêque.

— Je vous suis, madame.

Avec une lenteur qui exaspérait les sens de Pénélope, elles parcoururent les salles et les couloirs du château, descendirent le grand escalier d'apparat en granit gris moucheté de noir depuis la salle de réception déjà parée pour recevoir le banquet. Les oreilles de Pénélope bourdonnaient, et elle sentait la sueur goutter le long de son dos, alors qu'un grand froid l'envahissait. La jeune fille évitait de regarder à droite et à gauche, les yeux fixés devant elle. Ne pas faillir, surtout, ne pas faillir.

Une fois en bas, Jeanne s'arrêta devant la porte d'une salle gardée par deux soldats en armes. Pénélope inspira légèrement en essayant de calmer les battements affolés de son cœur. Son fiancé se trouvait là, derrière ces vantaux massifs de bois sombre. Jeanne fit ouvrir et entra à la suite de Pénélope dans la salle, très basse de plafond et remplie de dizaines de personnes. Là, le duc de Bretagne s'entretenait avec un homme debout, richement vêtu d'un manteau de soie d'or doublée et bordée de fourrure brune. Son futur mari.

Pénélope marqua un léger temps d'arrêt. La silhouette qu'elle voyait de dos n'était pas celle à laquelle elle s'attendait. Elle n'était pas sèche et nerveuse, mais au contraire grande, puissante et musclée. La jeune fille frissonna de tout son être ; son cœur ne pouvait pas la tromper !

C'était lui ! Celui qui habitait ses pensées depuis toujours, celui qu'elle avait sauvé dans la forêt de Suscinio et qui l'avait libérée des griffes lubriques de son fiancé.

À son bras, Jeanne de Penthièvre ralentit le pas également, car elle venait sans doute de faire la même constatation que sa pupille. Elle regarda Pénélope et, devant son air interloqué, interpella Jean IV.

— Quelle est cette hérésie ? Où est Armel du Chastel ?

— Devant vous, madame, déclara le duc de Bretagne dans un grand effet de manche. Je vous présente Armel du Chastel, comte de Rosmadec, seigneur de Châteaugiron.

Chapitre 29

À ces mots, et tandis qu'un murmure de stupéfaction parcourait la salle, Armel se retourna. Il s'impatientait de découvrir Pénélope. Il avait surtout hâte de connaître sa réaction en constatant qu'il était celui qu'elle devait épouser. Toute la nuit, il avait imaginé la scène, fantasmant qu'elle lui tomberait dans les bras en pleurant de bonheur.

Elle était magnifique, presque solaire, dans cette robe écarlate qui rendait grâce à son teint frais et à ses cheveux blonds artistiquement tressés en couronne autour de sa tête. Oui, il serait fier de l'avoir à son bras et de la présenter comme sa femme. Qu'il serait agréable de s'appuyer sur elle dans les temps difficiles ! Comme il serait doux de profiter ensemble des bienfaits de leur fief !

Elle était cependant loin de respirer le bonheur ému qu'il escomptait. En découvrant son futur mari, elle s'était figée après avoir poussé un cri de stupeur. Il était d'usage que la mariée, en représentation, reste hiératique pendant toute la cérémonie, montrant ainsi qu'elle était pudique et retenue. Mais Armel fut néanmoins décontenancé de ne voir sur le visage de Pénélope qu'une froide surprise mêlée d'incompréhension.

En revanche, Mme de Penthièvre réagissait plutôt vertement. Elle s'adressait en aparté à Jean de Montfort.

— Je ne comprends pas, monseigneur, dit-elle à Jean IV. L'homme qui est venu à Lamballe n'était donc pas le véritable Armel du Chastel ?

— En effet, celui qui est venu à Lamballe et que vous pensiez être le comte de Rosmadec ici était en réalité Patry de Quanteil, l'homme que j'avais placé auprès d'Armel pour le seconder comme chambellan. Ils ont échangé leurs rôles avant la présentation.

— Puis-je connaître les raisons de cette sombre farce ? maugréa Jeanne de Penthièvre, sans doute fâchée d'avoir été jouée. Et où se trouve à présent Patry de Quanteil ?

Jean hésita imperceptiblement et jeta un coup d'œil embarrassé à son ami.

— Madame, ne voyez aucune vilenie dans cette mascarade, intervint Armel en avançant d'un pas vers eux. Je souhaitais simplement mettre à l'épreuve ma fiancée en échangeant jusqu'à aujourd'hui nos rôles respectifs avec mon chambellan. Pénélope m'a amplement prouvé sa loyauté et sa droiture le temps des fiançailles. Je me réjouis d'en faire mon épouse. Quant à Patry, il a tenté d'outrepasser ses droits de la façon la plus vile qui soit. Il a été mis aux fers cette nuit et sera traduit devant la justice du duc de Bretagne pour être châtié.

Pendant tout cet échange, Armel observait Pénélope pour essayer de détecter une réaction sur son visage. Mais elle gardait un masque impassible, les lèvres serrées et les yeux perdus dans le vague. Le jeune homme commençait à craindre que tout le mariage ne soit remis en cause, et son cœur s'affola.

— Vous pouvez me faire confiance, madame, termina Jean IV. Je vous jure devant Dieu que cet homme est bien Armel du Chastel et qu'il doit épouser la damoiselle de Porléach, conformément à nos accords de Guérande.

Jeanne plissa les yeux et se résigna, sans être visiblement pleinement convaincue par les promesses de son interlocuteur.

— Bien, qu'il en soit ainsi, décréta-t-elle. J'espère qu'il ne s'agit pas d'un mauvais tour dont vous avez le secret, monseigneur, sinon il vous en cuira !

Armel poussa un soupir de soulagement. Il présenta son bras à Pénélope, et cette dernière y posa sans hésitation une main qui tremblait légèrement. Lentement, suivis du duc de Bretagne et de Mme de Penthièvre, ils traversèrent la cour pavoisée aux couleurs des Penthièvre et des Montfort, précédés par des jongleurs et acrobates qui multipliaient les cabrioles au son des bombardes et des tambours. La foule chatoyante bruissait de murmures et de rires sur leur passage, au fur et à mesure que circulait l'information concernant ce qui s'était joué quelques instants plus tôt dans la salle basse du château.Le cortège s'arrêta devant les marches de la chapelle castrale, recouvertes de roses et d'hortensias. Là, le silence se fit à l'apparition de l'évêque, en grand habit de cérémonie. L'échange des consentements devait en effet avoir lieu sous le porche, avant la célébration religieuse à l'intérieur de l'église et destinée à consacrer le mariage. L'évêque s'adressa aux fiancés et leur posa les questions rituelles afin de s'assurer qu'ils remplissaient tous deux les exigences de l'Église. Il constata ensuite que les bans avaient bien été proclamés trois fois pendant les offices précédents et que personne ne s'était opposé à cette union.

— Tout est conforme, conclut l'évêque à voix haute pour être entendu par la foule. À présent, recueillez-vous, mes enfants. Pensez aux devoirs que vous aurez à remplir et prions.

Après un court moment de silence, l'évêque leur demanda de mettre leur main droite l'une dans l'autre afin d'échanger leurs consentements. Armel arbora son plus grand sourire en s'exécutant, mais Pénélope ne lui accorda pas même un regard. Il serra les dents. Les choses ne se déroulaient pas vraiment ainsi qu'il l'avait prévu !

— Mademoiselle Pénélope de Porléach, acceptez-vous, devant Dieu, comme époux messire Armel du Chastel, comte de Rosmadec, ici présent et de l'aimer, le chérir et lui obéir tout au long de votre vie ?

Armel retint son souffle ; et si elle refusait de l'épouser, au dernier moment ?

Comme pour le dédire, la voix étonnamment forte et déterminée de Pénélope retentit sous le porche de la chapelle.

— Oui, moi, Pénélope de Porléach, je vous accepte comme mari.

Le chevalier ferma brièvement les yeux, soulagé, puis se reprit. Que' lui prenait-il de réagir ainsi comme un jouvenceau ?

— Messire Armel du Chastel, voulez-vous prendre pour épouse mademoiselle Pénélope de Porléach ici présente, pour l'aimer, la chérir et la protéger tout au long de votre vie ?

— Oui, moi, Armel du Chastel, je vous prends pour femme.

— Je vous déclare devant Dieu unis par les liens du mariage.

Voilà, c'était fait. L'évêque s'inclina devant eux et laissa la place à un clerc qui donna lecture du contrat de douaire et des éléments composant la dot de Pénélope. Pendant ce temps, le nouveau marié distribua des aumônes aux pauvres assemblés pour l'occasion, tandis que Pénélope gardait toujours obstinément la tête baissée vers le sol.

L'évêque reprit la parole en brandissant un anneau vers le ciel afin de le bénir, avant de le tendre à Armel.

Le jeune homme, qui tenait toujours la main droite de Pénélope dans la sienne, passa l'anneau successivement à ses trois doigts en récitant « Au nom du Père, du Fils et du Saint-Esprit ». Armel essayait vainement de capter le regard de son épouse. Lorsqu'il glissa finalement la bague à l'annulaire gauche de Pénélope, celle-ci releva enfin la tête vers lui pour entendre les paroles rituelles.

— De cet anneau je vous épouse ; de mon corps, je vous honore ; de mon bien, je vous doue[1].

Pour la première fois depuis le début de la cérémonie, leurs yeux se rencontrèrent. Armel fut effrayé par le regard dur et le visage fermé de Pénélope. Là où il pensait voir de la joie et de l'émotion, il ne voyait que de l'indifférence et même une certaine hostilité.

Lui en voulait-elle donc à ce point ? S'était-il trompé sur ses sentiments lorsqu'il l'avait embrassée, après l'avoir sauvée de Patry de Quanteil ? Son attitude le déroutait.

Reprenant le cours de la cérémonie, Armel plaça symboliquement trois deniers neufs dans la bourse de Pénélope, offrant ainsi le sou et le denier en référence à la vieille coutume franque de l'achat. L'évêque fit alors ouvrir les portes de la chapelle pour laisser entrer l'assistance. Pénélope et Armel y pénétrèrent les derniers, se prosternèrent au milieu de la nef pour recevoir la bénédiction du prélat puis gagnèrent le chœur pour assister à la messe.

Armel, distrait, n'écoutait plus l'ecclésiastique, se

1. Le verbe douer est entendu dans cette vieille expression au sens de doter, c'est-à-dire attribuer des biens (un douaire) à l'épouse.

posant mille questions sur Pénélope. Il ne comprenait pas qu'elle paraisse déçue de le voir à la place de Patry qu'elle honnissait. Il pensait pourtant que ses sentiments à son endroit étaient tendres et qu'elle serait soulagée de ce dénouement ! Au lieu de cela, elle paraissait distante, feignant d'être complètement absorbée dans la célébration religieuse.

Armel commençait à regretter toute cette comédie ; en voulant piéger sa propre fiancée, il craignait de s'être lui-même fourvoyé.

Chapitre 30

Lentement, la foule quittait les bancs de la chapelle pour s'assembler aux portes et acclamer les jeunes époux. La célébration était terminée. Pénélope posa sa main sur celle que lui présentait Armel, tandis que les demoiselles d'honneur se précipitaient pour porter la traîne. Les lèvres serrées, sans l'ombre d'un sourire, elle avança, pas après pas, au rythme de son époux. À travers le fin tissu de son gant, elle sentait la chaleur de la main d'Armel. La sienne était glacée.

Elle aurait dû se sentir soulagée de constater qu'elle n'épousait pas le prédateur qui avait tenté d'abuser d'elle la veille. Elle aurait dû se réjouir d'être liée à celui qui hantait ses rêves depuis si longtemps. Au lieu de cela, elle se sentait trahie… Elle était furieuse contre Armel de l'avoir dupée ainsi depuis le début, mais elle était surtout en rage d'avoir été assez naïve pour ne rien en deviner.

Elle avait conscience d'être à l'opposé de ce qu'il pouvait espérer d'elle, surtout après leur baiser passionné de la veille, après qu'il l'eut sauvée des griffes de Patry. Mais la rancœur était plus forte que tout, mêlée à l'amertume. À l'instar de Mme de Penthièvre qui l'avait manipulée comme un vulgaire pion de son jeu d'échecs, Armel avait joué avec elle sans se soucier le moins du monde de ce qu'elle pouvait ressentir.

Mais que pouvait-elle attendre d'autre du fils de l'assassin de ses parents, après tout ? La vilenie et la cruauté devaient être inscrites dans le sang des Chastel depuis des générations. Elle aurait dû se méfier, être vigilante, ne pas accorder sa confiance si facilement… Qu'au moins cela lui serve de leçon ! On ne l'y reprendrait pas de sitôt.

Le cortège rejoignit la grande salle de réception où l'on avait dressé les tables en U sur des tréteaux. Aujourd'hui, Pénélope jouissait du privilège d'être au centre, sous le dais somptueux attaché par des cordelettes aux poutres de bois peint du plafond. Cette fois, elle ne serait pas reléguée au bas-bout comme elle en avait l'habitude avec les femmes et les jeunes filles. À ses côtés, Armel présidait le banquet, assis à côté de Jeanne de Penthièvre, tandis que le duc de Bretagne prenait place près de Pénélope. À elle seule, leur présence qualifiait l'importance de ce mariage, sans parler des innombrables invités titrés qu'Armel saluait avec une certaine fierté. Malgré sa rancœur, Pénélope ne pouvait que reconnaître l'élégance de son mari. Son pourpoint rouge à haut col lacé sur la poitrine dévoilait une fine chemise de toile de Reims et recouvrait jusqu'à mi-cuisses des chausses noires qui moulaient les muscles puissants de ses jambes. En réalité, il était très beau, et Pénélope eut un rictus amer. Comme elle aurait été heureuse de l'épouser, en d'autres circonstances !

Les trompettes annoncèrent que le repas était prêt, et chacun s'installa à table après s'être lavé les mains dans les bassins. Pénélope mit à profit l'usage qui lui commandait de ne manifester aucun intérêt public envers son époux pour affecter la plus profonde indifférence et ne pas prendre part à la fête qui se déroulait autour d'elle. Derrière eux, l'échanson apporta une aiguière de vin dont l'orifice était recouvert d'un drap pour que nul ne puisse y verser du poison. Il posa deux gobelets de métal devant Pénélope et Armel et les servit, puis les enleva aussitôt qu'ils eurent fini de boire.

Les serviteurs apportèrent les viandes. Les cuisiniers avaient redoublé de créativité pour mettre en scène le gibier et les volailles, présentées entières, avec les becs et les pattes, dans des plats ronds qui figuraient des nids. Les écuyers tranchants, vêtus d'un élégant pourpoint noir cousu de fil d'or, aux épaules rembourrées et aux manches fendues, passèrent le long des tables. Un par un, ils découpèrent des morceaux qu'ils déposèrent sur les tailloirs en argent des convives. Pénélope ne mangeait pas et gardait ses mains posées sur la table, tandis qu'Armel dévorait ses mets avec un bel appétit, rinçant ses doigts dans une petite coupelle d'eau placée près de lui à cet effet. Elle observait d'un regard éteint le ballet rapide des échansons qui remplissaient les gobelets au signe des invités et les desservaient aussitôt bus. Le panetier, coiffé d'un haut bonnet et reconnaissable à la dague qu'il portait à la ceinture et à sa serviette jetée sur l'épaule, assurait son service.Pénélope sentit la poulaine de cuir d'Armel frôler la fourrure de sa robe, mais ne broncha pas. Elle savait qu'il s'agissait d'une coutume : le marié posait son pied sur le vêtement de sa nouvelle épouse en signe d'appropriation publique, les nappes de la table d'honneur étant plus courtes afin de laisser voir la richesse des habits. Armel penchait la tête vers elle et essayait d'attirer son attention, mais elle gardait les yeux baissés, comme elle le devait selon l'usage. Elle n'avait de toute façon aucune envie de le regarder, lui pas plus que les invités alignés d'un seul côté des tables afin de pouvoir assister aux spectacles qui ponctuaient le service. Les jongleurs et les acrobates amusèrent les convives pendant la desserte, puis ils laissèrent la place aux trouvères accompagnés des ménestrels. Pénélope écouta d'une oreille distraite les sérénades et les complaintes qui célébraient l'amour courtois. Ces chansons vantant la passion inconditionnelle de l'homme pour sa dame lui paraissaient tout à coup mensongères et surfaites. Les hommes n'étaient pas dignes de confiance ! Alors que les serviteurs disposaient les gourmandises sucrées et salées de l'issue de table, les contes et histoires commencèrent à circuler, avant de virer aux chansons à boire. Pénélope ne parvenait pas à se détendre, au contraire d'Armel qui, le vin aidant, riait aux éclats.

Enfin, après trois bonnes heures d'agapes, les convives quittèrent la table. Les uns s'adonnèrent aux jeux mis en place à leur intention dans une autre salle du château, les autres continuèrent à danser au son des bombardes et des tambourins.

Assise dans un fauteuil près du bal, Pénélope retint un bâillement. Elle était épuisée et, surtout, l'angoisse commençait à la saisir. Le jour tombait et la perspective de la nuit de noces approchait. Au lieu de se réjouir de pouvoir se donner à celui qu'elle aimait en secret depuis tant d'années, elle détestait l'idée de se soumettre aux désirs charnels de celui qui était désormais son mari.

Alors que les convives commençaient à quitter le château, les uns après les autres, une dame se présenta devant Pénélope et s'inclina très bas.

— Madame, je suis chargée de vous accompagner jusqu'à votre chambre afin de vous y préparer pour la nuit.

Pénélope la regarda d'un air absent. Le moment était donc venu. Elle jeta un coup d'œil circulaire en se demandant si Armel avait donné l'ordre du coucher, mais elle ne le vit pas. Elle hocha la tête, se leva et suivit la dame qui fut rejointe en cours de route par d'autres femmes richement parées. C'était un grand honneur pour elles de veiller à la préparation de la jeune mariée pour la nuit de noces.

On conduisit d'abord Pénélope dans un cabinet où les dames la débarrassèrent de l'encombrante robe écarlate et de sa coiffe, puis elles défirent son chignon et ses nattes, étalant ses beaux cheveux blonds sur ses épaules. Elles changèrent sa chemise de corps et lui enfilèrent une houppelande le temps de gagner la chambre nuptiale à la porte de laquelle les proches des mariés s'étaient réunis. Un long frisson saisit Pénélope ; la nuit de novembre était fraîche et le déshabillage avait refroidi ses membres fatigués, mais surtout l'appréhension la gagnait. Pourvu qu'il fasse vite et qu'il la laisse tranquille ! Pénélope n'était plus très sûre d'avoir le courage de ne pas céder à l'appel de ses sens. Elle voulait détester Armel, le haïr, ne pas réagir à ses caresses, mais son corps pouvait la trahir. Rien que de s'imaginer dans ses bras la faisait défaillir. Ce dont elle rêvait depuis si longtemps allait se réaliser, là, et pourtant elle ne voulait pas que cela arrive.

Devant le vantail de bois, Armel de Rosmadec attendait, vêtu comme elle d'un long manteau de nuit richement brodé et gainé de fourrure. Son air était neutre, comme s'il semblait pressé d'en finir avec cette comédie, mais son visage se radoucit en voyant Pénélope. Il osa un demi-sourire, auquel elle ne répondit pas.

Un prêtre se présenta à la porte de la chambre et les mariés entrèrent. Ils s'agenouillèrent au pied du lit, pendant que le prélat faisait le tour en bénissant la couche. Enfin, il fit relever Pénélope et Armel pour s'adresser à eux.

— Soyez en paix. Que Dieu demeure avec vous.

Il quitta la pièce et referma la porte, laissant seulement entrer les dames de compagnie. L'une d'entre elles ôta la houppelande de Pénélope, tandis qu'une autre l'invitait à s'allonger après avoir défait les couvertures de fourrure et tapoté les oreillers de plume. Pénélope, les dents serrées, transie de froid, prit place sur le lit. À peine fut-elle assise que, d'un geste vif, elle remonta jusque sous son menton le drap que la dame venait de border sur ses hanches. Debout de l'autre côté du lit, Armel attendait que l'assistance se retire, les bras croisés sur sa poitrine puissante, manifestement agacé par tout ce cérémonial. Pénélope priait pour que tout le monde mette du temps à partir. Jeanne de Penthièvre, aussi impassible qu'elle, lui jeta un regard sévère et presque menaçant, alors qu'elle aurait dû lui accorder une parole douce et tendre. Au contraire, Jean IV de Bretagne, bonhomme, prit Armel dans ses bras pour une accolade fraternelle.

Enfin, après que chacun et chacune eut pu vérifier que les époux étaient bien installés dans la chambre, la porte se referma silencieusement. Tétanisée par la peur, Pénélope ne bougea pas d'un cil, trop fière pour montrer son effroi. Elle risqua un œil vers Armel et le vit ôter son manteau pour le déposer sur un escabeau. L'étoffe de sa chemise de corps se tendait sur ses épaules imposantes et recouvrait à demi ses jambes nues. Il se retourna lentement, s'approcha du lit, leva légèrement le drap et prit place à son tour sur les oreillers.

Pénélope n'avait pas bougé ; elle frissonna légèrement et ferma les yeux en sentant qu'il se penchait vers elle. Son parfum boisé l'enveloppa, et une onde monta de ses reins.

— Avez-vous froid ?

Sans le regarder, elle secoua la tête pour signifier la négative. Elle ne résisterait pas, elle n'y arriverait jamais.

— Vous avez peut-être un peu peur, alors ?

Nouveau signe de tête. Elle entendit Armel soupirer avec agacement, et il changea de position pour s'agenouiller face à elle sur le lit.

— Heureusement que je vous ai déjà entendue parler avant notre mariage, s'exclama-t-il enfin avec humeur. Sinon j'eusse cru avoir épousé une muette !

L'incongruité de la phrase fit réagir Pénélope ; elle releva les paupières, et ses yeux verts lancèrent des éclairs. Dans ceux d'Armel, il n'y avait que de la douceur, mais Pénélope ne voulut pas y être sensible.

— J'ai constaté que mes pensées n'avaient aucune importance à vos yeux, répondit-elle froidement. Je préfère donc économiser mes paroles.

Pénélope eut la satisfaction de voir Armel faire la grimace en encaissant la flèche. Il baissa les yeux, cherchant ses mots, une manière de l'amadouer, peut-être ?

— Je sais que vous m'en voulez pour vous avoir caché qui j'étais réellement, murmura-t-il enfin d'un air secret. J'ose espérer que je ne vous ai pas durablement blessée...

La jeune femme haussa les sourcils, stupéfaite. Ah ça, il ne manquait pas de culot !

— Vous osez espérer ? répéta-t-elle, furieuse. Vous ne m'avez pas blessée, messire le comte de Rosmadec, vous m'avez humiliée ! Jamais je ne me suis sentie aussi trahie, aussi bafouée, aussi... avilie. En agissant comme vous l'avez fait, vous vous êtes joué de moi comme on utilise un objet plaisant. En vérité, vous êtes aussi vil que votre chambellan que le duc a mis aux fers.

Pénélope vit Armel blêmir, et ses poings se serrèrent. Un instant, elle crut qu'il allait la frapper. Elle remonta encore le drap sur sa poitrine, fragile et dérisoire rempart contre la colère de son époux. Mais celui-ci se contint au prix d'un visible effort, et ce fut la paillasse de leur couche qui reçut le coup.

— Je ne vous permets pas de m'insulter ! fit-il entre ses dents.

— Vous vous êtes bien autorisé à m'humilier !

À bout de nerfs, elle s'était redressée sur son séant et avait crié sa haine et son désarroi, sans vouloir voir qu'Armel était désolé par la tournure de leur conversation. Elle avait conscience de le braver et d'aller à l'encontre de ce qu'un homme était en droit d'attendre de son épouse. Mais c'en était trop, elle était déçue de son comportement et, en même temps, elle lui en voulait de briser ses rêves de jeune fille. Armel baissa de nouveau la tête, la releva.

— Pénélope, je voudrais tellement que vous me pardonniez, murmura-t-il, persuasif, plongeant dans ses prunelles vives. Vous avez raison, j'ai mal agi et je m'en excuse platement auprès de vous.

La jeune femme soupira longuement. À sa place, n'importe quelle autre jouvencelle aurait pris les joues d'Armel entre ses mains et lui aurait offert ses lèvres. Au lieu de cela, elle n'avait qu'une envie : le vouer aux gémonies pour la fin des temps. Ses excuses n'allaient pas suffire à réparer ce qu'il lui avait fait subir.

— Je n'ai que faire de votre repentir, murmura-t-elle au bout d'un long moment, d'une voix qu'elle aurait voulue plus ferme et assurée. J'avais déjà deux raisons de vous détester. Vous en avez trop fait pour que je vous pardonne celle-ci.

Armel, visiblement, ne comprenait pas à quoi elle faisait allusion, et Pénélope eut brusquement envie de le mettre face à sa vilenie. Elle rapprocha son visage du sien, toujours enroulée dans son drap.

— Vous ne saviez peut-être pas que votre père, Tanguy du Chastel, a assassiné mes parents, Hervé de Léon et Marguerite d'Avaugour, railleusement asséna-t-elle avec une cruauté qui l'étonnait elle-même. Désormais, vous le savez. Je n'avais pas un an. C'est ma nourrice, Françoise, qui m'a sauvée de ce massacre, commandité par votre ami Jean de Montfort ! Orpheline, j'ai été recueillie par Jeanne de Penthièvre et Charles de Blois qui sont devenus mes tuteurs. Et vous avez, vous, tué Charles de Blois de votre propre main, à Auray !

Les sanglots montaient dans la gorge de Pénélope, irrépressibles, tandis qu'une émotion perceptible envahissait Armel. Son visage était devenu soucieux, grave, mais il ne dit mot. Son silence eut raison de la patience de Pénélope.

— Rien que pour tout cela, je suis en droit de vous haïr jusqu'à la fin de mes jours, reprit-elle, incapable de retenir ses larmes. Mais j'étais prête à passer au-dessus… par amour pour vous. Ce que j'ai découvert aujourd'hui m'a dissuadée à tout jamais de vous faire confiance. Jamais vous ne parviendrez à laver l'affront que vous m'avez fait, Messire Armel du Chastel de Rosmadec ! Jamais !

Exténuée, elle plongea son visage dans ses mains, consciente d'avoir été plus loin que la bienséance ne l'autorisait. Armel, toujours silencieux, se frotta le menton et passa la main dans ses cheveux. Il semblait embarrassé ; que pensait-il, à cet instant précis ? Éprouvait-il des regrets sincères ou bien était-ce une nouvelle feinte pour s'attirer ses faveurs ?

Lorsque ses larmes se tarirent, Pénélope émergea du refuge de ses mains. Armel avait quitté la couche et faisait les cent pas dans la chambre, avec lenteur. Elle n'osa ni bouger ni dire une parole, de peur de déclencher la colère de son mari. Elle savait qu'elle était à sa merci et qu'il avait tous les droits sur elle. Elle n'aurait rien à dire, pas le droit de se plaindre et surtout pas celui de le repousser s'il lui prenait la fantaisie de remplir ses devoirs conjugaux.

Comme s'il avait lu dans ses pensées, Armel revint soudain vers le lit. Il posa ses deux mains à plat sur la fourrure qui recouvrait les draps et approcha son visage du sien en la regardant droit dans les yeux.

— Peu importe que vous le croyiez ou non, mais mon seul désir, ce soir, était de vous tenir dans mes bras et de vous faire défaillir de plaisir.

Cette voix chaude et rauque... Pénélope se fit violence pour ne pas céder aux sirènes de ses sens aux abois.

— Vous êtes désormais mon mari, le brava-t-elle. Faites ce que vous avez à faire...

Contre toute attente, Armel serra les dents et recula. Incrédule, Pénélope le regarda saisir sa houppelande et s'en revêtir, planté sur ses deux pieds comme s'il déclarait la guerre.

— Non, Pénélope, je vous ai assez blessée comme cela pour consommer notre mariage dans la violence, dit-il. Je regagnerai votre confiance, quoi qu'il m'en coûte, quel que soit le temps qu'il faudra. Vous serez mienne lorsque vous viendrez à moi, sans contrainte. Lorsque vous m'aimerez comme je vous aime. Je vous souhaite une douce nuit, *ma* dame.

Sur ces mots, il se dirigea vers un coin de la chambre et s'enroula dans son manteau pour s'allonger sur un lit de repos, destiné d'ordinaire au valet de nuit qu'on avait congédié pour laisser les jeunes mariés seuls.

Décontenancée plus que soulagée, Pénélope resta longtemps assise sur le lit, le drap toujours remonté sur sa poitrine, jusqu'à ce que la respiration régulière d'Armel se fasse entendre.

Alors, elle s'étendit sur son oreiller, les yeux grands ouverts, pour attendre que le sommeil daigne venir conclure cette nuit de noces inattendue.

TROISIÈME PARTIE

Chapitre 31

Armel regarda le convoi ducal emprunter le pont-levis du château de Châteaugiron, tandis que, dans la cour, le ballet des serviteurs et des manœuvres continuait, inlassable, pour démonter les vestiges du mariage. Il n'était pas mécontent de voir les festivités des noces s'achever et les invités repartir après une semaine de bombance. Jeanne de Penthièvre avait déjà quitté les lieux la veille pour rejoindre Guingamp où elle avait l'habitude de passer l'hiver. La période de l'Avent allait bientôt commencer et, avec elle, les préparatifs des cérémonies de Noël.

Armel leva les yeux vers la chambre de Pénélope et vit que la fenêtre en était ouverte. C'était le signal mis en place avec ses femmes pour l'informer que la comtesse était réveillée et qu'il pouvait désormais venir la saluer. Il avait repris cette habitude charmante instaurée par Patry, à la différence près que lui était sincère dans sa démarche. Il n'avait de cesse de prouver à son épouse qu'il ne lui voulait aucun mal.

Cela avait commencé dès le lendemain du mariage. Alors que les domestiques frappaient à la porte pour la cérémonie du lever, Armel s'était réveillé brusquement et s'était précipité vers le lit en jetant en l'air sa houppelande pour s'en débarrasser. D'un coup de reins, il avait pris place auprès de Pénélope qui émergeait du sommeil.

— Que faites-vous ? s'était effrayée la jeune femme en le voyant s'allonger sans autre forme de procès.

— Chut ! Ne dites rien, fit-il avec un grand sourire. Je n'ai guère envie que mes gens nous trouvent chacun sur sa couche et en tirent les conclusions qui s'imposent…

Pénélope s'était renfrognée.

— Ah ! C'est donc juste pour donner le change ?

— Absolument… Toutefois, si vous en concevez un quelconque regret, je peux y remédier.

Il n'avait pu s'empêcher d'être malicieux, encouragé par son air fragile. Elle avait secoué la tête d'un air buté, et le jeune homme s'était enhardi à lui poser un baiser sur la joue avant de brailler un « Entrez ! » sonore en direction de la porte. Pénélope n'avait pas eu le temps de protester, car le vantail s'était ouvert, laissant entrer soubrettes et valets, Mme de Penthièvre et le duc de Bretagne en personne et même deux ou trois invités, tous en habits d'intérieur. Armel avait subi ce curieux défilé sans montrer son agacement ; c'était en effet la tradition que de venir réveiller les jeunes mariés au matin des noces.

Les jours suivants, il avait conservé l'habitude de venir saluer son épouse dès son lever, afin de s'enquérir de sa santé et de lui souhaiter une bonne journée. En dehors de ce moment et de ceux, plus protocolaires, où sa présence était requise en tant que femme du seigneur, il ne la voyait presque pas, trop occupé par les affaires du domaine.

Sans attendre le départ de tous les invités, Armel avait en effet repris entièrement la gestion de son fief. Comme il le soupçonnait, Patry avait profité de sa confiance pour se rendre coupable d'agissements douteux dont il n'avait bien sûr pas eu vent. Armel n'avait pas été mécontent de faire remettre son ancien chambellan à la justice de Jean IV. Sa colère était telle que la prison ou le bannissement lui paraissaient trop cléments pour punir le scélérat. Le duc s'était désolé une nouvelle fois auprès d'Armel d'avoir été de mauvais conseil en se portant garant de Patry de Quanteil. Armel l'avait rassuré, fataliste : comment aurait-il pu deviner que le chambellan était capable d'une telle trahison ? Il fallait croire que le pouvoir était mauvais conseiller. Cela lui avait appris à être prudent.

D'un autre côté, ses occupations lui permettaient de maintenir une certaine distance avec Pénélope. Depuis le mariage, elle témoignait à son égard une indifférence polie mais ferme. Il n'avait pas eu l'occasion de revenir sur leur discussion du soir des noces et avait le sentiment que son épouse ne souhaitait pas en reparler. Il se surprenait lui-même à hésiter quant au comportement à adopter avec elle. L'amadouer sans la brusquer ni la contraindre serait-il envisageable ? Jusqu'à présent, il avait le sentiment que Pénélope ne faisait que tolérer sa présence, et il limitait de ce fait les moments où ils étaient ensemble. Cependant, le soir des noces, elle avait dit qu'elle aurait été prête à lui pardonner par amour pour lui. Cela voulait donc dire qu'elle éprouvait de tendres sentiments à son égard, et il se raccrochait à cette idée pour espérer regagner un jour ses faveurs. Il se sentait proche des chevaliers de l'amour courtois, contraint à remporter le cœur de sa belle au terme d'une longue et difficile joute. Le défi n'était pas pour lui déplaire : il aimait la conquête. La bataille amoureuse restait une guerre, et cela le séduisait grandement.

Armel monta par l'escalier de service situé dans la tour du guet pour rejoindre les appartements de son épouse et toqua à la porte, comme à son habitude : deux coups brefs, puis trois plus appuyés. Il ne savait pas si Pénélope faisait la différence entre sa manière de frapper et celle des autres, mais cela lui plaisait de se différencier ainsi.

Il entra doucement à l'injonction de Pénélope ; elle était de dos, assise sur une escabelle, devant une console qui faisait office de coiffeuse et sur laquelle étaient disposés une multitude de pots et de fards. Pour une fois, elle était seule, même si Armel devinait, aux bruits qui venaient de la pièce d'à-côté, que les servantes n'étaient guère loin. Seulement vêtue de sa chainse recouverte d'un manteau de nuit, Pénélope se brossait lentement les cheveux. Lorsqu'il entra, elle ne s'arrêta pas, mais il vit qu'elle suivait ses mouvements dans le miroir.

— Mes hommages, madame, murmura Armel en s'inclinant, la main sur le cœur.

Elle lui répondit par un léger signe de tête, en continuant de se coiffer comme s'il était absent. Armel hésita un instant et, en trois pas, vint se placer derrière elle. Il posa sa main sur le peigne d'ivoire.

— Puis-je ? l'interrogea-t-il d'une voix douce.

Leurs yeux se croisèrent par miroir interposé. Pénélope eut l'air de réfléchir et lui abandonna le peigne sans ajouter un mot. Encouragé, Armel commença à lisser les longues mèches blondes, une par une, avec application. Il sentait le regard de son épouse sur lui, qui ne manquait pas un seul de ses gestes. Il redoutait de lui faire mal en accrochant un nœud et prenait d'infinies précautions qui finirent par arracher un sourire à Pénélope.

— Vous n'allez pas me blesser, dit-elle d'un ton légèrement moqueur. Je ne suis pas si fragile.

Armel sourit à son tour ; c'était la première fois depuis le mariage qu'elle lui adressait la parole avec une certaine chaleur. Jusqu'à présent, elle lui parlait – ou plutôt répondait à ses questions – avec une froideur distante qui le désespérait.

— Je manque d'expérience en la matière, répondit Armel en lui rendant son peigne. Je me suis d'ailleurs toujours demandé comment vous faisiez pour garder des cheveux si longs sans passer votre temps à les démêler…

En prononçant ces mots, il s'était risqué à poser sa main directement sur sa chevelure en une douce caresse. Pénélope remit le peigne sur la coiffeuse et le regarda à nouveau dans le reflet du miroir.

— J'y applique matin et soir un baume à base de feuilles de noyer et de chêne, répondit-elle en passant ses mains dans ses cheveux pour les séparer en deux mèches. Cela les protège et, en même temps, les rend plus lisses.

Lorsque les doigts de la jeune femme arrivèrent au niveau de son crâne, ils rencontrèrent fatalement ceux d'Armel. Il ne voulut pas croire que son geste était purement fortuit et s'enhardit à prendre ses mains dans les siennes. Il s'attendait à ce qu'elle les retire avec répugnance, mais elle n'en fit rien. Alors, il se pencha pour y poser ses lèvres avec tendresse. Sa peau était douce et sentait l'huile de noix.

Quand il se releva, il vit dans le miroir que Pénélope avait fermé les yeux, mais il ne sut dire si c'était de contentement ou d'horreur. De peur de commettre un impair supplémentaire qui aurait mis fin à cette complicité naissante, Armel n'alla pas plus loin et lâcha les mains de Pénélope.

— J'étais venu vous souhaiter une bonne journée, ma mie, mais sachez déjà que ce doux moment fera la mienne bien agréable, dit-il en reculant d'un pas pour s'incliner à nouveau.

Enfin, Pénélope se retourna vers lui, et il eut le plaisir de constater que sa figure n'était pas hostile.

— Je vous souhaite une bonne journée également.

Le ton était poli et plein de cette déférence qu'elle affectait envers lui depuis le mariage, mais son sourire était doux et son regard ému. Armel sentit son cœur s'emplir d'une félicité qui l'étonna lui-même. Se pouvait-il qu'il fût devenu à ce point sentimental pour se réjouir d'une simple caresse et d'un sourire ? Il n'agissait pas avec tant d'égard par le passé, lorsqu'il avait envie de trousser un jupon dans le recoin d'une taverne !

Mais il fallait admettre que Pénélope n'était pas n'importe quelle donzelle faite pour amuser les soldats. Elle était sa femme, devant Dieu et devant les hommes.

Chapitre 32

Pénélope resta un long moment immobile devant son miroir après le départ d'Armel. Françoise trouva sa maîtresse silencieuse lorsqu'elle entra dans la chambre avec une collation disposée sur un plateau. La nourrice avait souhaité ne pas repartir avec la suite de Mme de Penthièvre afin de rester au service de la jeune femme après son mariage. En vérité, elle ne concevait pas de laisser sa fille de lait seule au milieu de tous ces sbires des Montfort.

Pénélope avait apprécié son dévouement et elle devait avouer que sa présence la rassurait. De plus, sa grande expérience des cours seigneuriales lui était bénéfique, car Françoise la renseignait souvent sur l'attitude à adopter dans les situations auxquelles sa nouvelle condition de châtelaine la confrontait.

— Françoise, crois-tu malséant que je parte faire une promenade à cheval avant la messe ? demanda Pénélope en terminant de tresser ses cheveux. Il est encore tôt et je subodore que la journée va être aussi remplie que les précédentes…

Depuis son mariage, Pénélope n'en finissait pas de recevoir la visite de solliciteuses : des paysannes venues demander sa bénédiction pour leur dernier-né, des marchandes proposant de nouveaux tissus ou colifichets, des bouquetières vantant leur artisanat... Chacune avait une raison aussi recevable qu'une autre, et Pénélope ne pouvait pas les ignorer. Après la messe quotidienne et jusqu'au dîner, son antichambre ne désemplissait pas au point qu'elle n'avait pas un instant à elle. Après le repas, elle parvenait parfois à voler une heure ou deux de quiétude et de solitude, puis elle devait s'habiller pour le souper, souvent prétexte à recevoir ou à rendre visite aux seigneurs voisins, le plus souvent en compagnie d'Armel.

Elle affectait toujours envers son époux la plus grande indifférence, meilleure manière pour elle de ne pas céder au désir qu'elle ressentait à son égard. Il avait dit qu'il attendrait qu'elle vienne d'elle-même vers lui. Eh bien, il allait attendre longtemps ! Elle avait décidé qu'elle ne serait *jamais* sienne. Le Pape finirait peut-être par prononcer la nullité du mariage puisque celui-ci n'aurait jamais été consommé.

— Madame, vous êtes libre de vos mouvements, répondit Françoise en ouvrant la garde-robe en cuir bouilli posée dans un coin. Si vous souhaitez faire une promenade à cheval, faites-le ! Je mande vos femmes pour vous apprêter.

— Oh ! contrairement à ce que tu crois, je suis bien loin de faire tout ce que je veux ! fit Pénélope avec une moue significative avant d'appeler un valet.

Il surgit aussitôt de derrière la porte, comme s'il attendait les ordres de sa maîtresse, posté au même endroit depuis l'aube.

— Madame ?

— Descends aux écuries et demande que l'on me fasse harnacher un palefroi céans. Je pars en promenade.

— Bien, madame.

Le laquais disparut aussi prestement qu'il était entré,

et Françoise apporta une toilette d'équitation. Les soubrettes arrivèrent une par une et aidèrent Pénélope à enfiler le surcot vert foncé par-dessus une cotte très large qui lui permettrait d'enfourcher aisément sa monture[1]. Françoise posa sur ses cheveux tressés une aumusse qui recouvrait sa tête et ses épaules.

Lorsqu'elle fut prête, Pénélope prit sa cravache et descendit à l'écurie où le palefrenier lui tendit les rênes d'une jument blanche impeccablement apprêtée.

— Merci.

Elle sortit du bâtiment et constata avec surprise que trois écuyers armés, à cheval eux aussi, semblaient l'attendre. Pénélope fronça les sourcils.

— Je n'ai pas demandé d'escorte ! lança-t-elle, irritée, au palefrenier d'un air courroucé.

— Je suis navré, madame, ce sont les consignes de monsieur le comte, expliqua l'homme, visiblement gêné.

— Voyez-vous cela ! Je suis pourtant déjà sortie du château sans garde.

— Mes excuses, madame. Il a fait savoir, expressément voici trois jours, que madame devait être systématiquement accompagnée par des hommes en armes si elle voulait sortir du bourg.

— Un seul écuyer aurait suffi, marmonna Pénélope, contrariée. Bien, allons-y.

Elle posa son soulier sur le marchepied que le palefrenier lui présentait avec ses mains et se hissa sur la selle

1. Au Moyen Âge, les femmes montaient le plus souvent à califourchon, comme les hommes, ou s'asseyaient sur la selle, avec le corps parallèle à celui du cheval et en mettant leurs deux jambes du même côté, les pieds posés sur une planchette. La monte en amazone avec une selle spécifiquement conçue pour cela ne s'est répandue qu'au XIXe siècle.

avec l'aisance des cavaliers chevronnés. L'animal secoua la tête, et Pénélope flatta l'encolure avant de prendre les rênes des mains du palefrenier. Elle claqua sa langue, et la bête se mit en route.

Pénélope traversa le pont-levis et se retrouva dans la lice, cette zone située entre le château et la longue muraille crénelée de merlons qui longeait les douves. Les accès à la forteresse étaient commandés par deux postes de guet où logeaient en permanence les gardiens chargés de filtrer les visiteurs. On laissa évidemment la châtelaine passer sans encombre la barbacane qui fermait l'accès à la ville. La cavalière descendit la grande rue du bourg pour se diriger vers la Glaume, le marais qu'elle connaissait déjà.

Sur son passage, les manants et les villageois la saluaient avec déférence, et Pénélope, affable, leur répondait d'un signe de tête. Elle distribua quelques piécettes en guise d'aumône et reçut un fruit de la part d'une marchande. Pénélope fut soulagée de quitter la rue pour entrer enfin dans la campagne, mais son malaise persista. La présence des trois hommes qui l'escortaient à quelques pieds l'indisposait.Il était normal pour une dame de son rang d'être ainsi accompagnée lorsqu'elle sortait de l'enceinte protectrice du château. Malheureusement, elle devait s'en accommoder, maintenant qu'elle était comtesse de Rosmadec ! Elle mit un certain temps à identifier ce qui la contrariait le plus dans leur présence. Était-ce leur nombre imposant qui lui donnait le sentiment d'être une dangereuse criminelle ? Elle savait pourtant que les seigneurs aimaient montrer leur puissance et leur richesse par l'ampleur et l'équipement de leur escorte.

Contrariée, Pénélope écourta sa promenade et rentra au château bien avant l'heure de la messe, de mauvaise humeur. Elle entra dans sa chambre en claquant la porte, jeta sa cravache dans un coin de la pièce et se débarrassa à la va-vite de son aumusse, ébouriffant les sages tresses attachées sur ses oreilles.

— Vous êtes déjà revenue ? s'étonna Françoise en surgissant du réduit où elle avait sa couche, alertée par le bruit. Cela ne s'est pas bien passé ?

Pénélope lui retourna un regard noir.

— Il n'est pas aisé de jouir d'un moment de quiétude à débusquer les animaux du marais ou de galoper à travers champs quand on est encadrée par trois écuyers qui surveillent chacun de vos pas, se renfrogna-t-elle. Ce n'était pas vraiment ainsi que j'avais imaginé ma promenade matinale, Françoise.

La servante joignit ses mains sur son ample poitrine, dépitée, et se rapprocha de la jeune femme qui s'était assise sur un tabouret.

— Pourquoi avoir pris une escorte si vous vouliez être seule ? demanda Françoise.

— Mais je ne l'ai point demandée, elle m'a été imposée ! s'exclama-t-elle vivement. C'est cela, en fait, qui m'exaspère le plus. Je n'ai pas eu le choix, mon mari ne m'a pas consultée, il a décidé que cela devait être ainsi et que je n'avais rien à dire ! Ah, mais ça ne se passera pas comme ça, messire Armel de Rosmadec !

Elle avait entrepris de défaire complètement ses tresses, mais elle n'avait réussi qu'à faire de ses cheveux une masse informe de mèches désordonnées. Françoise ne put retenir un rire, et Pénélope s'arrêta, les mains en l'air au-dessus de sa tête.

— Madame, vous êtes trop vive ! fit la vieille femme en ramassant une épingle tombée à terre. Laissez-moi faire, sinon vous ne serez jamais prête pour la messe.

Pénélope se mordit la lèvre et se retourna vers le miroir tandis que Françoise démêlait ses cheveux, méthodique et calme. Elle avait raison, elle réagissait vertement et toute sa coiffure était massacrée. Elle ferma les yeux et soupira pour essayer de se calmer en laissant Françoise s'occuper d'elle. Elle devait aussi changer de toilette pour un surcot plus adapté à la solennité de la célébration religieuse.

Moins d'une heure plus tard, la jeune femme se présenta à l'entrée de la chapelle castrale pour assister à la messe quotidienne. Le prêtre du village avait revêtu sa chasuble violette, couleur de l'Avent. La nef était décorée avec des branches de gui, de houx et de lierre liées par des rubans de la même teinte.Pénélope avait pris soin de mettre quelques deniers dans son aumônière pour donner aux pauvres après le dernier *Ave Maria*. Elle entra avec nonchalance, affectant l'air hautain qui seyait à son statut châtelaine, puis se plaça près d'Armel, comme chaque jour.

Le jeune homme tourna la tête vers elle et lui dédia un sourire chaleureux, mais Pénélope ne lui jeta pas un regard et resta de marbre. Il voulait la contraindre et la dominer ? Elle ne céderait pas à ses matoiseries pour la soumettre.

Chapitre 33

Armel comprit que quelque chose n'allait pas lorsqu'il constata que Pénélope lui opposait, les jours suivants, toujours la même indifférence. De nouveau hostile, encore davantage qu'au premier jour, elle répondait à ses questions par des onomatopées évasives ou un hochement du menton ou bien se montrait mutique, rendant la plus petite conversation aussi ardue qu'une chevauchée de plusieurs jours.

La traditionnelle veillée de Noël commença sans qu'il ait pu savoir ce qui l'avait blessée. Dans la salle de réception du château décorée de la même verdure d'hiver qu'à l'église, les serviteurs apportèrent un gros tronc de pommier qu'ils placèrent devant la cheminée monumentale. Armel, vêtu d'un riche pourpoint bleu et jaune fourré d'hermine, accueillit Pénélope, elle aussi magnifiquement parée d'une longue robe d'un violet profond bordée de zibeline. Les deux époux prirent place devant l'énorme bûche qui fut arrosée de vin et d'huile, puis saupoudrée de sel. Le prêtre récita des prières, demandant à Dieu de protéger le fief et ses habitants, puis les domestiques basculèrent le tronc dans l'âtre. D'un geste solennel, Armel enflamma les bûchettes disposées sous le tronc qui devait brûler jusqu'au moment de la messe de minuit.

Armel invita Pénélope à s'asseoir sur le banc de merisier molletonné qui leur était réservé, face à la cheminée, puis prit place près d'elle. Elle ne lui avait pas accordé un regard, et le jeune homme se rembrunit. La période de l'Avent, consacrée à la prière et à la méditation, était certes peu propice aux épanchements, mais il comptait sur les festivités de la Nativité pour mettre la jeune femme dans de meilleures dispositions.

Des saltimbanques aux costumes multicolores firent leur entrée au son des fifres et, dans un ballet savamment orchestré, transformèrent un coin de la salle en scène. Les comédiens se mirent à jouer des mystères, des saynètes évoquant des épisodes de l'Ancien Testament. Pendant ce temps, les serviteurs dressaient les tables pour le banquet de réveillon qui suivrait la messe. Armel commençait d'ailleurs à avoir faim ; ce n'était pas la frugale collation du dernier dîner de l'Avent qui avait calmé son appétit ! À côté de lui, Pénélope semblait n'éprouver aucune émotion, comme si elle n'avait aucun plaisir à se trouver là.

Son indifférence, loin de le désarmer, décuplait ses sentiments envers elle. Se faire aimer d'elle devenait plus qu'un désir, c'était à présent une nécessité impérieuse, un défi qu'il s'était lancé à lui-même. La consommation de leur union passait presque au second plan, malgré les rumeurs qui ne manqueraient pas de circuler si la châtelaine n'était pas grosse d'ici le printemps !

Les comédiens avaient maintenant laissé la place au conteur, accompagné de son musicien. Le vieil homme trapu, pourvu d'une barbe grisonnante de plusieurs pieds de long, disparaissait presque sous une grande houppelande bleu nuit constellée de minuscules pierreries qui lançaient des étincelles lorsqu'il se déplaçait. Dans la cheminée, le tronc du pommier se consumait lentement.

Le musicien préluda sur son luth, puis le vieillard commença à narrer l'histoire d'une princesse nommée Brigitte. La malheureuse avait fait naufrage avec ses douze rejetons au large d'une côte du Guildo. Désespérée, la naufragée avait invoqué sa sainte patronne qui, pour lui permettre de gagner le rivage, l'avait transformée en cane et ses enfants en canetons. En remerciements, la brave femme avait fait élever une chapelle dédiée à sainte Brigitte, que l'on appelait depuis Notre-Dame de Guildo.

Armel s'était tourné vers Pénélope.

— Cette légende est fort jolie, ne trouvez-vous pas ? lui murmura-t-il. Je crois savoir que cette chapelle se trouve sur la côte de Penthièvre où vous avez grandi. J'ai pensé que vous auriez plaisir à entendre ce conte... Le connaissiez-vous ?

Le silence que lui opposa Pénélope le désappointa. Sa cuirasse semblait impénétrable.

— Je l'avais déjà entendu, en effet, dit-elle au bout d'un moment d'une voix où sourdait un léger trémolo. Je vous remercie pour cette attention.

Ce fut tout. Armel se rejeta en arrière contre le dossier du banc et manifesta sa frustration en soufflant bruyamment. Morbleu ! Il était bien sot d'écouter ainsi ses sentiments pour elle. Ne devrait-il pas simplement lui montrer qu'il était le maître ? Il leva le bras en direction de l'échanson qui lui apporta aussitôt un gobelet de vin. Non, la soumettre était le meilleur moyen de fermer définitivement la porte du cœur de Pénélope. Il devait se montrer patient... Pourtant, ce n'était guère sa qualité première !

La veillée touchait à sa fin ; il était l'heure de se rendre à l'église paroissiale pour assister à la messe de minuit en présence de tous les villageois. Armel se leva, imité par Pénélope qui posa sa main gantée sur son bras pour sortir. Une servante accourut aussitôt pour recouvrir les épaules de la jeune femme d'une somptueuse cape fourrée de martre et bordée d'une large bande d'hermine. Armel revêtit un ample mantel bleu doublé de fourrure qui effleurait le sol.

Dans la cour, les villageois rassemblés là avaient échangé leurs vieux vêtements contre des habits neufs pour l'année à venir. Leurs visages réjouis témoignaient de leur plaisir à accompagner pour la première fois leur nouveau maître célébrer la Nativité. Chaque famille brandissait un flambeau dont les lueurs tremblotantes habillaient les murs du château, enveloppant la cour d'une atmosphère féerique. Lorsque Pénélope et Armel apparurent sur le perron du palais, des voix d'enfants s'élevèrent dans la nuit pour entonner des chants liturgiques qui célébraient la naissance de Jésus.

— Comme c'est beau ! s'exclama Pénélope, visiblement émue.

Armel, surpris de cette réaction presque incontrôlée, la regarda intensément. Il y avait donc une faille dans son armure ? Tout n'était peut-être pas complètement perdu. Ragaillardi par cette idée, il donna le signal du départ de la procession jusqu'à l'église.

L'édifice paroissial, en haut de la rue principale du bourg, avait été lui aussi décoré de branches de houx et de lierre. Sous la voûte de l'entrée, une énorme boule de gui semblait flotter dans l'air, agrémentée de rubans multicolores. Bénis les premiers par le prêtre, Armel et Pénélope prirent place sur les fauteuils damassés préparés à leur intention dans le chœur. Sur leur droite, dans une des chapelles, une grande crèche avait été aménagée avec des mannequins de paille aux visages sculptés dans le bois.

Une fois bénie par le prêtre, chaque famille venait s'incliner devant le berceau encore vide de la crèche, puis devant Armel et Pénélope auxquels ils offrirent des présents. Intimidé, un enfant tendit une pomme à la jeune femme, un autre proposa un cornet de marrons chauds à Armel, une mère leur présenta un bouquet d'hortensias séchés. Les hommes, plus pudiques, se contentaient d'un salut de la tête, mais leurs regards étaient suffisamment éloquents pour se passer de mots.

— J'ai rarement vu des villageois aussi heureux de gâter leur maître, fit soudain Pénélope en recevant un nouveau bouquet des mains d'une jeune fille rougissante.

— Les offrandes au seigneur sont pourtant choses courantes le soir de Noël, répondit Armel, de nouveau surpris qu'elle lui adresse la parole.

Lui-même était ému de ces démonstrations de déférence auxquelles il n'était pas habitué.

— Je le sais. Mais on voit bien qu'ils ne font pas cela par obligation ou par intérêt. Ces gens vous aiment vraiment.

Armel tourna la tête vers Pénélope, et leurs regards se croisèrent brièvement. Devait-il saisir un message dans ses mots ?

— Je pense qu'ils savent que je ne veux que leur bien, dit-il enfin. C'est ainsi que je conçois mon rôle… Un jour, au bord d'un étang, j'ai promis à ma fiancée de faire en sorte que les gens de Châteaugiron soient heureux.

Pénélope avait baissé les yeux, et Armel sut qu'elle était touchée. Il n'eut pas le temps d'en dire plus, car le défilé des paysans avait cessé, permettant au prêtre de commencer enfin la célébration. Malgré la solennité de l'instant, Armel ne put s'empêcher d'être contrarié d'être interrompu au si mauvais moment et il dut se faire violence pour se concentrer sur les chants et prières qui résonnaient sous les voûtes. La ferveur des paroissiens était décuplée par la perspective du réveillon qui suivrait pour rompre le jeûne de l'Avent.

Armel s'avisa que cette messe, dite dans l'église du village et non dans la chapelle castrale, avait une saveur particulière. Pour la première fois, il se trouvait en tant que seigneur du lieu au milieu des habitants de son fief et non dans l'enceinte protégée de son château. L'attitude bienveillante du peuple l'incitait à renouveler l'expérience, peut-être pour fêter Pâques, l'autre grande célébration liturgique de l'année avec Noël et l'Annonciation. Armel regarda Pénélope tandis que l'assistance se levait pour entamer le *Gloria*. Sa femme serait-elle enceinte à cette époque de l'année ?

Une fois la dernière bénédiction donnée sur l'assistance par le prêtre, un poupon de chiffons fut déposé symboliquement dans le berceau de paille de la crèche, tandis que les cloches sonnaient à toute volée. Lentement, chaque famille quitta l'église et son atmosphère surchauffée par les dizaines de bougies pour rejoindre son foyer et partager le repas du réveillon. Pénélope et Armel sortirent les derniers et regagnèrent la grande salle du château où le tronc de pommier terminait de se consumer.

Les domestiques avaient anticipé leur arrivée et déposé sur les tables du banquet les charcuteries et oies engraissées pour l'occasion. Sitôt débarrassé de son mantel, Armel s'assit à sa place et sortit son couteau, bien décidé à dévorer tout ce qui se trouvait devant lui. Il invita Pénélope à s'asseoir elle aussi.

— Pardonnez-moi, mon ami, mais je suis lasse, lui répondit-elle d'une voix faible. Permettez-moi de me retirer céans.

Circonspect, Armel la dévisagea ; était-ce un stratagème pour échapper à sa compagnie ? Pourtant, les traits tirés de la jeune femme trahissaient une fatigue non feinte. Résigné, il se releva et baisa sa main.

— Votre compagnie me manquera pour cette nuit, madame, dit-il avec un sourire sans équivoque. Mais je vous souhaite un sommeil réparateur.

Il eut la satisfaction de voir Pénélope s'empourprer, mais elle le remercia seulement d'une courte révérence avant de quitter la grande salle avec ses femmes. Armel se rassit sur son fauteuil, leva le bras pour demander à boire et donna le signal de commencer le banquet. *Dormez bien, ma femme ; je fais serment qu'avant Pâques vous serez grosse.*

Chapitre 34

L'Épiphanie avait clos la période des fêtes de Noël, et la vie dans le fief des Rosmadec avait repris son rythme normal. Comme chaque matin, Armel toqua à la porte des appartements de son épouse et attendit qu'on lui dise d'entrer, la main sur la poignée. Contrairement aux autres matins, personne ne lui répondit, de l'autre côté du vantail. En revanche, une soubrette encadra son joli visage dans l'entrebâillement.

— Bonjour, messire, souffla-t-elle en rosissant. Venez-vous voir madame ?

— Oui, répondit Armel, légèrement agacé par cette question oiseuse. Pousse-toi que je puisse entrer.

— Madame est au bain, répondit la servante en ouvrant.

La chambre était cloisonnée par de grands draps de lin jetés sur des cordes que l'on avait tendues entre les murs de la pièce. En transparence, près de la cheminée où rougissait une légère flambée, Armel devinait une masse plus sombre. Il fit le tour des rideaux pour venir s'incliner devant son épouse.

Pénélope, les yeux fermés, était immergée presque jusqu'au cou dans une grande cuve de bois dont le fond était recouvert d'un drap pour éviter les échardes et filtrer l'eau à la fin. Armel oublia sa contrariété en s'abîmant un instant dans la contemplation de cette charmante scène domestique.

Trois servantes entouraient la comtesse ; l'une d'entre elles lui lavait vigoureusement les cheveux tandis que les deux autres versaient de temps en temps des seaux d'eau qu'elles remplissaient à l'aide d'une marmite suspendue à la crémaillère de la cheminée. C'était la première fois qu'Armel voyait son épouse aussi peu vêtue – même si l'eau savonneuse dissimulait la plus grande partie de sa nudité. Le jeune homme sentit sa virilité se manifester dans ses braies et il tressaillit en se ressaisissant.

Quelle curieuse réaction de se sentir en faute alors qu'il regardait sa propre femme ! Il était décidément fou de s'astreindre ainsi à attendre le bon vouloir de celle-ci. N'importe quel autre seigneur aurait usé de la force pour la faire sienne. Pourquoi était-il donc soudain si sentimental ?

La soubrette qui avait ouvert la porte à Armel se pencha vers Pénélope et lui souffla quelques mots à l'oreille. Aussitôt, Pénélope ouvrit tout grand ses yeux verts et dévisagea longuement son mari. Elle ne s'offusqua nullement de sa présence, car il était courant de converser et même de recevoir des visites en prenant son bain, mais il la devina intimidée et cette idée le flatta.

Il alla chercher une escabelle posée dans un coin de la pièce, la plaça non loin de la cuve et s'y assit nonchalamment. Pénélope, la tête renversée en arrière pour que la servante puisse procéder au rinçage de son ample chevelure blonde, offrait à ses regards sa gorge diaphane, dangereusement tentante. Armel déglutit, brusquement gêné par la pulsion qui l'envahissait tout entier. La sensualité qui s'échappait de ce moment d'intimité aiguisait ses sens au plus haut point. Il s'imaginait, nu lui aussi, partageant le même baquet et ses larges mains remplaçant celles, menues, de la soubrette. Il étrillerait ses cheveux de ses doigts et caresserait chaque once de sa peau blanche.

— Aviez-vous quelque chose d'important à me dire ? fit soudain la voix de la comtesse, le sortant de ses rêveries érotiques comme on s'éveille en sursaut.

— Euh… Oui ! bredouilla Armel en se redressant sur son escabelle. J'ai une information à vous donner.

Il maudissait la brusque rougeur qui lui montait aux joues – est-ce qu'un chevalier rougissait ainsi devant sa belle ?

— Eh bien, je vous écoute.

Elle fit signe aux servantes qui, après avoir enroulé un drap sur la tête de Pénélope pour essorer ses cheveux, quittèrent la pièce par une petite porte de service. La dernière tisonna la cheminée avant de sortir, mais le temps était clément et il ne faisait pas froid. Pénélope tenait un petit miroir à main dans lequel elle auscultait son visage avec une insistance qui parut fausse à Armel ; il gagea qu'elle se donnait seulement une contenance.

— Je viens d'avoir un message de Monseigneur le duc de Bretagne, déclara-t-il enfin. Il se rend à Paris avec son épouse à la demande du roi de France et fera étape à Châteaugiron.

— Très bien répondit Pénélope sans cesser son manège, comme si elle n'avait rien écouté. Vous serez sans doute fort aise de revoir votre ami… Quand est-ce prévu ?

— Au début du printemps. Je pensais… Que diriez-vous d'en profiter pour organiser une grande fête avec un tournoi et des joutes ? questionna-t-il précipitamment. Ce serait l'occasion d'inviter les seigneurs voisins en notre château.

Cette fois, Pénélope se figea et baissa son miroir,

daignant lui accorder un regard. Son visage semblait malicieux et narquois.

— Ce que j'en dis ? répéta-t-elle, d'une voix haut perchée qui lui était inhabituelle. Mais je n'en dis rien du tout, cher ami… C'est vous le seigneur de ce château, c'est vous qui décidez. Je n'ai rien à dire.

Armel fronça les sourcils et se leva pour se rapprocher du baquet avant que la jeune femme ne replonge dans sa contemplation.

— Qu'insinuez-vous donc par là ?

— Mais rien du tout. Depuis quand faites-vous donc cas de ce que je pense ?

Elle leva les yeux vers lui, et Armel plongea dans son regard flamboyant.

— Je vous ai toujours accordé une grande attention, Pénélope, dit-il gravement en saisissant son poignet avec fermeté. Depuis des semaines, vous me battez froid, sans que je sache ma faute, alors que je ne poursuis qu'un seul but, celui de vous plaire.

Il sentait intimement que la conversation allait une nouvelle fois tourner à la querelle. La jeune femme pencha la tête sur le côté.

— Vous pensez sincèrement me plaire en m'imposant trois écuyers pour surveiller le moindre de mes pas hors du château ? jeta-t-elle avec une pointe d'agressivité. Une voleuse ne serait pas moins escortée !

Armel ouvrit des yeux ronds. Stupéfait, il lâcha le poignet de Pénélope, décontenancé. C'était donc cela qu'elle lui reprochait ? C'était donc cela… et *seulement* cela ?

— M'en voudrez-vous donc de vouloir protéger ce que j'ai de plus cher ? Je ne veux pas qu'il vous arrive malheur, Pénélope.

— Mais de là à avoir une escorte armée pour une

promenade d'une heure, il y a un pas, ne trouvez-vous pas ? s'emporta Pénélope, opiniâtre. Vous êtes bien placé pour savoir que je sais me défendre toute seule !

Armel était parti à la fenêtre, les bras croisés. Il se retourna et revint vers elle.

— Contre des loups affamés, peut-être, murmura-t-il en effleurant sa joue d'un doigt. Mais ce ne sont pas les bêtes sauvages que je crains céans...

Le visage de Pénélope sembla s'adoucir, comme si les peurs d'Armel étaient contagieuses. Cette fois, son regard n'était plus dur et incisif, mais incrédule et attentif.

— Que craignez-vous donc ?

Il y avait une once d'inquiétude dans la voix de Pénélope, et Armel y fut sensible. Il décida de ne pas lui cacher ce qui le tracassait. Se montrer franc était peut-être le meilleur moyen de la ramener vers lui.

— Vous êtes désormais ma femme et je suis un proche du duc de Bretagne. Or, comme vous le savez, Jean IV n'a pas que des partisans sur le sol breton. Je veux simplement vous protéger des ennemis qui chercheraient à lui nuire, à travers moi... ou vous.

Pénélope, cette fois, se renfrogna et le regarda avec acuité, comme si elle cherchait à comprendre.

— Il me semble pourtant que Jean de Bretagne s'est entouré d'hommes habiles et de confiance, dit-elle, pas convaincue. Je crois aussi savoir que bon nombre de petits hobereaux bretons se sont ralliés à Montfort père lorsque celui-ci a revendiqué la couronne ducale.

Armel sourit face à l'ingénuité dont elle faisait preuve.

— La vérité, c'est que, malgré le traité de Guérande, Jean IV peine à asseoir son pouvoir sur les seigneurs bretons de souche et notamment les plus puissants d'entre eux, reprit le jeune homme avec gravité. La plupart voient d'un mauvais œil tous ces *rogues* que nous avons amenés avec nous en débarquant d'Angleterre et qui gardent une grande influence sur Jean. Sans parler des liens de vassalité que le duc de Bretagne conserve envers Édouard III pour le comté de Richmond…

Pénélope leva ses yeux clairs vers Armel.

— C'est ma foi vrai. Pour beaucoup de Bretons, Jean IV est aussi anglais que le roi d'Angleterre lui-même. Il a été élevé en Angleterre, il a été marié à une Anglaise et son entourage est peuplé de seigneurs anglais dont nous n'avons jamais entendu parler… C'est un étranger à nos yeux.

— Il paie cher le prix de son enfance anglaise, répondit Armel. Tout comme moi, d'ailleurs. C'est aussi pour cette raison que je veux organiser un tournoi et des joutes avec les seigneurs de ma châtellenie, pour leur montrer que je suis des leurs. Je n'ai pas grandi ici, Pénélope, mais mes parents étaient tout aussi bretons que les vôtres…

Le jeune homme s'avisa de l'erreur qu'il venait de commettre en évoquant cela lorsque le visage de Pénélope se figea. Quel idiot, il avait tout gâché ! Il chercha que dire, éperdu, en se maudissant de sa spontanéité. Pénélope avait plongé sa tête entre ses mains.

Armel leva les doigts pour les poser sur le drap qui enserrait les cheveux de Pénélope. La rassurer, se dédire, s'excuser… Quelle était la meilleure solution ? À court d'idées, il se mit finalement debout, tourna les talons et se dirigea vers la porte, penaud et défait.

Alors qu'il s'apprêtait à sortir, la voix de Pénélope s'éleva, étonnamment claire.

— Malheureusement, dans cette guerre stupide, c'étaient des Bretons qui combattaient des Bretons. Il faudra des générations pour effacer le sang qui a coulé…

Armel se retourna vers son épouse ; elle ne souriait pas, mais son visage était empreint d'une grande sérénité qui le dérouta. Oppressé, il ne sut que dire, ni que faire, et s'enfuit sans un mot, surtout irrité contre lui-même.

Chapitre 35

Lorsqu'elle se retrouva seule, Pénélope s'avisa que l'eau du baquet s'était refroidie malgré la proximité du feu de cheminée, et un long frisson la saisit. Elle sonna les servantes qu'elle avait congédiées pour qu'elles la fassent sortir du bain. La conversation avec son mari l'avait profondément troublée, mais elle ne parvenait pas à en cerner la raison véritable. Était-ce à cause de leurs dernières paroles échangées ? La mort d'Hervé de Léon et de Marguerite d'Avaugour les liait intimement, et pourtant elle se rendait compte à présent qu'Armel n'était pour rien dans les agissements de son père. Tanguy du Chastel avait simplement obéi aux ordres de Montfort.Les servantes emplirent la chambre en un instant, apportant toilette, chaussures, bijoux et autres accessoires. Deux des jeunes filles tendirent un grand drap immaculé devant la cuve tandis que la troisième présentait sa main à Pénélope pour l'aider à sortir de l'eau. Elles enroulèrent l'étoffe autour de sa poitrine, et une autre déposa un châle de lainage fin sur ses épaules. Pénélope frissonna et se dirigea vers la cheminée pour se réchauffer. La tête lui tournait.

Une femme de chambre lui passa une chainse de toile fine, puis une robe de dessous violette à galons dorés et enfin un surcot jaune pâle. Elle compléta la tenue avec une ceinture de cuir tressé agrémenté de pierres précieuses dont elle fit deux tours sur les hanches de Pénélope.

La jeune femme se laissait habiller, absorbée par les pensées contradictoires qui se bousculaient en elle. Il fallut la figure ronde et joviale de Françoise derrière elle pour la réconforter. Depuis toujours, Pénélope réservait à sa nourrice le privilège de la coiffer. Cela leur permettait également de converser librement. Les suivantes, désœuvrées maintenant qu'elles avaient fini de ranger les vêtements de nuit et autres effets, sortirent de la pièce pour laisser les deux femmes seules.

Pénélope s'abandonna légèrement contre le dossier du fauteuil tandis que Françoise la débarrassait du linge qui entourait ses cheveux mouillés. Elle ferma les yeux, s'embauma la poitrine du parfum de camomille de sa nourrice et laissa ses pensées s'envoler des années en arrière. Enfant, la petite demoiselle de Porléach refusait qu'on touche à ses cheveux et elle poussait des hurlements dès qu'une des servantes de Jeanne de Penthièvre s'approchait avec une brosse. Seule Françoise y parvenait et obtenait parfois de la petite fille une permission pour laisser faire la duchesse elle-même.

Pénélope esquissa un sourire au souvenir du passé. Françoise passait la brosse en poils de sanglier avec application sur ses longues mèches blondes. C'était un autre brossage, doux comme une caresse, que celui de la nourrice lui rappelait, à présent. Armel s'y était commis, un matin, et elle se souvenait très bien des frissons délicieux qui l'avaient envahie. La silhouette puissante de son mari s'inscrivit dans ses paupières, et elle tressaillit, secouée par une onde de plaisir tout à fait incongrue.

Était-elle donc toujours amoureuse de lui ? Malgré les mensonges, malgré ses erreurs, malgré son lourd passé ? Lui avait-elle pardonné alors même qu'elle pensait le haïr pour le restant de ses jours ?

— Dites-moi donc ce qui encombre votre esprit, madame, fit soudain la voix de Françoise derrière elle.

Pénélope ouvrit ses yeux clairs et rencontra ceux de sa nourrice postée dans son dos. Elle n'avait jamais pu rien cacher à celle qui lui avait donné le sein et qui avait sauvé sa vie au péril de la sienne.

— Je pensais à mon époux, répondit-elle enfin. Il m'a appris qu'il voulait organiser au printemps un tournoi et des joutes pour la visite du duc de Bretagne en notre château.

— Voilà une excellente nouvelle, répondit Françoise.

— Il m'a aussi expliqué pourquoi il m'imposait une escorte. Il veut éviter que des ennemis du duc de Bretagne s'en prennent à moi par représailles.

Françoise s'arrêta un instant de tresser les cheveux.

— Voilà une explication qui me semble fort justifiée. Vous reprochiez à votre époux de vous emprisonner, alors qu'en réalité il ne souhaitait que vous protéger.

Pénélope soupira longuement sans la regarder, s'amusant avec une épingle qui traînait sur le plateau de la coiffeuse.

— Oui, je me suis trompée sur ses intentions, reconnut-elle.

— Si je puis me permettre, je pense que votre mari est fort épris de vous et qu'il ne veut que votre bonheur.

La jeune femme releva la tête. Sa nourrice lui souriait dans le miroir.

— Vraiment ?

— J'en suis certaine. Je crois aussi que vous vous

efforcez de le haïr, alors qu'il n'en est pas de même au fond de vous.

Pénélope la dévisagea, le cœur battant. Françoise lisait en elle comme une voyante dans les arcanes d'un jeu de tarot.

— Mais, Françoise, je ne peux pas aimer un homme qui a tué M. de Blois de sa propre main !

Françoise sembla hésiter avant de lui répondre.

— Savez-vous qu'il était poussé par la vengeance ? Ses deux frères ont été exécutés sous ses yeux à Brest par Monseigneur de Blois.

Un cri s'échappa de la poitrine de Pénélope, et elle porta sa main à sa bouche, tandis que les larmes noyaient brutalement ses prunelles.

— Mon Dieu, j'ignorais... Comment sais-tu cela ?

— Mme de Penthièvre me l'a expliqué, répondit Françoise. Vous savez, j'ai mis du temps avant d'apprécier votre époux, mais c'est un vrai chevalier qui mérite amplement la confiance et l'amitié du duc de Bretagne. Je n'ai jamais vu homme aussi loyal que lui... Il mériterait votre amour.

— Mais enfin, Françoise, ce serait trahir la mémoire de mes parents, s'exclama encore la jeune femme, éperdue.

La vieille dame hésita de nouveau un instant puis elle posa la brosse sur la coiffeuse avant de contourner le fauteuil pour venir se placer en face d'elle. Elle enveloppa ses mains des siennes et la regarda avec tendresse.

— Pénélope, écoutez-moi. Votre mari porte depuis sa naissance une lourde croix, dit-elle gravement. Mais il n'est pas responsable des agissements de son père. Pas plus que vous ne l'êtes des atermoiements du vôtre.

La jeune femme sentit son cœur accélérer sa course. Elle sentait qu'une révélation allait lui être faite et elle n'était pas sûre de vouloir l'entendre.

— Que veux-tu dire par là ?

Sa voix était tellement ténue qu'on l'entendait à peine. Françoise prit une profonde inspiration et se lança.

— Jean de Montfort père n'a pas ordonné à Tanguy du Chastel d'assiéger le château de Porléach par pure cruauté, expliqua-t-elle. Il s'agissait de faire payer à Hervé de Léon sa trahison.

— Sa trahison ? répéta Pénélope en se levant brusquement. Tu prétends que mon père était un traître ?

— Lorsque le duc Jean III est mort, votre père a d'abord embrassé le parti de Jean de Montfort. Il a accompagné sa chevauchée en France et a pris pour son compte de nombreuses places fortes. Lorsque Charles de Blois a assiégé Nantes, Hervé de Léon a tenu le siège pendant trois semaines, mais sa stratégie s'est malheureusement révélée désastreuse. Nantes a été repris et des dizaines de seigneurs bretons sont morts. Montfort lui a tellement reproché cet échec que votre père a décidé de rejoindre la bannière de Charles de Blois, qui venait d'être officiellement reconnu duc par le roi de France. Montfort a alors ordonné à Tanguy du Chastel de faire payer à votre père ce qu'il considérait comme une trahison.

— Dieu Tout-Puissant !

Pénélope tomba à genoux, les mains jointes en une prière muette. Tout ce qu'elle avait cru depuis l'enfance n'était donc que mensonges ? Sa vie durant, elle avait haï un homme que son père avait d'abord défendu ? Elle avait maudit une famille entière pour de mauvaises raisons ?

Françoise s'agenouilla à ses côtés et la prit dans ses bras, maternelle. La jeune femme se pelotonna contre l'opulente poitrine de sa nourrice et se laissa aller à son chagrin. C'en était trop, beaucoup trop.

— Je suis désolée, mon petit, murmura la vieille

dame en caressant ses tempes. Je ne devais pas vous apprendre tout cela…

— Pourquoi ? sanglota Pénélope. Pourquoi ne devais-je pas connaître la vérité ?

— Mme de Penthièvre ne le voulait pas.

— Pourquoi l'as-tu écoutée et ne m'as-tu rien dit ? s'exclama-t-elle en se relevant vivement, révoltée. J'en ai assez qu'on me traite comme une petite fille à qui l'on dit quotidiennement ce qu'elle doit faire, dire ou même penser ! Suis-je donc trop stupide ? N'aurais-je donc jamais le droit de réfléchir par moi-même ?

Hors d'elle, Pénélope s'échappa des bras de Françoise pour se réfugier près de la fenêtre de sa chambre. Elle frappait le mur de pierres froides avec son poing fermé, jusqu'à ce que les larmes l'aveuglent et que, épuisée de sanglots, elle tombe assise sur le banc aménagé dans l'embrasure. Lentement, la nourrice l'y rejoignit et s'assit auprès d'elle.

Il y eut un long silence pendant lequel Françoise attendit que les larmes se tarissent. Puis elle reprit la main de sa fille de lait dans la sienne.

— Je me suis tue parce que vous n'auriez pas compris, déclara-t-elle avec une patience infinie. Je n'ai rien dit seulement parce que vous n'étiez pas prête à l'entendre, Pénélope. Je vous ai caché tout cela parce que je voulais vous protéger.

La jeune femme releva la tête, éperdue. Tous, depuis le début, depuis sa naissance, ne cherchaient qu'à la protéger, là où elle voyait de la contrainte et des interdictions. Françoise, Blois, Jeanne de Penthièvre, Armel lui-même, tous n'avaient jamais agi autrement que parce qu'ils l'aimaient, elle, Pénélope de Porléach.

— Dieu Tout-Puissant, comment ai-je pu me fourvoyer à ce point ? murmura-t-elle, défaite. Je suis passée à côté de tellement de choses…

— Il reste quelqu'un qui vous attend avec une patience remarquable, suggéra Françoise à mi-voix en se relevant tout en lui tendant son autre main.

Les cloches de la chapelle castrale ponctuèrent ses paroles avec un tel à-propos que Pénélope se demanda si le bedeau n'avait pas entendu sa nourrice. Elle devait rejoindre son mari pour assister à la messe quotidienne. Spontanément, elle porta les mains à son visage marbré de larmes et se précipita vers le miroir. Elle ne pouvait pas aller à l'église avec cette tête de sorcière !

— Voyons ce que je peux faire pour que vous puissiez présenter une figure agréable à Dieu, fit Françoise en la rejoignant, le sourire aux lèvres.

Chapitre 36

Armel pénétra dans la chapelle du château, dédiée à sainte Marie-Madeleine, et prit place sur le prie-Dieu, qui lui était réservé, situé devant tous les autres. Les gens de sa maison entraient, un à un, comme chaque matin, pour assister à la messe sans avoir besoin de descendre jusqu'à l'église du bourg. Une fois n'était pas coutume, Pénélope arriva la dernière ; elle le salua rapidement d'un signe de tête et s'agenouilla auprès de lui. Le prêtre commença la célébration.

Le visage de la jeune femme disparaissait presque entièrement derrière le voile translucide qui recouvrait ses cheveux, sa gorge et ses épaules. Les mains jointes sur le prie-Dieu, elle avait baissé la tête et fermé les yeux, absorbée dans une ferveur silencieuse. Armel sentit une profonde déception l'envahir en constatant qu'elle était toujours aussi distante.

Il avait pourtant pensé que leur conversation matinale avait quelque peu atténué sa rancune envers lui, mais il s'était manifestement trompé. Armel commençait à arriver à bout de patience, même s'il avait à cœur de respecter sa parole et de ne point la forcer.

Dès qu'elle remuait sur son prie-Dieu, son parfum montait jusqu'à ses narines, entêtant comme un philtre

souhaitez que je ne sorte qu'escortée afin de garantir ma sécurité, ce que je comprends bien. Comme les escortes m'indisposent, que diriez-vous de m'emmener céans en promenade ?

Le visage d'Armel s'alluma, et il resta muet de stupeur une minute devant la soudaineté de sa question. Il n'était pas préparé à ce qu'elle lui fasse une telle demande et il se trouva pris de court.

— C'est une excellente idée, balbutia-t-il enfin, heureux comme il ne l'avait jamais été.

— Vous pourriez ainsi me montrer des hameaux que je ne connais point, reprit Pénélope. Ce n'est pas du plus bel effet quand je reçois des suppliques de manants qui habitent des villages dont j'ignore même le nom !

Armel se mit à rire de bon cœur, et Pénélope l'imita. Lorsqu'ils s'arrêtèrent, ils se retrouvèrent intimidés comme deux novices, et la jeune femme soutint son regard avec un aplomb qui le déroutait. Il avait le sentiment d'avoir ensorcelé. Bientôt, l'image de sa femme nue dans l'eau de son baquet, quelques heures auparavant, détourna complètement son attention de la célébration religieuse.

Il l'observait à la dérobée, essayant de deviner son profil délicat à travers le voile blanc qui masquait à demi son visage. Ses lèvres roses et charnues bougeaient légèrement en murmurant les prières, et il se délectait d'écouter sa voix pure s'élever lors des chants. Lorsqu'elle reposa ses mains sur le dossier du siège, il les imagina courir sur sa peau après avoir arraché ses vêtements dans un élan passionnel.

Armel tressaillit brusquement ; le prêtre venait de surgir devant lui. Le jeune homme rougit violemment en se demandant comment le prélat avait deviné la teneur de ses pensées. Puis il se rendit compte que le célébrant lui présentait simplement la sainte hostie pour la communion. Le cœur battant, Armel ouvrit docilement la bouche pour recevoir le corps du Christ

devant lui une épouse complètement différente, sans en connaître la raison.

— Voulez-vous aller vous promener… maintenant ? demanda-t-il enfin.

Elle hocha la tête avec enthousiasme, et Armel laissa échapper un soupir pour se donner du courage. Surtout, ne pas commettre d'impair pour ne pas gâcher ce bonheur fragile.

— Venez ! dit-il brusquement en la prenant par la main.

Armel l'entraîna vers les écuries au pas de course, comme s'il craignait qu'elle ne change d'avis. Au bout de quelques secondes, la voix de Pénélope s'éleva, rieuse.

— Pas si vite, messire ! J'ai peine à vous suivre…

Le jeune homme se retourna et s'avisa en effet qu'il courait un peu rapidement. En réalité, il faisait une enjambée quand elle en parcourait trois. Penaud, il ralentit en s'excusant. Pénélope riait, les joues rosies par l'effort et, lorsqu'ils arrivèrent aux écuries, elle reprit son souffle.

— Je suis désolé, fit Armel en se mordant la lèvre inférieure. Je n'ai pas l'habitude de courir avec une dame.

— Peut-être faudra-t-il vous y accoutumer, répondit-elle en affichant un air mutin.

Un frisson traversa le jeune homme ; elle n'avait jamais eu telles œillades auparavant. Mais il ne pouvait se résoudre à se réjouir avant de l'avoir tenue dans ses bras. Pas avant de l'avoir entendue dire qu'elle l'aimait.

Il ordonna au palefrenier de harnacher une monture pour eux deux, guettant la réaction de Pénélope. À sa grande surprise, elle ne broncha pas. Ou peut-être bien qu'elle s'y attendait un peu. L'écuyer présenta un palefroi blanc équipé d'une selle permettant à la jeune femme de s'installer confortablement en croupe derrière le cavalier.

Les chevauchées en duo étaient l'un des plaisirs auxquels se livraient souvent les jeunes couples.

Armel avait pensé que Pénélope refuserait, mais elle se prêta au contraire au jeu avec un plaisir visible. L'écuyer l'aida à se mettre en selle, arrangeant sa cotte sur l'arrière-train de l'animal pour qu'elle ne gêne pas l'allure, puis ils se mirent en route.

Au pas, ils descendirent la grande rue du bourg, répondant aux saluts enthousiastes ou déférents des habitants. Au lieu d'aller vers le marais de la Glaume qu'ils connaissaient déjà tous deux, Armel bifurqua vers le sud pour prendre la direction de Châteaubriant. Ils traversèrent un hameau du nom de Venèfles, ramassé autour d'une minuscule chapelle, puis pénétrèrent dans la forêt.

Armel fut transporté des années en arrière. La petite chasseresse qui l'avait sauvé des loups s'était transformée en une belle jeune femme qu'il avait épousée. À quoi pensait-elle, en cet instant ? Se souvenait-elle aussi de leur première rencontre ?

Le jeune comte sentait le corps de Pénélope bouger derrière lui, et sa proximité inhabituelle le déconcentrait. Au départ, elle avait affecté comme il se devait un maintien altier et se tenait en selle à l'aide des petites poignées ménagées de chaque côté de celle-ci. Mais plus ils progressaient et plus elle s'abandonnait contre lui. Bientôt, les mains de Pénélope se glissèrent sur sa taille, et il sentit qu'elle posait sa joue contre son dos.

Alors qu'ils arrivaient dans une clairière bordée par une rivière, Armel arrêta le cheval et se retourna légèrement vers Pénélope.

— Dormez-vous, ma mie ?

La jeune femme se redressa aussitôt, et il plongea dans son regard doux.

— Non. Où sommes-nous ?

— Au bord de la Seiche, répondit Armel en mettant pied à terre, avant de se retourner vers Pénélope. Que diriez-vous de profiter de l'ombre des arbres et de la fraîcheur de l'eau pour partager ensemble une collation avant de poursuivre ?

Un bon écuyer n'omettait jamais de pourvoir la monture de son maître d'un petit panier contenant des fruits, une gourde de vin coupé d'eau et du pain afin de surseoir aux petites faims qui pouvaient saisir le cavalier en cours de route. Armel tendit la main à son épouse pour l'aider à descendre. Elle eut un instant d'hésitation avant de glisser ses doigts dans les siens. Ses yeux verts brillèrent d'un feu tenace qui embrasa les sens d'Armel.

— Avec grand plaisir, lui répondit-elle d'un air de défi.

Il la saisit par la taille et la souleva de la selle comme si elle n'avait pas pesé plus lourd qu'un ballot de plumes.

Chapitre 37

Lorsque Pénélope toucha terre, elle ne s'écarta pas tout de suite de son mari et profita au contraire du refuge rassurant de ses bras autour d'elle. Elle devinait qu'Armel devait être dérouté par son attitude alors qu'elle lui avait été indifférente depuis des semaines. En même temps, cela lui plaisait d'instiller ainsi le doute dans son esprit. À son tour de jouer un peu !

Ce fut lui qui lâcha ses hanches, et il sembla à Pénélope que l'empreinte de ses doigts s'était inscrite au creux de sa robe. Elle aimait ses mains, courtes et carrées, couturées de cicatrices, mais qu'elle savait si douces lorsqu'elles étaient caressantes. Il se dirigea vers le cheval de son ample démarche et détacha le petit panier d'osier suspendu à la selle, puis passa les rênes par-dessus les oreilles de l'animal pour le guider à sa suite. Pénélope ne perdait pas un seul de ses gestes, se repaissant de son image, l'arête acérée de son visage, la courbe du menton, le cou à la fois massif et altier. Ses épaules puissantes disparaissaient sous la cotte chamarrée, et il ralentit la démarche ample de ses jambes musclées en arrivant près d'elle.

— Promenons-nous un peu, proposa-t-il en lui

présentant son bras. La rivière fait un coude à quelques toises d'ici, nous y serons à l'abri.

Pénélope hocha la tête, non sans avoir resserré autour d'elle sa pelisse de fourrure. Même si le soleil ne chauffait guère l'air ambiant, cette journée de février était plutôt clémente, mais elle se méfiait de l'apparente douceur du temps. Silencieux, l'un et l'autre profitaient de ces instants de calme et de quiétude. Enfin, Armel s'arrêta au bord de la rivière, près d'un gros rocher plat couché dans les feuilles.

— Cet ancien mégalithe pourra nous servir de banc et de table, qu'en dites-vous ? questionna-t-il en posant le panier sur le roc. J'espère que le luxe de votre château ne vous manque pas trop.

Pénélope se mit à rire.

— En aucune façon. Je me sens chez moi dans n'importe quelle forêt…

Armel darda son regard pénétrant dans le sien.

— Je ne l'ai pas oublié.

Sa voix était feutrée, secrète, comme s'il craignait qu'une parole prononcée trop fort rompe le charme de l'instant. Pénélope s'amusait de le sentir si hésitant, lui d'ordinaire si sûr de lui et, dans le même temps, cette fragilité l'émouvait. Elle repensait aux paroles de Françoise, le matin même. Qui était véritablement Armel du Chastel ? L'homme doux et prévenant qu'elle avait devant elle ou bien l'être cruel et manipulateur qui avait tué le comte de Blois et tenté de la piéger ? Elle était tentée d'écouter son cœur, mais elle ignorait s'il lui soufflait la bonne réponse.

Sans prendre garde aux tergiversations de son épouse, Armel avait ôté le tissu de lin qui recouvrait le panier pour l'étaler sur le rocher plat et y disposer les mets préparés par les mitrons : des morceaux froids de volaille rôtie, un pâté de lièvre, des beignets de pommes à la cannelle et des petits pains frais, sans oublier du vin rouge coupé d'eau contenu dans un carafon d'argent.

— Ah, je meurs de faim ! s'exclama Armel en sortant son couteau de sa ceinture. Asseyez-vous donc là et piquez ces niques[1] de bon appétit !

Le jeune homme désignait le bord du rocher où il avait posé son mantel afin que Pénélope puisse s'asseoir sans salir sa robe. Elle obéit, encore une fois touchée par sa prévenance.

— Je vous ai rarement vu ne pas avoir faim, remarqua-t-elle en prenant le carafon. Avez-vous soif ?

Armel la dévisagea longuement, et Pénélope devina ce qu'il allait répondre.

— Oui. Ce n'est pas précisément ce vin qui pourra étancher ma soif, mais je m'en contenterais pour le moment…

Malgré elle, Pénélope s'empourpra tandis qu'elle remplissait le gobelet qu'il lui tendait. Heureusement qu'elle pouvait concentrer toute son attention sur son geste ! Lorsqu'elle eut terminé, il but d'un trait et lui tendit le récipient.

— Et vous, avez-vous soif ? demanda-t-il à son tour.

La question était cette fois sans équivoque, et Pénélope ne pouvait plus esquiver son regard impérieux. Instinctivement, elle passa sa langue sur ses lèvres rosées.

— Oui.

Ce n'était qu'un murmure, semblable à un aveu. Le gobelet tomba sur le rocher avec un bruit de crécerelle qui agit comme un signal. Brusquement, Armel se

1. C'est l'origine de notre expression « pique-nique » : piquer veut dire picorer et les niques sont des objets ou des mets de peu de valeur, des riens.

leva et prit Pénélope dans ses bras avec une telle force qu'elle en eut le souffle coupé. Il posa sa bouche sur la sienne et l'embrassa avec une passion contagieuse qui fit basculer Pénélope dans un tourbillon de sensations. Elle répondit à son baiser avec une frénésie qui la surprit elle-même, comme si, tout à coup, elle se découvrait un désir inextinguible.

Leurs langues se cherchèrent, se trouvèrent, s'enroulèrent dans une danse langoureuse qui alluma un feu sournois au tréfonds des entrailles de Pénélope. Les mains d'Armel quittèrent alors ses bras et glissèrent sur sa nuque où elles heurtèrent le tissu de sa robe. Ses doigts se débattirent un instant avec les lacets de son surcot, mais Pénélope sentait qu'il s'énervait et elle se mit à rire.

— Ah, la peste soit de ces frusques ! marmonna-t-il en riant lui aussi. Je préférais votre tenue de ce matin, lorsque vous étiez dans votre bain…

— Certes, mais il fait un peu frais pour nous baigner dans la rivière, plaisanta Pénélope.

Armel s'interrompit pour la fixer comme si elle avait dit une absurdité. Ou plutôt comme s'il se rendait compte de la température extérieure. Pénélope sourit devant son air embarrassé et se blottit contre lui.

— Je ne veux pas que vous attrapiez froid, ma mie, fit-il contre son oreille. Mais j'ai trop faim de vous…

— Pourquoi ne pas rentrer au château maintenant ? proposa-t-elle sur un ton secret. Nous pourrions ainsi… finir ce que nous avons commencé ?

Pénélope se sentit rougir en prononçant ces paroles, mais soutint bravement le regard d'Armel qui s'embrasait.

— Vraiment ? lâcha-t-il dans un souffle. Vous ne me ferez pas faux bond en arrivant là-bas ?

Pénélope pencha la tête sur le côté.

— Vous avez ma parole.

Armel poussa un rugissement victorieux et il la porta dans ses bras pour l'emmener vers le cheval. Pénélope eut à peine le temps de saisir son ceinturon de cuir à pleines mains qu'il éperonnait déjà l'animal.

— Accrochez-vous !

Ils parcoururent la distance qui les séparait du château au galop, sans s'arrêter et sans prendre le temps de saluer quiconque sur le chemin. Le chaperon d'Armel s'était dénoué et flottait au vent, tandis que le voile de Pénélope n'était plus qu'un piteux chiffon emmêlé dans ses cheveux. Mais ils s'en moquaient, riant aux éclats et avides d'arriver à Châteaugiron.

Enfin, ils atteignirent la forteresse ; Armel arrêta le cheval au pied de la porte du logis, enleva de nouveau Pénélope dans ses bras et s'engouffra dans la bâtisse sous le regard médusé des serviteurs qui se trouvaient là.

Il grimpa quatre à quatre l'escalier monumental, donna un grand coup de pied dans la porte de sa chambre, la referma de la même façon et, enfin, posa Pénélope sur son lit. À cet instant seulement, il parut s'apaiser, défit ce qui restait de son chaperon d'un geste puis ôta ses bottes et son pourpoint, sans quitter Pénélope des yeux comme s'il craignait de la voir s'envoler.

La jeune femme sentait qu'il prenait d'infinies précautions pour ne pas la voir fuir. Attendrie, ce fut elle qui passa ses mains autour de son cou pour lui tendre sa bouche gourmande. Lorsqu'il quitta ses lèvres, il se redressa et la regarda, transfiguré. Pénélope lui sourit, tendit la main vers son bras et y posa une douce caresse. Les yeux couleur de glacier la détaillaient avec acuité, comme si Armel voulait graver en lui sa silhouette abandonnée. Il ne semblait pas triomphant comme un conquérant, mais plutôt humble et intimidé. Voire reconnaissant.

— Pénélope, si vous saviez combien de temps j'ai attendu ce moment…

Doucement, Armel se pencha vers elle jusqu'à frôler son visage, sans la toucher, balayant sa peau de son souffle chaud. Il commença par son front et suivit l'arête du nez, puis la bouche, sa gorge, son épaule, son bras… Lentement, il descendit jusqu'au bas de sa robe et posa la main sur sa cheville recouverte de ses chausses. Ses doigts suivirent la soie, s'immisçant sous le tissu de la cotte, jusqu'à rencontrer la chair frissonnante de ses cuisses.

Pénélope sursauta, et son cœur s'affola. Sans prévenir, elle se redressa et fit face à Armel, déterminée. Son air désolé alerta la jeune femme ; il pensait sûrement qu'elle allait le repousser ! Cette idée l'incita à poursuivre son geste.

Elle prit sa robe par le bas et, d'un mouvement souple, la fit passer par-dessus sa tête. Sans quitter Armel des yeux, elle fit de même avec sa chemise légère et offrit ses seins dressés d'excitation à son époux. La poitrine d'Armel se soulevait de manière irrégulière, témoignant de son trouble.

Il esquissa un sourire et se débarrassa de ses derniers vêtements. Lorsqu'ils furent nus tous les deux, Pénélope lui ouvrit alors les bras et Armel la saisit par la taille, avec une délicatesse infinie. Il s'agenouilla devant elle et posa sa bouche sur son ventre, chatouillant son nombril de ses lèvres tout en dénouant le lien qui retenait encore ses chausses. Ses mains emprisonnèrent ses fesses tandis qu'il enfouissait sa langue dans la toison blonde offerte.

Pénélope rejeta la tête en arrière et agrippa ses cheveux en laissant échapper un long gémissement de plaisir. Le feu l'envahissait tout entière et, en même temps, elle frissonnait comme si on l'aspergeait d'eau froide. Armel taquinait son intimité avec douceur, mais le désir se faisait urgent en elle. Ses hanches ondulaient au rythme de la langue qui l'explorait sans s'arrêter. Pénélope haletait, les yeux fermés ; elle avait l'impression que tout son être s'était concentré dans ce petit bouton qu'Armel maniait avant tant d'habileté. Elle renforça sa poigne sur ses cheveux en sentant qu'elle allait exploser.

Une vague montait de ses reins, et les mains d'Armel l'accompagnèrent le long de sa taille jusqu'à ses seins qu'il saisit dans ses paumes. Sa bouche quitta son sexe pour se poser sur l'un des tétons dressés vers le ciel, dur et moelleux à la fois. Pénélope poussa un petit cri de frustration, mais la main experte d'Armel vint remplacer sa langue entre ses jambes. Les gémissements de la jeune femme reprirent de plus belle lorsqu'il se mit à mordiller l'un de ses seins. L'onde de plaisir venue de ses entrailles convergeait avec celle de sa poitrine, la menant au comble de l'excitation.

Armel reprit sa bouche avec une sorte de sauvagerie gourmande et, cette fois, ce fut Pénélope qui quitta ses lèvres pour poser les siennes sur la peau hâlée son époux. Il tomba sur la couche tandis qu'elle explorait ses muscles du bout des doigts et de la langue, jusqu'à rencontrer son membre érigé.

C'était à son tour de lui procurer du plaisir. Armel poussait des râles sans retenue, caressant ses longs cheveux dénoués sur ses épaules. Enfin, n'y tenant plus, il la retourna d'un geste pour se glisser en elle avec douceur.

Pénélope poussa un petit cri, et il s'arrêta un instant, le temps que la légère douleur s'atténue. Ce fut elle qui prit ses fesses pour guider ses mouvements en elle, comblée. Armel accéléra le rythme, et Pénélope, d'instinct, enroula ses jambes autour de ses hanches. Elle s'accrocha à ses épaules, haletante, frémissante. Ils ouvrirent les yeux en même temps et se noyèrent dans le regard l'un de l'autre au moment où le plaisir atteignit son paroxysme.

Elle ne put s'empêcher de crier de plaisir et retomba sur le lit, alanguie, à bout de souffle. Armel se réfugia dans son cou et mordilla son oreille avec une infinie tendresse.

— Je t'aime, Pénélope, murmura-t-il. Je t'aime depuis notre première rencontre, dans les bois de Suscinio…

La jeune femme ouvrit les yeux, attendrie, et releva une mèche des cheveux noirs de son époux sans rien dire. Elle savait qu'il attendait le même aveu de sa part. Mais, malgré la douceur de l'instant, malgré la passion de leur étreinte, elle était incapable de prononcer les trois mots qu'espérait Armel.

Elle avait bien essayé, aujourd'hui, de passer outre son ressentiment. Elle s'était offerte à lui sans artifices et sans calcul. Mais il lui avait fait trop mal, elle ne parvenait pas à oublier les tourments qu'il lui avait infligés. Leurs corps s'étaient trouvés et s'accordaient à merveille, elle ne pouvait le nier, mais son cœur demeurait clos.

Pénélope regarda intensément son mari, et les larmes perlèrent au coin des yeux verts tandis qu'elle ouvrait la bouche en cherchant que dire.

Quels mots pouvait-elle prononcer pour expliquer l'inexplicable ?

Comme s'il avait deviné ses pensées, Armel l'interrompit.

— Ne dites rien, c'est inutile, soupira-t-il, amer. J'ai compris.

Il quitta la couche avec impatience et, le dos tourné, se rhabilla avec une lenteur exaspérante. Pénélope, désolée de lui infliger cela, ne savait plus que faire. Elle ne pouvait pas mentir sur ses propres sentiments sans se fourvoyer elle-même. Elle le sentait blessé, à juste titre, et en même temps elle s'en voulait de ne pouvoir le rendre heureux en lui donnant ce qu'il désirait.

Enfin, au bout d'un moment qui lui parut interminable, Pénélope vit Armel sortir, sans même lui accorder un regard, la laissant se débattre seule avec ses contradictions.

Chapitre 38

Le début du printemps rimait avec la fin de la trêve hivernale qui mettait les armes au fourreau et les hommes au coin du feu. Armel n'était pas mécontent de la reprise des activités, même si les frimas lui avaient permis de partager quelques moments privilégiés avec Pénélope.

Bien que déçu, il avait pris acte du refus de son épouse, sans pour autant rendre les armes. Au fond de lui, il était persuadé qu'elle l'aimait mais qu'elle refusait de le reconnaître. Pour cela, elle devait passer au-dessus de sa haine et de son ressentiment… et ce ne serait sans doute pas le plus simple à obtenir. Mais Armel n'était pas homme à abandonner un siège aussi facilement.

Il était d'autant plus motivé que Pénélope, comme pour se faire pardonner, affectait une relative bienveillance à son égard. Ils étaient encore loin de la complicité à laquelle il rêvait, mais, au moins, elle n'était plus froide et indifférente. Au contraire, elle se montrait intéressée par ce qu'il faisait et par les décisions qu'il pouvait prendre pour le fief. Le jeune homme avait en effet mis à profit l'hiver pour réorganiser de fond en comble l'administration de son domaine. Avant d'être perverti par le pouvoir qu'Armel lui avait lui-même accordé, Patry de Quanteil lui avait distillé des conseils avisés. Le comte avait aussi développé d'excellentes relations avec ses paysans et agissait avec beaucoup d'humanité, ce qui lui valait une réputation de bon seigneur auprès du peuple, ainsi qu'il l'avait constaté lors des fêtes de Noël. Pénélope n'y était pas étrangère, car elle ne ménageait pas non plus sa peine auprès des nécessiteux et des manants.

L'ambiance était tout autre avec les seigneurs des châtellenies voisines, plus anciennement implantés qu'Armel. Il échangeait avec ses vassaux des mots polis, mais on était loin de la loyauté indéfectible des seigneurs envers Charles de Blois autrefois. Le seul avantage que le comte de Rosmadec avait sur ses voisins était l'amitié indéfectible du duc de Bretagne, dont le convoi entrait à présent dans la cour du château de Châteaugiron. Jean IV lui faisait l'honneur de participer au grand tournoi de printemps qu'Armel avait décidé d'organiser chez lui.

Les premières voitures s'arrêtèrent non loin du donjon, mais le chevalier n'attendit pas que les écuyers et autres palefreniers interviennent. Il descendit lui-même le grand escalier pour accueillir son ami qu'il n'avait pas revu depuis son mariage. Pénélope l'accompagnait, radieuse, vêtue d'une belle robe de tissu bleu ciel frangé de broderies d'or.

Jean IV s'extirpa du carrosse et sauta à terre, avant de s'étirer longuement, sans doute satisfait de voir la fin du voyage. Armel se dirigea vers lui, esquissa une courte révérence protocolaire, puis les deux hommes tombèrent dans les bras l'un de l'autre en se donnant l'accolade.

— Bienvenue chez moi, frère d'armes, s'exclama Armel avec un grand sourire. Le voyage a-t-il été agréable ?

— Chaotique pour ce qui concerne la route, mais calme pour le reste, répondit Jean avec bonhomie, avant de se tourner à nouveau vers le carrosse. Je n'avais pas encore eu l'occasion de te présenter ma nouvelle épouse, la comtesse de Kent.

Après s'être marié avec la fille du roi d'Angleterre, Jean de Bretagne, devenu veuf, venait en effet de convoler avec la belle-fille d'Édouard III, Jeanne Holland. Armel jeta un œil curieux vers le carrosse et resta coi un instant. La nouvelle duchesse de Bretagne était d'une grande beauté : blonde, les yeux bleus, la taille fine et la poitrine conquérante, elle toisait l'assistance d'un regard fier et quelque peu hautain. Elle fit un signe de tête en direction d'Armel qui s'inclina pour lui présenter ses hommages.

Alors que le maître de maison conduisait ses invités vers leurs appartements, Pénélope se haussa jusqu'à son oreille.

— On m'avait dit que la duchesse était la plus belle femme d'Angleterre, murmura-t-elle vivement. Je crois que la rumeur n'a pas tort !

— En effet, ma mie, admit Armel. Mais ne craignez rien. Vous êtes à mes yeux la plus belle d'entre les belles...

Pénélope lui dédia un beau sourire que le jeune homme lui rendit. La beauté de Jeanne Holland ne le troublait point, car celle de sa femme le comblait, même s'il lui tardait de pouvoir à nouveau la tenir dans ses bras. Un à un, les seigneurs de la suite du duc descendaient des voitures, et Armel salua les grands noms qu'il n'avait pas côtoyés depuis la fin de la guerre. Olivier de Clisson en faisait partie et formait le bras armé du duc de Bretagne. Armel avait toujours admiré sa bravoure et son génie militaire, mais il appréciait beaucoup moins l'ambition et les manières prétentieuses de Clisson, élevé comme lui à la cour du roi d'Angleterre.

— Quelquefois, je me demande s'il n'aimerait pas être duc de Bretagne à la place de Jean, murmura Armel à Pénélope alors que les hérauts venaient de corner l'eau avant de passer à table.

— J'ai cru pourtant comprendre que Clisson en voulait énormément à Jean de ne pas lui avoir donné la seigneurie du Gâvre, qu'il convoitait en récompense de ses services, répondit Pénélope. Il a préféré la donner à son lieutenant anglais, John Chandos.

Armel plissa les yeux en regardant Clisson s'installer à table auprès de Jeanne Holland, après s'être lavé les mains dans les bassins ouvragés remplis par les domestiques.

— Je n'ai jamais fait confiance à Olivier, marmonna-t-il en guidant sa femme vers son siège, au côté de Jean de Bretagne. Encore moins lorsque je vois son comportement avec la duchesse.

Pénélope le regarda avec stupeur en saisissant l'allusion.

— Que craignez-vous d'un homme aussi laid ?

— Avoir perdu un œil à la bataille d'Auray ne l'empêche pas d'avoir une réputation de redoutable séducteur, répliqua Armel en ponctuant ses mots d'un baiser sur sa main.

Sans s'attarder sur l'air dubitatif de son épouse, Armel donna le signal au maître des cérémonies de démarrer le service. Il avait voulu donner un banquet fastueux qui n'était qu'un prélude aux joutes et aux combats organisés le lendemain dans les prairies de Foucybourde aux abords du château. Toute la population des environs pourrait ainsi constater la puissance du comte de Rosmadec et sa position favorable auprès du duc. La fête devait durer cinq jours.Après les potages défilèrent les plats de gibiers tellement garnis qu'il fallait trois ou quatre serviteurs à chaque fois pour porter les plateaux. Là encore, les maîtres queux s'étaient surpassés pour présenter les chevreuils et sangliers entiers avec tant de soin qu'on avait l'impression qu'ils étaient encore vivants.

Au lieu de se terminer après la desserte comme d'habitude, les libations se prolongèrent fort tard. Les échansons veillaient à ce que les invités ne manquent de rien et surtout pas de boisson. Ravi de retrouver son ami, Armel avait passé une bonne partie de la soirée à discourir avec Jean de Bretagne et il fut presque surpris lorsque les domestiques distribuèrent sur les tables des jeux d'échecs et de trictrac. Au même moment, deux couples de sonneurs investirent la salle au son des veuzes[1] et des bombardes[2].

Les premières mesures firent se lever spontanément les invités qui ne jouaient pas : hommes et femmes, bras dessus, bras dessous, formèrent des groupes de quatre et se mirent à danser en rond. Jean IV se redressa lui aussi, mais pour aller défier son lieutenant John Chandos aux échecs. Resté seul, Armel se leva et étira ses membres engourdis. Un regard circulaire lui permit de repérer son épouse à l'autre bout de la vaste salle surchauffée. Il se dirigea d'un pas décidé vers elle.

— M'accompagnerez-vous pour cette *dañs-tro*[3], madame ? demanda-t-il en s'inclinant devant elle, une main sur le cœur et l'autre tendue dans sa direction.

Pénélope sembla émerger de ses pensées, mais elle glissa sa main dans la sienne sans hésiter.

— Avec grand plaisir.

Ils s'élancèrent avec les autres danseurs, et Armel s'appliqua à suivre le rythme impulsé par les sonneurs. Il ne s'adonnait pas si souvent à cette discipline, mais il

1. L'ancêtre du biniou, qui est la cornemuse bretonne.

2. Instrument de musique traditionnel breton, de la famille des hautbois.

3. Danse traditionnelle bretonne, dérivée de la gavotte qui se dansait en rond, en glissant les pas, sans sauter.

savait que Pénélope aimait danser. Se rendait-elle seulement compte des efforts qu'il consentait pour lui plaire ?

— Vous semblez soucieuse, ma mie, fit-il d'une voix feutrée à son oreille. Puis-je savoir ce qui vous préoccupe ?

— Vous aviez raison, tout à l'heure, au sujet de la capacité séductrice de Clisson, dit-elle, amère. Regardez donc, là-bas, comme la duchesse de Bretagne minaude avec lui…

Armel suivit son regard en essayant de ne pas perdre la cadence. Assise dans une profonde embrasure, Jeanne riait aux éclats en écoutant Olivier parler. Le recoin leur offrait une semi-obscurité propice dont ils usaient manifestement pour être à l'aise. Ils affichaient une complicité sans vergogne qui laissait peu de place au doute. Armel serra les poings.

— Aïe !

Le cri de Pénélope l'interrompit, et Armel relâcha son étreinte.

— Oh ! je suis une brute ! s'exclama-t-il, confus. Pardonnez-moi, je ne voulais pas vous briser les os.

— Je le sais bien, répliqua-t-elle, conciliante en l'entraînant à l'écart des danseurs. Croyez-vous vraiment que Clisson…

Elle n'osait même pas aller au bout de son idée. Armel soupira.

— Je ne crois que ce que je vois, marmonna sombrement Armel. Mais, s'il s'avère que Clisson a le malheur de trahir Jean, je vous garantis que je m'en occuperai personnellement ! Qu'avez-vous, madame ? Vous voilà bien pâle !

Pénélope le regardait d'un air absent et elle porta la main à son front en vacillant.

— Je crois… Je crois que la danse m'a tourné les sangs, balbutia-t-elle. Je vais me retirer, si vous y consentez.

— Bien entendu, je vais faire mander vos femmes. Me permettez-vous de vous raccompagner ?

Elle hocha la tête et posa sa main sur son bras tandis qu'il ordonnait à un valet d'aller quérir les servantes de Pénélope. Il mena la jeune femme jusqu'à sa chambre où l'attendait déjà Françoise.

— N'ayez crainte, messire, je vais m'occuper de madame, assura Françoise en entourant les épaules de Pénélope.

— Je n'ai aucun doute là-dessus, répondit Armel. Je vous souhaite une douce nuit, Pénélope.

Elle eut un beau sourire, et Armel la contempla un instant, jusqu'à ce que la porte se referme sur elle.

Il décida de redescendre en empruntant l'escalier de service qui se trouvait de l'autre côté de la galerie et desservait directement la grande salle. Soucieux, Armel parcourut le couloir silencieux, faiblement éclairé par les veilleuses entretenues toute la nuit par un valet spécialement affecté à cette tâche.

Brusquement, un rire étouffé surgi de nulle part le fit se figer ; c'était la voix de Jeanne Holland. Les deux amants avaient-ils quitté la grande salle pour un endroit plus discret ? Le château de Châteaugiron, comme beaucoup de forteresses, regorgeait de recoins et d'embrasures propices, aux embrassades et autres étreintes nocturnes clandestines. À pas feutrés pour ne pas se faire repérer, Armel alluma une chandelle qui se trouvait sur un escabeau et avança en tendant l'oreille. Si c'était bien ce qu'il croyait, il n'aurait pas de mal à surprendre le couple en flagrant délit d'adultère.

Il n'eut pas à faire grand chemin. Au bout de quelques pas, le son caractéristique de respirations saccadées le fit s'immobiliser à nouveau. L'encoignure d'une fenêtre creusée dans l'épaisse muraille était masquée par une tapisserie pour garder la fraîcheur au-dehors.

Ils étaient là, à n'en pas douter ! Armel s'approcha doucement ; les halètements devinrent soupirs, puis gémissements à peine contenus.

Lorsqu'ils se transformèrent en râle, Armel brandit sa chandelle au-dessus de sa tête en soulevant la courtine d'un seul geste.

Les deux amants poussèrent un cri de stupéfaction, et la duchesse de Bretagne protégea ses seins dénudés de ses mains. Olivier de Clisson, penché sur elle, piégé sur le fait, arborait un air ahuri.

— Que la honte soit sur vous, messire, cracha Armel avec dégoût. Je vous pensais plus loyal envers votre seigneur et suzerain !

Clisson se redressa en rabattant sa cotte et rajusta son mantel, sans perdre sa superbe et son air hautain. Il regarda Armel droit dans les yeux.

— Je vous conseille d'oublier ce que vous avez vu, menaça-t-il, terrible. Si un mot de tout cela arrive aux oreilles du duc, il vous en cuira et je vous jure que vous le regretterez.

— Vous ne me faites pas peur, répliqua Armel.

— Ne sous-estimez pas mon pouvoir, messire du Chastel. Il est plus grand que vous ne le pensez.

Armel ne répondit point. Comment pouvait-il être aussi sûr de lui en étant confondu sur le fait ? Quelque chose lui échappait, quelque chose qu'il ne maîtrisait pas et qui le dépassait certainement.

Déconfit, il regarda Olivier de Clisson s'éloigner dans la galerie silencieuse, la duchesse de Bretagne à son bras comme si de rien n'était.

Chapitre 39

Pénélope peina à lever les paupières lorsque Françoise entra, suivie de deux servantes. Elles déposèrent dans un fauteuil une cotte couleur prune, un surcot jaune et une lourde ceinture de brocart ornée de pièces d'orfèvrerie.

— Il est l'heure, madame ! s'exclama la nourrice en ouvrant d'un grand geste du bras les épais rideaux de velours qui masquaient les fenêtres de la chambre. Messire de Rosmadec va bientôt arriver.

— Laisse-moi, marmonna Pénélope d'une voix pâteuse en rabattant les couvertures sur sa tête. Dis à Armel que je suis indisposée.

— Allons, un petit effort, s'exclama Françoise en se plantant sur le côté du lit. N'oubliez pas que vous devez présider l'ouverture du tournoi avec votre époux.

— Oh ! mon Dieu, c'est vrai…

Pénélope émergea du refuge de ses draps et poussa un soupir en se frottant les yeux. La nuit avait été fort courte et peu reposante. La simple perspective de devoir se lever et se faire habiller lui paraissait au-dessus de ses forces. Alors assister à toute une journée de joute et de combats !

— Vous sentez-vous bien, madame ? demanda

Françoise avec inquiétude, après avoir congédié les servantes d'un geste. Vous avez le visage tout chiffonné...

— Je n'ai presque pas dormi.

— Vous étiez pourtant fort lasse hier soir en vous couchant, fit la nourrice en ayant l'air de réfléchir. Vous sentez-vous nauséeuse ?

— Un peu... Cela fait quelques matins, d'ailleurs, que je suis incapable de manger avoua Pénélope. J'ai l'impression d'avoir les entrailles à l'envers. Suis-je donc malade ?

Le visage de Françoise se détendit soudain.

— Je ne le pense pas, dit-elle d'un air rassurant. Puis-je vous demander de quand datent vos dernières menstrues ?

Pénélope écarquilla les yeux en comprenant brusquement ce que supposait sa nourrice.

— C'était... peu après Noël, balbutia la jeune femme d'une voix faible. Mon Dieu ! Tu penses vraiment que... je suis enceinte ?

Françoise hocha la tête, et Pénélope resta interdite un instant. Ce n'était pas possible, *cela* n'était arrivé qu'une fois ! Il fallait qu'Armel ait le Seigneur de son côté pour que cette unique étreinte soit féconde... Pénélope sentit la colère monter en elle. Ce qu'elle redoutait le plus était précisément arrivé ; il lui serait impossible, désormais, de prétendre annuler le mariage !

Piégée, elle poussa un rugissement terrible et bondit de sa couche, retrouvant d'un coup toute sa vigueur.

— Habille-moi, ordonna-t-elle à Françoise d'un ton péremptoire qui n'admettait aucun commentaire. Je vais avoir le temps de réfléchir tout le temps que mon cher époux joute dans la lice.

Son amertume se nourrissait du ressentiment qu'elle éprouvait ; elle détestait se sentir ainsi, à nouveau, prisonnière. Après l'avoir été de sa tutrice, elle l'était à présent de son propre mari !

La nourrice lui passa les vêtements un à un, avec les gestes sûrs que donne l'habitude, et Pénélope s'apaisa. Lorsqu'elle eut terminé, Françoise joignit ses mains sur son ample poitrine en la regardant.

— Vous serez assurément la plus belle dame présente à la joute d'ouverture du tournoi.

— Plus belle que la comtesse de Kent ? demanda Pénélope d'un air narquois qui lui était inhabituel.

— Voulez-vous dire la duchesse de Bretagne ?

— La seule duchesse de Bretagne à mes yeux est Jeanne de Penthièvre, asséna la jeune femme d'un air grave. La nouvelle épouse de Jean de Montfort ne mérite pas ce titre !

Françoise regarda sa maîtresse, choquée, mais Pénélope conserva le silence tout en ajustant la ceinture de brocart sur ses hanches. Elle ne pouvait décemment pas lui faire part de ses soupçons, malgré toute la confiance qu'elle lui accordait.

Le son lointain des hérauts annonça le début du tournoi ; il était temps de remplir ses devoirs d'hôtesse. Françoise recouvrit les épaules de Pénélope d'une étole, puis elle l'accompagna pour descendre lentement le grand escalier de granit qui menait au rez-de-chaussée.

Dans la cour noire de monde, Armel l'attendait, planté devant l'entrée du château. Pénélope resta interdite un instant. Il avait revêtu ses habits de chevalier et arborait un magnifique surcot aux couleurs azur et or du comté de Rosmadec. La cotte de mailles et les pièces d'armure accentuaient encore plus les contours de son imposante carrure, et Pénélope ne put s'empêcher de penser qu'il était beau. C'était la première fois qu'il concourait sous ce blason et, manifestement, il en concevait une immense fierté.

Se tournant vers sa femme, Armel s'inclina légèrement, son heaume sous le bras.

— Madame, m'accorderez-vous céans l'honneur d'être votre champion pour ce premier tournoi de Châteaugiron ? déclama-t-il avec une certaine emphase.

Pénélope décela dans la voix de son mari que cette demande n'était pas seulement faite pour être conforme à l'usage. Elle aurait voulu répondre avec gentillesse, mais la colère prenait toute la place. Incapable d'apprécier cette simple offrande à sa juste valeur, elle se contenta de faire une révérence et de prononcer les paroles rituelles que l'assistance attendait.

— J'accepte, messire, dit-elle en sortant un carré de soie mauve de son aumônière. Portez bien haut mon étendard !

Armel prit son épée encore au fourreau et en présenta la garde à son épouse. Pénélope attacha le mouchoir à la poignée, clôturant la cérémonie. Alors, la foule se dirigea lentement vers le passage creusé dans les épaisses murailles et qui menait directement dans le bourg.

Pénélope avait l'impression que la population de Châteaugiron avait soudainement décuplé depuis que des hérauts avaient annoncé l'événement sur toutes les places publiques des environs. Aussitôt, les intentions de participer avaient afflué. Seuls les chevaliers pouvaient effectivement participer aux joutes et autres combats, mais le tournoi était l'occasion pour les marchands ambulants de proposer leurs produits.

Enfin, ils atteignirent la prairie de Foucybourde où les serviteurs avaient tendu un immense dais au-dessus d'une estrade en bois garnie de sièges pour les dames et les autres spectateurs. Toute la surface du pré avait été labourée et recouverte de sable, puis on avait planté des poteaux de bois pour délimiter la lice où allaient se dérouler les combats. Armel avait fait venir des dizaines de chevaux, et les écuries s'étaient transformées en ruches vrombissantes où les palefreniers allaient et venaient en courant, les bras chargés et l'air affolé. Les animaux étaient magnifiquement parés de tissus chamarrés, aux armoiries des chevaliers qui allaient combattre les uns contre les autres. Tout autour du champ, des tentes et des pavillons de toile aux couleurs des participants s'étaient élevés.

Armel remercia les chevaliers présents et plaça le tournoi sous le parrainage du duc de Bretagne et de son épouse. Son discours terminé, il rejoignit sa tente, et les écuyers l'aidèrent à placer son heaume sur sa tête et à enfourcher son destrier.

L'épreuve la plus spectaculaire du tournoi consistait en un duel entre deux chevaliers qui combattaient à cheval, puis à pied. Pénélope s'était assise auprès de la duchesse de Bretagne en ne lui adressant qu'un regard formel. Du reste, Jeanne Holland toisait d'un air dédaigneux tous ceux qui n'appartenaient pas à sa suite.

Jean de Bretagne portait haut les couleurs ducales, le noir et le blanc, associées au blason d'hermine plain. Pénélope pensa, pour la première fois depuis des mois, que Montfort n'avait pas la prestance de Charles de Blois. Il manquait d'envergure, de charisme et ses tentatives pour pallier ces absences le rendaient risible.

En face de lui, Olivier de Clisson présentait une attitude diamétralement opposée ; altier, presque royal, il joutait avec beaucoup de prestance et gagnait ses duels avec une facilité déconcertante. Après avoir battu Armel au cours du dernier combat, il fut opposé au duc de Bretagne, dernier chevalier restant en lice.

Malgré elle, Pénélope glissa un œil sur sa voisine : qui la duchesse allait-elle supporter ? Le doute se dissipa rapidement : Jeanne ne quittait pas Clisson des yeux.

Pénélope se demanda si Armel avait pu confondre les deux amants comme il le souhaitait. Pour le savoir, elle devait lui parler. Sa curiosité fut plus forte que son ressentiment, et elle se leva sans attendre le début du combat. Elle se faufila un chemin entre les sièges pour rejoindre le pavillon azur et or sous lequel son époux se trouvait. Entouré par plusieurs écuyers qui le délestaient progressivement des lourdes pièces d'armures, Armel regardait avec attention les deux chevaliers au centre de la lice. Comme il était d'usage, Clisson toucha de la pointe de son épée le bouclier de Jean IV. Une fois le défi relevé, chacun passa son armure et se remit en selle pour combattre. Olivier et Jean se placèrent l'un en face de l'autre de chaque côté d'une corde. Au signal, ils s'élancèrent au galop, lance brandie en avant, heureusement rendue inoffensive pour l'occasion. Le choc fut terrible, et Clisson désarçonna Jean IV du premier coup. Aussitôt, il mit pied à terre pour rejoindre son adversaire sur le champ de bataille et sortit son arme du fourreau pour terminer le combat. Le cri de charge des deux hommes fut brusquement couvert par une immense clameur qui s'élevait du côté du château. Aussitôt, des hurlements retentirent, et Pénélope s'arrêta avant d'avoir pu atteindre Armel.

Des dizaines de soldats, armés de piques, d'épées et de fourches envahirent la prairie. En quelques instants à peine, la confusion fut totale et les spectateurs se mirent à courir dans tous les sens pour échapper aux envahisseurs. Sans hésiter, les chevaliers saisirent leurs armes

– les vraies, cette fois, qui n'étaient pas épointées – et se lancèrent dans la mêlée. Partout où Pénélope portait le regard, ce n'était que chaos et cris. Là-bas, sur l'estrade, la garde ducale entoura la duchesse de Bretagne pour la protéger et la conduire en sécurité.

Prise de panique, Pénélope se mit à courir vers le château, suivant le mouvement désordonné de la foule pour se mettre à l'abri. Brusquement, elle fut heurtée par un homme qui brandissait une pique. Pénélope suffoqua et tomba à terre en criant. Instinctivement, elle se recroquevilla sur elle-même pour protéger son ventre, priant pour que le soldat ne les tue pas. Elle n'eut pas le temps d'appeler : l'instant d'après, il s'écroulait, frappé à la gorge. Pénélope releva la tête et reconnut Armel, surgi de nulle part.

— Pouvez-vous marcher ? demanda-t-il en lui tendant la main.

Elle fut soulagée et oublia sa colère. Visiblement inquiet, il était venu la sauver. Elle s'appuya sur lui pour se relever.

— Oui, je crois, balbutia-t-elle. Qui sont ces gens ?

— Je l'ignore, mais peu me chaut pour le moment, répondit le jeune homme en lui tendant une dague qu'il venait de sortir de son ceinturon. Prenez ceci et courez le plus vite possible jusqu'au château.

— Mais…

Armel la prit dans ses bras avec une sorte de rage et lui planta un baiser sur les lèvres.

— Pour l'amour du ciel, Pénélope, obéissez-moi, pour une fois ! la supplia-t-il. Courez et ne vous arrêtez pas avant d'être au château.

— Où allez-vous ?

— Mettre Jean en sécurité ! répondit Armel comme si cela était évident. Va vite, mon amour, je t'aime.

Il ne lui laissa pas le temps de protester et s'envola vers la mêlée, armes au poing, en rugissant des cris belliqueux. Pénélope resta un instant interdite. Il l'abandonnait là, sans autre défense qu'une misérable dague ! Que cela voulait-il dire ?

L'instinct de survie prit le pas sur le sentiment de stupéfaction qui s'emparait d'elle. Vite, vite, il fallait rejoindre le château, se mettre à l'abri, envoyer des hommes repousser cet ennemi. Pénélope releva ses jupes et courut aussi vite qu'elle le put vers la forteresse mais, lorsqu'elle atteignit la base du donjon, elle s'arrêta, horrifiée.

Elle poussa un cri et recula, sous le choc. Le fier château des Rosmadec brûlait de l'intérieur, jetant ses occupants dans la cour. Hypnotisée par les longues flammes orangées qui s'échappaient des trous béants de la toiture et par les hurlements des victimes terrifiées, Pénélope ne bougeait plus. Elle avait le sentiment de revivre, par procuration, l'incendie du château de ses parents, auquel elle avait échappé grâce sa nourrice. Elle n'avait pu voir le désastre à l'époque, mais il se reproduisait là, sous ses yeux. Les fenêtres explosèrent sous l'effet de la chaleur et les morceaux de charpente tombèrent les uns après les autres dans des gerbes d'étincelles, tandis que le grondement permanent du brasier rongeait inéluctablement les murs. Soudain, elle aperçut Armel, à quelques toises de là ; il faisait monter Jean et sa femme à l'intérieur d'une voiture attelée, avant de s'y engouffrer lui aussi. Pénélope hurla.

— Armel ! Armel !

Elle vit son mari tourner la tête dans sa direction, mais, comme s'il ne l'avait pas vue, il referma la porte de la calèche avant d'ordonner au cocher de partir.

La jeune femme resta les bras ballants.

Il l'abandonnait !

Pénélope voulut crier, mais une lourde toile tomba sur sa tête. À demi-étouffée, elle s'écroula à genoux et perdit connaissance.

Chapitre 40

Pénélope ouvrit vaguement les yeux et les referma, aveuglée par la vive lumière du jour. Elle voulut porter la main à son front douloureux et s'avisa que ses poignets étaient liés derrière son dos. Une tentative pour bouger ses pieds l'informa que ses chevilles étaient entravées elles aussi. Elle voulut appeler, mais se rendit compte que sa bouche était close par un bâillon étroitement serré. Il fallait se rendre à l'évidence : elle était bel et bien prisonnière !

Il s'agissait de garder son calme ; on ne réfléchissait pas bien lorsqu'on s'énervait, disait toujours Françoise, sa bonne Françoise. Pénélope sentit une vague de chagrin la submerger. Où était sa nourrice à l'heure actuelle ? Que s'était-il passé ? Comment était-elle arrivée là ? Peu à peu, ses souvenirs se remettaient en place, mais elle ne parvenait pas à retracer le cours des dernières heures.

La jeune femme se décida à ouvrir de nouveau les paupières pour tenter de savoir où elle se trouvait. Elle était allongée sur une paillasse qui n'avait pas vu de matelas depuis fort longtemps et dont les échardes lui entaillaient le dos. La cellule dans laquelle elle gisait mesurait à peine une toise de côté, éclairée par une meurtrière verticale creusée dans une épaisse muraille poisseuse. En face de cette fenêtre, des barreaux fermaient le cachot de haut en bas. Au-delà de la grille s'étalaient des murs de pierre poussiéreux, faiblement éclairés par des fanaux faméliques. Mis à part la paillasse, il n'y avait rien dans la pièce, en tout cas rien qu'elle pût distinguer dans la semi-obscurité.

Elle devait se trouver au sous-sol d'un château ou d'une tour, là où on enfermait les mauvais payeurs et les récalcitrants. Cela ne ressemblait pas à une prison, où les cellules individuelles étaient plus rares ; elle le savait pour avoir rendu visite aux prisonniers avec ses suivantes lorsqu'elle faisait ses bonnes œuvres de charité.

Soudain, le cliquetis d'une clé qu'on tourne dans la serrure se fit entendre, et les gonds de la grille grincèrent. Pénélope ne bougea point, recroquevillée sur la planche de bois. Une forme encapuchonnée de noir jusqu'au sol vint vers elle et se pencha au-dessus de la paillasse.

— Alors, la belle, on est réveillée ?

Pénélope frémit ; cette voix ! Elle l'aurait reconnue entre mille. C'était celle de son pire cauchemar, Patry de Quanteil. Il avait dû s'évader des prisons ducales pour être là ! En un instant, son esprit se mit en alerte, et elle réfléchit à vive allure pour décider de la meilleure conduite à adopter.

Elle ouvrit les yeux et le fusilla du regard en essayant de lui faire comprendre qu'elle ne pouvait pas prononcer une parole. Patry la regardait marmonner dans son bâillon avec un sourire narquois qui l'énerva encore davantage.

— Si je libère ta jolie bouche, tu me promets de ne pas hurler comme une harpie ? questionna-t-il en dénouant légèrement le tissu qui barrait ses lèvres.

Il n'eut pas plus tôt terminé son geste que Pénélope partit en imprécations, usant de tous les noms d'oiseaux que son vocabulaire comportait. Lorsqu'elle vit que Patry allait lui remettre le bâillon en place, elle s'arrêta et lâcha un soupir.

— D'accord, d'accord, je me calme, abdiqua-t-elle. Je ne veux plus subir le contact de cette chose immonde.

Patry acquiesça, satisfait.

— Voilà une excellente attitude. Tu n'es plus la châtelaine de Rosmadec, c'est moi qui commande en ces lieux !

Pénélope balaya la pièce d'un regard circulaire.

— Votre royaume est bien piteux, fit-elle en s'étonnant elle-même de son aplomb. Qu'espérez-vous en me retenant prisonnière ?

— Mais que ton cher époux vienne te chercher !

— C'est le duc de Bretagne que vous auriez dû enlever, dans ce cas, fit-elle avec amertume. Armel en fait plus de cas que de sa petite épouse !

Pénélope baissa la tête ; elle avait tenu ce propos surtout pour faire fléchir Patry, mais elle en voulait terriblement à Armel pour l'avoir lâchement abandonnée. Elle aussi pensait être la personne la plus importante aux yeux de son époux. Elle devait se rendre à l'évidence : les récents événements lui prouvaient l'inverse. Le duc de Bretagne restait et resterait la priorité d'Armel du Chastel jusqu'à sa propre mort.

Patry avait changé d'air, comme si elle avait touché le point vulnérable du vieil homme.

— Jean IV était trop bien gardé par ton stupide mari, cracha-t-il avec haine. Notre plan a échoué. Mais ce n'est que partie remise… Dès que ton époux saura que tu es en notre possession, il viendra.

— Votre plan ? Vous voulez dire que c'est vous qui êtes à l'origine de l'attaque de Châteaugiron ?

— Cela n'a pas été difficile à organiser, acquiesça le

vieil homme sournois. Ton époux n'est pas très apprécié dans la région, il est trop anglais et les Bretons d'ici détestent les vassaux du roi d'Angleterre… Alors, la perspective de les débarrasser en même temps d'un duc dont ils ne veulent pas et d'un comte dont ils n'ont que faire était trop belle !

Pénélope le dévisagea en essayant de déceler quelle était l'idée pernicieuse de cet intrigant.

— En réalité, ce n'est pas Armel que vous voulez attirer ici ?

Patry se rapprocha de son visage à tel point qu'elle put sentir son haleine fétide sur ses joues.

— Bien sûr que non. Il n'est qu'un prétexte, mais je me ferai une joie de lui faire payer personnellement l'affront qu'il m'a fait subir ! Non, c'est Montfort que nous voulons et nous savons qu'il ne laissera pas son fidèle ami dans la peine, ma jolie…

La lumière se fit subitement dans l'esprit de Pénélope ; c'était un piège et elle servait d'appât. Faute d'avoir pu capturer le duc de Bretagne lors du raid, il s'était emparé d'elle afin d'attirer Armel et Jean. Elle frissonna violemment en comprenant qu'il projetait aussi d'éliminer son mari. Malgré sa rancœur vis-à-vis d'Armel et de son comportement, elle se rendit compte que tout son être refusait cette issue.

Pénélope ne pouvait hésiter sur la conduite à tenir. Elle devait absolument trouver un moyen d'éviter que son mari vienne la délivrer, car Jean IV allait fatalement l'accompagner. Il fallait sauver Armel, mais surtout préserver la vie du duc de Bretagne. Pour cela, elle devait sortir d'ici par ses propres moyens et le plus vite possible.

— Comment allez-vous faire savoir à mon époux que vous me détenez prisonnière ? Et d'abord, où sommes-nous ?

Le regard noir de Patry ne filtrait qu'à peine d'entre ses paupières, comme s'il se demandait s'il devait lui délivrer l'information. À cet instant, une autre forme pénétra dans la cellule et se posta à son tour devant la paillasse.

— Vous êtes chez moi, au château de la Groulais, à Blain.

Pénélope pencha la tête sur le côté, tandis qu'Olivier de Clisson rabattait son aumusse sur ses épaules, dévoilant son visage borgne, mais non dénué de charme. Patry était donc de mèche avec ce traître ! Tout s'expliquait.

— Pour répondre à votre première question, je compte envoyer une demande de rançon à votre époux, reprit-il posément. Je pense que vous valez amplement les dix mille livres que j'exige.

Pénélope sursauta. Il s'agissait d'une fortune ! Elle décida de changer de stratégie et d'amadouer ses geôliers.

— Messire, je ne m'explique pas ce revirement envers le duc de Bretagne que vous avez servi si fièrement, dit-elle posément. Ne vient-il pas de vous envoyer en ambassade auprès du roi de France pour que celui-ci garantisse le nouveau statut du duché ? C'est une grande marque de confiance...

Clisson prit un air renfrogné, se demandant certainement s'il devait lui répondre.

— En effet, mais d'un autre côté, Montfort ne favorise que ses *rogues* Anglais. Les pierres qui construisent ce château sont celles de la forteresse du Gâvre que le duc a préféré donner à John Chandos alors qu'il savait très bien que je souhaitais recevoir ce domaine ! Je ne supporte plus les Anglais qui entourent Montfort, je ne supporte plus Jean lui-même, voilà pourquoi.

— Pourtant, vous avez vécu comme lui à la cour

d'Angleterre, remarqua Pénélope. Comme mon époux Armel aussi…

— Mes racines sont ici. Montfort n'a jamais chassé l'Angleterre de son cœur… et il ne reniera jamais ce pays. Quant à votre époux, il a découvert certaines choses qu'il est préférable que Jean IV ignore.

Pénélope sursauta ; Armel avait sûrement réussi à surprendre les deux amants pour que Clisson veuille se débarrasser aussi de lui. Au lieu de laisser paraître une quelconque frayeur, la jeune femme offrit un visage de composition à son interlocuteur.

— Armel du Chastel n'est qu'un intrigant, dit-elle suavement en espérant que Clisson la croirait. Il a préféré sauver son ami plutôt que sa propre femme… Quel chevalier oserait en faire autant ? Il ne mérite pas mon amour, il ne mérite pas ma confiance, il ne mérite qu'un châtiment exemplaire !

Olivier de Clisson la regarda avec surprise, visiblement étonné de son emportement. Pénélope jeta un regard de biais à Patry de Quanteil en espérant qu'elle paraissait crédible, mais le vieux semblait tout aussi dubitatif que son maître. Pénélope tenta le tout pour le tout.

— Depuis ma plus tendre enfance, je hais Armel du Chastel, dit-elle en se jetant à genoux aux pieds de Clisson. Son père a assassiné mes parents et incendié leur château, sur ordre de Jean de Montfort père… Armel lui-même a tué de sa main Charles de Blois, mon bienfaiteur. Leurs âmes seront à jamais souillées du sang de ma famille. Aidez-moi à me venger, messire, laissez-moi les tuer, je vous en conjure ! Je n'aurai de repos que cette besogne accomplie.

Si elle avait pu le supplier, elle l'aurait fait, mais ses mains étaient toujours nouées derrière son dos. Clisson interrogea Patry du regard, mais celui-ci haussa les épaules en signe d'impuissance.

— Je vais y réfléchir, décida enfin le seigneur en remettant son aumusse sur son crâne. D'ici là, restez tranquille. Je vous laisse aux bons soins de messire de Quanteil.

Pénélope frissonna de terreur ; elle n'avait aucune envie de se retrouver de nouveau seule avec cet homme concupiscent !

— Pourquoi ne m'emmenez-vous pas avec vous ? Je ne mérite pas de croupir dans ces geôles, je suis votre alliée…

Clisson, qui venait de franchir la grille de la cellule, eut l'air d'hésiter. Dégainant sa dernière arme – et même si cela lui répugnait autant que de rester avec Patry –, Pénélope lui décocha un regard langoureux qui alluma l'œil unique d'Olivier. Il recula et s'adressa à Quanteil.

— Détache-la et mène-la auprès de mes gens, ordonna-t-il. Qu'il ne lui soit fait aucun mal.

— Mais…

— Fais ce que je te dis !

Le ton n'admettait aucune réplique, et Patry obéit. Tandis que Clisson disparaissait, le vieil homme releva Pénélope et désentrava ses chevilles. Puis il la prit par les bras, sans enlever les liens de ses poignets, et la mena hors du cachot.

— Je te libérerai une fois là-haut, expliqua-t-il. Moi, je ne te fais pas confiance.

Pénélope le toisa avec hauteur.

— Votre méfiance est partagée. Je sais de quelle duplicité vous êtes capable.

Patry plissa les yeux et la poussa sans ménagement devant lui pour la faire avancer. Pénélope ne broncha pas. Si elle voulait réussir son plan, elle devait être fin stratège.

Chapitre 41

Pénélope suivit Patry de Quanteil dans un dédale de couloirs et d'escaliers à donner le tournis. Il lui semblait avoir emprunté plusieurs fois le même itinéraire, comme si le vieil homme cherchait précisément à la perdre. Quand ils furent arrivés sur le chemin de ronde, Patry la fit passer par une petite porte dérobée qui débouchait sur un minuscule escalier à vis. Les marches en étaient tellement étroites que Pénélope manqua tomber plusieurs fois. Ils descendirent de deux niveaux, puis Patry poussa une lourde porte qui ouvrait sur une pièce circulaire d'une vingtaine de pieds de diamètre.

Quanteil poussa Pénélope jusqu'au milieu et, là seulement, entreprit de lui délier les poignets. La jeune femme fit quelques mouvements en frottant sa peau endolorie par la corde et regarda autour d'elle. La pièce n'était pas grande, éclairée par deux petites fenêtres qui se faisaient face. Point de tapisseries aux murs pour réchauffer l'espace et seul un tapis élimé aux couleurs fanées recouvrait le sol. Derrière un paravent, on devinait un lit-coffre surmonté d'un dais brodé et, de l'autre côté, une console supportait un bassin d'émail et une aiguière. Quelques chaises et un prie-Dieu complétaient l'ameublement sommaire de cette chambre, mais c'était un palace au regard du cachot crasseux dont on venait de l'extirper.

Pénélope fit le tour des lieux, jetant un œil par les fenêtres pour juger de la hauteur à laquelle elle se trouvait.

— Vous êtes au deuxième étage, lui confirma la voix narquoise de Patry auquel son manège n'avait pas échappé. N'escomptez pas sauter d'ici sans vous rompre les os. Quant à prendre la fuite par les escaliers, oubliez aussi cette idée : la salle des gardes se trouve juste au-dessous de celle-ci. Mes hommes ont ordre de ne vous laisser sortir sous aucun prétexte !

Il fut interrompu par des coups frappés à la porte. Patry beugla d'entrer et un page d'une quinzaine d'années fit son apparition, les bras chargés d'un encombrant plateau de bois rempli de victuailles. Bien qu'il fût grand pour son âge, le garçon était si maigre qu'il donnait l'impression de n'avoir que la peau sur les os.

— Monsieur le comte a demandé que j'apporte une collation pour madame, dit-il gauchement d'une voix fluette.

Il semblait terrifié. Patry se retourna d'un air mauvais et lui ordonna de poser son chargement sur la console. Le plateau était si chargé que les bras du pauvre garçon tremblaient, et ses doigts blanchissaient à force d'être crispés sur les poignées. Il avança précautionneusement ; Pénélope sentait qu'il veillait à faire très attention.

Pourtant, le rebord mal scellé d'une tomette du sol lui fut fatal. Le domestique trébucha, et tenta en vain de rétablir son équilibre. Le plateau se retourna et tomba avec fracas, répandant son contenu sur le pavement coloré. Le jeune garçon poussa un cri et se retrouva à genoux.

— Bougre d'imbécile ! Tu ne peux pas faire attention ! vociféra Patry.

Il fondit sur lui comme un oiseau de proie et lui asséna

un violent coup de poing sur la tête, avant de le frapper à plusieurs reprises en l'injuriant. Tétanisé, le garçon ne bougeait pas, visiblement habitué à se faire battre.

Outrée, Pénélope s'interposa entre eux.

— Laissez-le, espèce de brute ! s'indigna-t-elle en retenant la main qui allait de nouveau frapper. Il ne l'a pas fait exprès.

— Ce n'est qu'un bon à rien et un maladroit !

— Cela ne justifie pas que vous le frappiez ainsi, reprit Pénélope en s'agenouillant près du garçon. Sortez, monsieur de Quanteil, je n'ai plus besoin de vous !

Elle avait pris son ton de châtelaine de Rosmadec, celui que Patry détestait tout particulièrement.

— Tu n'as pas d'ordres à me donner, espèce de garce ! grogna-t-il entre ses dents en levant cette fois la main sur elle.

Avant qu'il ne puisse aller au bout de son geste, Pénélope se redressa et lui fit face en le fixant droit dans les yeux.

— Vous ne me faites pas peur, messire. N'oubliez pas que je vaux dix mille livres... Olivier de Clisson serait fort marri de voir son otage abîmé par votre faute. Je ne vous le redirai pas : sortez !

Patry plissa les yeux et baissa la main, maté. Le cœur de Pénélope battait à tout rompre dans sa poitrine ; contrairement aux apparences, elle était terrifiée elle aussi. Pourvu que ce vieux malotru ne se rende pas compte de son effroi ! Heureusement, il n'insista pas ; visiblement contrarié, il tourna les talons et se vengea sur une pomme tombée à terre et dans laquelle il buta, l'envoyant valser de l'autre côté de la pièce.

Lorsqu'il fut sorti, Pénélope s'agenouilla à nouveau à côté du jeune garçon qui, à quatre pattes, ramassait la nourriture en ravalant ses sanglots. Elle le força à s'arrêter et le fit s'asseoir avec douceur.

— Comment t'appelles-tu ?

— Pierre, madame, marmonna-t-il à son adresse sans oser lever les yeux vers elle. Je suis désolé, madame…

Il était visiblement complètement terrifié.

— Ce n'est rien, tu ne l'as pas fait exprès, le rassura Pénélope. Je vais t'aider à nettoyer tout cela.

Cette fois, Pierre releva la tête et la dévisagea, choqué.

— Oh non, madame, vous n'avez pas à m'aider !

Pénélope leva sa main vers son front où une vilaine bosse suintait du sang.

— Ne bouge pas, tu es blessé, dit-elle en se levant. Je vais soigner cela.

Elle se dirigea vers le bassin d'émail rempli d'eau, y plongea le coin d'un linge propre qui se trouvait à côté et revint vers Pierre qui s'était levé à son tour. Comme il était presque aussi grand qu'elle, elle ne pouvait atteindre son crâne. Elle se mit à rire soudain de bon cœur.

— Il vaut mieux que tu restes assis, si tu veux que j'atteigne ta blessure !

Son hilarité fut communicative, et Pierre se détendit complètement. Pénélope nettoya la plaie avec douceur et précautions, tout en parlant avec lui.

— Que fais-tu ici ?

— Je suis laquais pour messire de Clisson, répondit Pierre. Je suis entré à son service il y a deux ans, mais je ne veux pas rester là.

— Pourquoi donc ? Le comte est-il un mauvais maître ?

Pierre hésita imperceptiblement.

— Non, en réalité, on ne le voit pas très souvent ici. Je rêve de devenir page ou échanson à la cour de Monseigneur le duc de Bretagne…

Pénélope garda le silence un instant et observa son visage poupin.

— Sais-tu que mon mari est un ami intime de Jean IV de Bretagne ?

— Vraiment, madame ? Sa cour est-elle aussi belle et luxueuse qu'on le dit ?

— Elle l'est, assura Pénélope avec bienveillance. Si tu veux, je pourrai te recommander auprès de lui.

Le garçon se redressa, et son visage s'illumina aussitôt.

— Oh ! madame ! Vous feriez cela ? Je l'ai déjà demandé à M. de Clisson, mais il ne l'a jamais fait. Il n'a que faire de moi.

Pénélope se pencha vers lui d'un air de conspirateur.

— Si tu m'aides à sortir d'ici, je te promets que je t'emmène et que tu seras page de Jean IV. Qu'en dis-tu ?

Pierre la dévisagea gravement, comme s'il évaluait dans son esprit les risques d'une telle proposition. Il n'hésita pas longtemps.

— Oui, madame, je vous aiderai et je ferai tout ce que vous me direz.

Un large sourire se peignit sur les lèvres de Pénélope. Maintenant qu'elle avait un allié précieux parmi les gens de Clisson, elle pouvait réfléchir à un stratagème pour s'évader d'ici.

Chapitre 42

Armel éperonna son cheval et le fit avancer jusqu'au prieuré Sainte-Croix qui se trouvait sur le point le plus élevé de Châteaugiron. D'ici, l'ampleur de l'incendie qui avait ravagé le château était encore plus visible, encore plus triste à voir. Toute la toiture s'était effondrée dans le brasier, une partie des murs était tombée et la chapelle n'était plus qu'un tas de pierres noircies. Seul le donjon avait résisté et s'érigeait encore fièrement à l'entrée de la cour.

Armel soupira longuement, les poings serrés sur les rênes de son palefroi. Il avait pu sauver le duc de Bretagne, mais à quel prix ! Son domaine n'était plus que ruines et ce qui n'avait pas été brûlé avait été pillé ou détruit. Les assaillants n'avaient rien épargné, comme mus par une fureur aveugle qu'Armel ne s'expliquait pas. Il leur avait fallu plusieurs heures pour venir à bout des envahisseurs et plusieurs jours pour éteindre complètement l'incendie.

Après avoir emmené Jean et sa femme en sécurité à Rennes, il était revenu sur ses terres, triste et las, pour tenter de retrouver Pénélope. Mais il n'y avait aucune trace de son épouse et personne ne savait ce qu'elle était devenue. Il ignorait même si elle était encore vivante.

Il descendit la grande rue du village, et les habitants

le gratifièrent de souhaits chaleureux et de paroles sympathiques, mais il ne les écouta guère, préoccupé par le sort de sa femme. En s'assurant d'abord de la vie du duc, il avait obéi à son devoir de vassal, mais pour cela il avait dû renoncer à protéger Pénélope. Armel ne regrettait pas d'avoir fait ce que les règles féodales lui commandaient et que sa loyauté même lui ordonnait, mais plus il avançait dans les ruines fumantes et plus il doutait d'avoir bien agi. Peut-être aurait-il dû s'occuper en premier lieu de Pénélope avant de voler au secours de Jean.

Qu'était-elle devenue après son départ ? Armel commençait à désespérer de la revoir. Elle et l'enfant qu'elle portait et qu'il ne connaîtrait peut-être jamais.

Désespérée par la disparition de sa fille de lait, Françoise lui avait en effet révélé que Pénélope était enceinte. Un fils ! Il aurait pu avoir un fils ! Même si cela avait été une fille, il n'en aurait été pas moins fier, car elle aurait certainement eu le tempérament rebelle de sa mère.

Il mit pied à terre à l'approche des décombres et abandonna son cheval sans même prendre la peine de l'attacher. De nombreux villageois aidaient les valets, palefreniers et autres domestiques à déblayer les pierres noircies et les morceaux de bois fumants. Le silence, surtout, était étonnant ; chacun accomplissait sa besogne sans parler et l'on n'entendait que le choc des gravats jetés en tas dans le milieu de la cour. Auprès d'un amas de cendres, Armel ramassa un coffret éventré. Vide, mis à part un petit bracelet de cuir rouge que Pénélope mettait souvent à son poignet. Il ramassa le bijou et l'observa longuement. Dans la paume de sa main, il paraissait minuscule.

Comment avait-il pu la laisser ? Il se rendait compte à présent qu'il l'aimait plus que tout, plus que Jean lui-même. Armel baissa la tête et ferma les yeux, abritant un long sanglot muet derrière le pan de muraille fumée. Il s'était toujours glorifié de sa loyauté à toute épreuve ; aujourd'hui, il mesurait le sacrifice que cela signifiait.

Triste et las, Armel revint vers Rennes où il avait mis la famille ducale en sécurité. Jean l'accueillit avec la gravité qui s'imposait en pareil cas.

— Je suis désolé de ce qui t'arrive, mon ami, lui dit-il. Tu ne mérites pas une telle épreuve. Les responsables de cette vilenie seront punis, crois-moi !

— Je te remercie, Jean… Mais cela ne me rendra pas Pénélope, hélas ! As-tu au moins une idée de l'identité de ceux qui ont fomenté tout cela ?

Jean baissa la tête.

— Clisson pense qu'il s'agit de partisans du roi de France qui sont jaloux de mon pouvoir et de mon alliance avec le roi d'Angleterre. Malheureusement, la guerre entre la France et l'Angleterre n'est pas terminée, elle.

Armel plissa les yeux. Des partisans du roi de France ? Il avait peine à le croire, même si la guerre entre les deux rois continuait effectivement par escarmouches interposées sur les territoires tenus par les Anglais.

— Tss, Clisson ! cracha le jeune homme, mauvais. C'est son avis et il n'engage que lui.

— Olivier est un vassal fidèle, répliqua Jean IV, surpris par la véhémence de son ami. C'est un excellent soldat, je lui dois ma couronne ducale grâce à la campagne d'Auray qu'il a brillamment menée.

Armel se sentit bouillir ; il n'avait pas révélé à son ami ce qu'il avait découvert, par respect à la fois pour Jean, mais aussi pour la duchesse et même pour Clisson lui-même. Il répugnait à la délation. Il tenta d'éluder et de rester objectif.

— Jean, excuse-moi de te contredire, mais tu ne devrais pas lui accorder aveuglément ta confiance, conseilla-t-il gravement. Clisson joue double jeu ; il servira le maître qui le récompensera le plus. Pour l'instant, c'est le roi de France.

Le duc se gratta le menton en réfléchissant. Armel voyait bien que son ami ne le croyait pas ; pourtant, il n'exagérait pas. Appelé par Charles V pour servir sous sa bannière, maintenant que la guerre de Bretagne était terminée, Clisson avait reçu du roi de France des contreparties non négligeables.

— Tu le juges bien durement, mon ami. La tristesse d'avoir perdu ta femme aveugle ton raisonnement. Olivier n'est pas capable de forfaiture.

Cette fois, Armel ne put se contenir et tapa du poing sur la table, rouge de colère.

— Ah, c'en est trop ! rugit-il. La tristesse aveugle peut-être mon jugement, mais la naïveté aveugle le tien ! Je gage que Clisson ne tardera pas à changer de camp… Et quand le roi de France lui demandera de combattre les Anglais, il s'érigera contre toi.

— Clisson ne peut me trahir ! s'irrita Jean IV, même s'il avait du mal à faire le poids devant la carrure athlétique d'Armel.

— Tu as tort ! Il l'a déjà fait…

Le visage du duc se décomposa brutalement, et la tension retomba. Jean dévisagea Armel en essayant – ou en redoutant – de comprendre.

— Que dis-tu ?

— J'ai surpris ton « fidèle Clisson » s'occuper galamment de ta femme par-derrière une courtine dans mon propre château ! lâcha le chevalier avec amertume. Je ne peux pas penser qu'un homme aussi vil puisse être de bon conseil. Voilà ce que je dis. Maintenant, si tu préfères le croire lui, à ta guise. Je me débrouillerai seul pour retrouver Pénélope et ceux qui lui ont fait du mal.

Jean IV pâlit, puis se crispa. Armel détestait ce qu'il était en train de faire ; c'était contraire à tous ses principes d'honneur. Mais Jean était allé trop loin et, surtout, Clisson ne méritait vraiment pas la confiance du duc de Bretagne.

Il reprit son mantel qu'il avait posé dans un fauteuil en arrivant et se dirigea vers la porte, espérant que le duc de Bretagne le retiendrait. Mais Jean ne prononça pas un mot et ne fit pas un geste.

Alors, Armel sortit, le cœur lourd. En plus d'avoir perdu sa femme, il venait de perdre son ami le plus proche.

de rubis [illegible] [illegible] [illegible] dans [illegible]

Chapitre 43

« Si vous voulez revoir vivante votre tendre épouse, veuillez vous présenter avec dix mille livres à la chapelle de Blain à l'heure des vêpres de la mi-Carême. Venez seul, sinon l'accord sera caduc. »

Armel serra les poings pendant que Jean de Bretagne prenait connaissance à haute voix des quelques lignes du parchemin. Le jeune homme s'était résolu à revenir vers le duc lorsqu'il avait reçu le message, déposé par un écuyer tôt le matin. Après leur dispute au sujet de Clisson, il avait hésité avant de venir le consulter.

Manifestement, Jean était moins fâché qu'il ne l'aurait pensé : Montfort n'était pas rancunier et, surtout, il connaissait la valeur d'un homme comme Armel.

— Tu sais qui t'a envoyé ce message ? demanda le duc abasourdi en baissant le parchemin. Ce n'est pas signé…

— Je l'ignore. En revanche, je sais qui l'a écrit, répondit Armel. Tu le connais aussi : il s'agit de Patry de Quanteil, l'homme que tu as placé à mes côtés, lorsque tu m'as fait comte de Rosmadec.

Il avait reconnu l'écriture ampoulée de son ancien chambellan avant même de dérouler le document scellé de rubans bleus et rouges noyés dans un cachet de cire illisible. Il aurait dû se douter que ce scélérat était derrière tout cela !

Jean de Bretagne leva les sourcils et afficha un visage circonspect.

— Décidément, je te suis de bien mauvais conseil, se désola-t-il. J'espère que tu sauras me pardonner.

— J'avais pourtant fait en sorte de protéger Pénélope de ses agissements en lui octroyant une escorte, fit Armel comme s'il n'avait pas entendu son ami. Mais j'ai moi-même laissé entrer le loup dans la bergerie en organisant ces joutes en l'honneur de ta visite... Quel idiot je fais !

— Ne t'en veux pas, Armel, tu ne pouvais pas surveiller toutes les allées et venues aux alentours du château, le rassura Jean amicalement. Il y avait trop de monde, c'était impossible !

Armel fit la moue.

— Tu as sans doute raison, mais je ne peux m'empêcher de penser que j'avais un peu trop baissé la garde, en voyant que Pénélope ne courrait aucun risque, avoua-t-il, penaud. Elle-même se montrait très prudente... depuis qu'elle avait appris sa grossesse.

Jean releva la tête vers son ami et posa sa main sur son épaule.

— Tu ne me l'avais pas dit ! C'est une excellente nouvelle... Et une raison de plus pour que nous lui portions secours.

Armel hocha la tête en sentant une certaine émotion l'envahir. Il s'ébroua pour ne pas se laisser abattre et relut le parchemin, pour la dixième fois.

— Dix mille livres, cet homme est fou, fit-il avec amertume. Mon château est en ruines et je n'ai plus un sou vaillant !

— À se demander si Quanteil n'a pas sciemment

incendié le château pour t'empêcher de payer, marmonna Jean en se grattant le menton dans un geste qui lui était familier. Je vais te prêter de l'argent.

Armel sursauta violemment.

— Certainement pas. Il est hors de question que je paie cette rançon. Je refuse de céder au chantage de cet odieux personnage.

— Mais comment veux-tu faire pour libérer ton épouse ? Tu ne sais même pas où elle se trouve !

Armel regarda Jean droit dans les yeux. Voilà où ils différaient tous les deux : Montfort était prêt à payer pour éviter la guerre, Armel préférait combattre.

— Même si je dois retourner toute la Bretagne, je la retrouverai, dit-il posément. Mais je vais commencer par aller à Blain, puisque le rendez-vous est donné là-bas. D'ailleurs, excuse-moi de revenir là-dessus, mais... N'est-ce pas un domaine de ton cher Clisson ?

Les prunelles de Jean de Bretagne s'allumèrent, et il tapa brusquement du poing sur la table. Armel tressaillit ; voilà, il avait de nouveau froissé son ami. Mais, contre toute attente, la réaction du duc fut tout autre.

— Ce scélérat ! rugit-il entre ses dents. Je n'arrive toujours pas à croire qu'il m'ait trahi avec ma femme. Tu penses qu'il est mêlé à l'enlèvement de Pénélope ?

— Je ne sais pas, mais la coïncidence est troublante. Je ne serai pas étonné que Clisson cherche ainsi à me faire taire.

— Si c'est le cas, alors crois-moi, son châtiment sera sans égal !

Ce fut au tour d'Armel de poser une main réconfortante sur l'épaule de Jean.

— Je ne t'en demande pas tant, mon ami. J'ai seulement besoin d'hommes armés pour aller délivrer mon épouse avant qu'il ne soit trop tard...

En trois enjambées, le duc se rendit à une écritoire posée dans un coin de la pièce et sur laquelle se trouvait du parchemin et des plumes. Il encra l'une d'elles, rédigea quelques mots et scella le document avec l'habileté que donne l'habitude.

— Voici un ordre de réquisition, indiqua-t-il à Armel en lui tendant le parchemin. Tu peux partir dès maintenant, ce sont des hommes de ma garde personnelle.

— Merci, Jean.

— Je te dois bien ça… Fais-moi prévenir quand tu seras prêt à partir. Je t'accompagne.

Armel dévisagea Jean ; il l'avait rarement vu aussi déterminé. Il secoua la tête.

— Je te remercie de ta proposition, mais ce ne serait pas prudent, répondit Armel. Je n'ai pas combattu tout ce temps pour que mon duc de Bretagne perde la vie dans une expédition punitive, fût-elle orientée contre ce traître de Clisson !

Jean hésita, comme s'il se rendait seulement compte de la légèreté de sa décision.

— Tu as raison. Seulement, si jamais les choses tournaient mal, promets-moi d'envoyer un des hommes demander du renfort. Je viendrai avec toute mon armée s'il le faut, mais nous la sauverons.

Armel sentit ses yeux s'humidifier ; s'il avait pu douter de l'amitié de Jean, il venait d'avoir une preuve éclatante que celle-ci était intacte.

— Merci.

— Je te souhaite de retrouver Pénélope vivante…

— Je l'espère aussi.

— Attends un instant.

Comme mû par une idée subite, Jean retourna à son écritoire, y traça de nouveau quelques lignes et cacheta le pli avec la même rapidité que précédemment, puis il le tendit à Armel devant la porte.

— Qu'est-ce que c'est ? demanda le jeune homme intrigué.

— Un mandat qui t'autorise à t'assurer de Clisson s'il s'avère qu'il est impliqué dans cet enlèvement, expliqua Jean. Maintenant, va, mon ami. Que Dieu te garde !

Armel le remercia chaleureusement et quitta la pièce, encore dérouté par la tournure que prenaient les choses. Il espérait faire erreur sur la participation de Clisson, mais son flair le trompait rarement.

Il descendit jusqu'à la salle d'armes et chercha le capitaine des gardes afin de lui remettre l'ordre signé par le duc. Il n'y avait pas un instant à gaspiller. Blain était à une journée de cheval environ, mais rien ne lui permettait d'être sûr que Pénélope s'y trouvait bien.

Chapitre 44

Pénélope ouvrit la fenêtre de sa chambre et respira l'air délicatement floral du printemps naissant. Comme elle avait faim, elle prit une oublie sur un plateau qu'on avait mis à sa disposition et la croqua avec appétit. Son état la poussait à manger goulûment, mais la fatiguait également plus qu'à l'accoutumée. Dire qu'elle détestait auparavant rester plus de cinq minutes assise ! Même si son ressentiment à l'égard d'Armel s'estompait progressivement, Pénélope se surprenait souvent à s'encolérer contre cet enfant innocent qui grandissait en elle et lui volait toute sa vitalité.

Elle n'était plus traitée comme une prisonnière, mais elle ne se sentait pas pour autant invitée. Elle n'était pas autorisée à sortir de sa chambre et personne n'avait le droit d'y entrer hormis Clisson, Patry, les gardes et les domestiques. Elle feignait de s'accommoder de cette situation tout en préparant son évasion. Elle refusait de compter sur Armel ou sur le duc de Bretagne pour retrouver sa liberté, même si Clisson espérait qu'ils se présenteraient dans deux jours pour lui remettre la rançon demandée.

Pénélope avait reçu plusieurs fois la visite d'Olivier de Clisson. Elle s'était surprise elle-même par sa capacité à incarner un rôle pour amadouer le seigneur du lieu et se rendait compte, a posteriori, que cela pouvait être plaisant. Comme Armel avait dû s'amuser à endosser l'habit de son chambellan ! Elle avait feint de se ranger à son avis contre les agissements de Jean IV. Clisson ne pardonnait toujours pas le don du Gâvre à Chandos, après la bataille d'Auray et se plaignait continuellement de l'ingratitude du duc de Bretagne à son égard.

On toqua trois fois puis deux autres en rythme à la porte et Pénélope se précipita pour ouvrir. C'était le signal convenu avec Pierre. Il entra à pas feutrés, fluet comme un échalas qu'on craignait de voir tomber à chaque coup de vent et salua la jeune femme avec timidité.

— Bonjour, mon garçon. As-tu ce que je t'ai demandé hier ?

— Oui, madame, répondit-il en lui tendant un baluchon.

Le visage fin et racé du garçon faisait écho à ses manières délicates et à sa voix douce qui s'éraillait par instants. Pénélope se dirigea vers une table posée dans l'encoignure de la fenêtre et commença à déballer les effets contenus dans le sac.

— Les gardes ne t'ont point ennuyé avec ce paquet ? demanda-t-elle en élevant à hauteur de ses yeux une cotte jaune moutarde afin d'en évaluer la taille.

— Ils ont regardé à l'intérieur, mais je leur ai dit qu'il ne s'agissait que de mes frusques pour la blanchisseuse.

Pénélope eut un large sourire. Elle joignit ses mains devant son visage.

— C'est parfait. Tu es d'une aide précieuse, Pierre !

Le garçon rougit jusqu'aux oreilles lorsqu'elle le prit dans ses bras pour le remercier avec affection.

— C'est que vous êtes si bonne avec moi, madame.

La jeune femme le regarda avec douceur.

— Non, je fais simplement ce qui me semble juste… Bon, agissons. Tu es prêt ?

Pierre hocha la tête et, aussitôt, tomba à la renverse sur le parquet en poussant un cri. Au lieu de s'affoler, Pénélope retint un rire ; c'était encore plus vrai que nature ! Elle jeta un fauteuil à terre et fit du bruit pour parfaire l'illusion. Elle se précipita alors à la porte de sa chambre et ouvrit, interpellant le soldat qui gardait les accès.

— S'il vous plaît, l'écuyer s'est trouvé mal, pouvez-vous venir m'aider à le transporter ?

Tout en parlant d'une voix suave et plaintive, Pénélope vérifiait que le tour de garde n'avait pas changé et qu'il s'agissait bien du soldat plutôt jeune et chétif qui était là habituellement. Le bougre quitta sa position statique et la dévisagea en se demandant s'il devait répondre positivement à cette demande incongrue.

— Faites vite, messire, je ne voudrais pas qu'il arrive malheur ! geignit Pénélope en lui adressant son sourire le plus charmeur.

Si l'heure n'avait pas été si grave, elle aurait pu dire qu'elle s'amusait follement. Le garde se décida et laissa sa lance sur le côté pour franchir le seuil avec détermination. Il n'eut pas plutôt passé la porte qu'il s'étala de tout son long sur le plancher après s'être pris les pieds dans une cordelette de chanvre tendue dans l'embrasure. Le juron du soldat mourut sur ses lèvres avant même d'être prononcé : Pierre venait d'assommer le gaillard à l'aide d'une escabelle qui se brisa en morceaux sous le coup.

— Bravo ! le félicita Pénélope en fermant soigneusement la porte. Allez, portons-le à présent sur la paillasse.

Il ne leur fallut pas longtemps pour s'exécuter. Tandis que Pierre lui enlevait son heaume, sa cotte de mailles et ses chausses, Pénélope, qui voulait se débarrasser de la houppelande qui recouvrait sa robe de dessous, se ravisa en voyant le garçon l'observer.

— Veux-tu bien te tourner, petit chenapan ? fit-elle avec malice en mimant le geste de la main.

Pierre s'empourpra de nouveau et s'excusa platement en faisant le tour du lit pour lui tourner le dos. Pénélope laissa échapper un rire attendri. Le garçon lui tendait un par un les effets du soldat et, en échange, Pénélope lui donnait les siens. En peu de temps, elle revêtit le costume de garde. Elle posa le heaume sur ses cheveux qu'elle avait étroitement tressés le matin même.

— Qu'en penses-tu ? demanda-t-elle à Pierre. Est-ce que cela fait suffisamment illusion ?

L'adolescent se retourna et la dévisagea longuement avant de hocher la tête frénétiquement. De son côté, il avait attifé le garde de la houppelande de Pénélope et posé sur son crâne sa coiffe et le petit voile qui couvrait son cou. Ils le recouvrirent de la couverture, donnant à la silhouette l'apparence d'une femme endormie. Enfin, Pierre mit autour de son cou le havresac qui contenait ses vêtements de rechange.

— Allons-y, enjoignit Pénélope. Sinon les gardes vont s'inquiéter.

Elle ouvrit la porte de sa chambre, saisit la lance abandonnée par son propriétaire et prit une profonde inspiration. Pierre se pendit comme convenu à son bras, simulant un malaise. Leur étrange équipage descendit l'escalier de la tour jusque dans la salle des gardes ; cinq à six soldats devisaient non loin de la cheminée.

— Holà, que s'est-il passé, Romure ? interpella le capitaine sans quitter sa place. Un problème ?

— Rien de grave, répondit la jeune femme en grossissant sa voix autant que possible. Je ramène le petit chez sa mère, il s'est trouvé mal.

— Et la fille ?

— Elle dort.

— Bien, ne traîne pas. Gaspard, tu vas remplacer Romure à la porte.

Le dénommé Gaspard grogna, manifestement fâché de se faire escroquer son tour de garde, mais obtempéra. Pénélope accéléra le pas jusqu'à la sortie. Il fallait agir vite, car les soldats pouvaient découvrir à tout moment la supercherie.

Pierre la guidait, donnant à ses pas la direction à prendre, d'un air faussement naturel. Ils passèrent sans encombre l'enceinte du château qui se trouvait un peu à l'écart au sud du village. Lorsqu'ils arrivèrent à la ruelle dans laquelle se trouvait la maison des parents de Pierre, le garçon bifurqua au dernier moment vers les champs. Pénélope repéra le bosquet d'arbres dont il lui avait parlé et où elle pourrait quitter l'armure du soldat pour revêtir les vêtements que Pierre avait dans son havresac.

Alors qu'ils atteignaient le premier arbre du petit bois, Pénélope se sentit violemment emportée vers l'arrière. Elle poussa un cri, tomba, entraînant Pierre à sa suite.

— Je te tiens, espèce de traîtresse ! beugla une voix d'homme, tandis qu'on enlevait son heaume sans douceur.

Pénélope ouvrit des yeux affolés en reconnaissant le visage penché au-dessus d'elle.

Patry de Quanteil !

Chapitre 45

Armel ajusta sa flèche et visa la silhouette sèche et nerveuse de son ancien chambellan. Penché sur le soldat qu'il venait de renverser, Patry ne l'avait pas vu, il avait donc la voie libre. Armel n'eut pas une seconde d'hésitation et tira. Touché en pleine poitrine, le vieil homme porta ses mains à sa gorge, râla et s'écroula de tout son long.

Le comte de Rosmadec se redressa aussitôt et courut vers l'endroit où Patry était tombé. Cela faisait trois jours qu'il le traquait dans les alentours de Blain, afin d'essayer de savoir où était enfermée Pénélope. Il avait vite compris que la prisonnière se trouvait dans la tour du château de la Groulais, mais il n'avait pas la possibilité d'attaquer sans raison la forteresse avec son bataillon et surtout sans être certain que la jeune femme y était bien retenue. Clisson était trop puissant et Armel n'avait qu'une petite compagnie de soldats à sa disposition. Il fallait jouer finement.

Il avait donc envoyé un des hommes auprès du duc de Bretagne pour demander du renfort, ainsi que Jean le lui avait demandé. En attendant, il avait continué de suivre Patry de Quanteil et collectait des indices de l'implication d'Olivier de Clisson dans l'enlèvement de Pénélope.

Ce matin-là, il avait été intrigué par l'étrange remue-ménage qui se déroulait dans la tour. Il avait vu sortir un soldat de la garde qui portait quasiment un jouvenceau titubant jusqu'à l'orée du bois, puis Patry les prendre en chasse à faible distance, armé d'une arbalète. Armel avait décidé de le suivre, curieux de savoir ce que faisait ce garde avec ce garçon et pourquoi leur fuite intéressait autant son ancien chambellan. Lorsque Patry avait bondi sur le soldat, Armel avait distinctement entendu le cri de ce dernier, qui n'était clairement pas celui d'un homme.

C'était la voix de Pénélope !

La suite de la courte conversation lui avait confirmé qu'il n'avait pas fait erreur et que Patry ne comptait pas épargner sa proie, cette fois. Il n'avait pas hésité à tirer pour l'abattre avant qu'il ne fasse du mal à sa femme.

Lorsqu'il arriva à l'endroit où s'était écroulé Patry, le premier coup d'œil d'Armel fut pour le cadavre, afin de vérifier que l'ancien chancelier était hors d'état de nuire. Puis il se tourna vers Pénélope dont le heaume avait roulé à terre dans sa chute et s'agenouilla à ses côtés.

— Pénélope, êtes-vous blessée ?

La jeune femme resta stupéfaite en le reconnaissant. Juste auprès d'elle, le garçon, visiblement décontenancé lui aussi, les regardait tour à tour sans comprendre. Pénélope se redressa et demeura assise dans l'herbe, le temps de reprendre ses esprits.

— Je vais bien, répondit-elle avec humeur. Ce scélérat n'a pas eu le temps de me faire du mal.

— Il ne vous nuira plus, ma mie. Je l'ai définitivement envoyé à trépas.

Il voulut prendre sa main dans la sienne pour y déposer un baiser, mais Pénélope la retira avec vivacité.

Armel mit cette réaction sur le compte de l'émotion et ne s'en offusqua pas.

— Je suis heureux de vous retrouver vivante...

— Il s'en fallut de peu !

— Cette fois, c'est moi qui vous ai sauvé la vie...

Pénélope ne quittait pas son air renfrogné ; elle regarda autour d'elle et revint à Armel.

— Vous êtes seul, le duc de Bretagne n'est donc pas avec vous ?

Armel fut quelque peu déstabilisé par la question. Il avait imaginé tout autrement leurs retrouvailles dans de telles circonstances.

— Non, pourquoi ?

— Ah, tant mieux ! s'exclama Pénélope en se relevant.

Elle fit quelques mouvements comme pour vérifier que tout fonctionnait bien. Armel était troublé de la voir dans ces vêtements de soldat ; il était surtout étonné par sa froideur. Il imaginait que sa grossesse l'avait mise dans de meilleures dispositions à son égard.

— Jean m'a donné un bataillon pour venir vous délivrer, reprit Armel au bout d'un moment. Cela fait trois jours que je surveille le château, mais impossible de donner l'assaut, la tour dans laquelle vous étiez enfermée était trop bien gardée. J'ai donc envoyé mes hommes chercher du renfort. Ils devraient arriver rapidement...

— Ah, vous étiez venu me délivrer ? dit-elle d'un air détaché, presque méprisant. Voyez vous-même, j'ai pu me libérer toute seule ! Enfin, avec l'aide de ce fort courageux jeune homme !

Ce dernier se mit à rougir violemment, et Armel lui jeta un regard terrible. Face au colosse, le jouvenceau rentra la tête dans ses épaules. Une once de jalousie courut sur l'échine d'Armel. Ce freluquet était-il l'amant de sa femme ?

— Qui es-tu, toi ?

— Je m'appelle Pierre, messire, je suis page…

Le pauvre garçon tremblait de tous ses membres, et Pénélope l'entoura d'un bras protecteur.

— Il m'a aidée à m'évader, expliqua-t-elle. Je lui dois beaucoup.

Armel avait surtout l'impression que sa femme tentait de piquer son orgueil. Mais pourquoi ?

— Il n'était pas utile de prendre autant de risques, j'allais venir vous délivrer !

Pénélope le toisa avec hauteur.

— Je pouvais en douter, mon ami, au regard de la manière dont vous m'avez abandonnée !

Armel se releva, contrarié, mais surtout éperdu. Cela faisait des jours qu'il ne cherchait qu'à la sauver et elle lui battait froid ! Il fit trois pas dans l'herbe, tapa du pied dans une branche qui pourrissait là pour se calmer les nerfs et revint vers elle.

— Mais enfin, Pénélope, je ne comprends pas ce qui me vaut tant de rancœur !

La jeune femme rejoignit son mari en quelques enjambées. Elle darda son regard dans le sien, la tête renversée en arrière, car il la dépassait grandement.

— Oserez-vous nier que vous avez préféré sauver votre cher ami Jean de Bretagne, le soir de l'incendie, alors que je courais vers vous ? interrogea-t-elle en détachant ses mots. Vous êtes parti en voiture, sous mes yeux, avec le duc et son épouse ! Est-ce donc ainsi que vous estimez me protéger ? En fuyant sans moi ?

Armel ne l'avait jamais vue dans un tel état de fureur, mais la colère la rendait délicieusement belle. Il ferma brièvement les paupières pour tenter de se souvenir des circonstances de ce terrible soir. Il se revoyait bien monter à bord de la calèche où il venait d'installer le couple ducal, mais il ne se souvenait absolument pas avoir vu Pénélope. Il passa sa main sur son front où perlait la sueur.

— Je ne me suis pas enfui, Pénélope ! fit-il enfin. Je devais mettre le duc en sécurité, c'était mon devoir !

La colère de Pénélope sembla s'apaiser quelque peu, comme si la lumière se faisait brusquement en elle.

— Vous m'avez abandonnée, geignit-elle plus faiblement.

Armel la prit dans ses bras avec passion et, cette fois, elle ne refusa pas son étreinte, bien qu'encore rétive.

— Bien sûr que non, folle que vous êtes, murmura-t-il en posant ses lèvres sur ses tempes, ses cheveux, ses joues. Je vous ai cherchée vainement dans tout le château, je ne voulais pas partir sans vous.

— Je n'étais pas dans le château. J'étais au pied du donjon, je vous ai vu partir sans moi…

— Je ne voulais pas vous abandonner, mon amour, répéta Armel. Je devais protéger Jean. J'appartiens au duc avant tout. C'est la loi féodale, vous le savez tout autant que moi.

Elle fondit en larmes, comprenant sa méprise, et se réfugia contre sa poitrine. Armel la serra contre lui.

— Pénélope, vous êtes valeureuse, imprévisible et entêtée, mais vous êtes la personne la plus loyale et la plus droite que j'aie jamais rencontrée… Comment voulez-vous que je puisse vous abandonner ? Comment pouvez-vous penser cela alors que vous allez me donner un enfant ?

Pénélope releva la tête vers lui.

— Comment savez-vous ? sanglota-t-elle.

— Françoise me l'a annoncé. Je suis le plus heureux des hommes.

Il prit sa bouche avec douceur, certain qu'elle allait se

dérober, mais elle répondit à son baiser avec une sorte de retenue qui l'émut. Elle se libéra pourtant de son étreinte avec vivacité.

— Armel, il ne faut pas que le duc vienne ici, s'exclama-t-elle brusquement. C'est un piège.

Le comte l'interrogea du regard et saisit Pénélope par les épaules.

— Comment ça, un piège ?

— Patry s'est allié avec Olivier de Clisson, expliqua Pénélope. Ils ont organisé le raid sur Châteaugiron, pour capturer Jean.

Armel poussa un rugissement terrible.

— Ah ! j'avais raison, ventredieu ! Jean ne voulait point me croire ! Ce Clisson est un traître.

— Oui, j'ai cru comprendre que vous l'aviez surpris avec la comtesse de Kent. Comme ils ont échoué à Châteaugiron, ils m'ont enlevée pour vous attirer ici, certains que le duc vous accompagnerait.

Armel dévisagea Pénélope.

— J'ai bien fait de dire à Jean de ne pas venir, murmura-t-il.

— C'est pour cela que je me suis enfuie, avec l'aide de Pierre. Il ne fallait surtout pas mettre en danger la vie du duc... Je crois que Clisson est décidé à passer au roi de France.

— Le chien ! Il va payer pour ses forfaitures, j'en fais le serment devant Dieu ! Mais, pour l'instant, tout ce qui compte, c'est que je vous ai retrouvée saine et sauve...

Il se pencha de nouveau vers elle et l'embrassa tendrement, soulagé. Sa joie tempérait sa colère envers Clisson ; bientôt viendrait le temps de lui infliger un juste châtiment pour sa trahison.

Chapitre 46

Lorsque les renforts étaient arrivés, il avait fallu toute la force de persuasion de Pénélope, associée à celle du lieutenant, pour convaincre Armel de ne pas donner l'assaut sur le château de la Groulais. Même si le duc de Bretagne avait donné mandat au jeune homme, toute attaque était vouée à l'échec. Les forces de Clisson étaient largement supérieures en nombre et, surtout, l'attaquer sans avoir de preuves tangibles de son revirement reviendrait à une agression tout à fait contraire aux règles établies. Pour l'instant, Clisson restait le vassal de Jean IV et, tant qu'il n'avait pas officialisé son allégeance au roi de France, il demeurait intouchable.

Au grand soulagement de Pénélope, Armel avait fini par se ranger à leurs arguments, tout en se jurant de surveiller étroitement les agissements futurs d'Olivier. Une fois que Pénélope eut abandonné son armure de soldat pour revêtir les habits emportés par Pierre, ce dernier leur avait ensuite proposé, gauchement, de se restaurer chez lui, avant de prendre la route. En ouvrant la porte, sa mère avait sursauté en voyant son fils encadré par un chevalier et une jeune femme.

— Oh ! Seigneur, qu'as-tu donc fait, Pierre ?

— Mère, ce n'est pas ce que vous croyez ! se défendit

le garçon. Le comte de Rosmadec et son épouse sont de passage et… Euh…

Comme il peinait à s'expliquer, Armel s'était porté à son secours.

— Madame, rassurez-vous, Pierre a montré beaucoup de courage en m'aidant à nous défendre contre des bandits, inventa-t-il sans aucune hésitation. C'est un vaillant garçon que vous avez là, madame.

Sa mère avait légèrement rosi sous l'effet du compliment, puis elle les avait invités à s'asseoir, avant de s'activer avec un empressement bien légitime pour leur servir de la soupe, du pain et du lait fraîchement tiré.

Leur frugal repas terminé, Armel avait donné le signal du départ. Grand seigneur, il avait tendu à la mère de Pierre une bourse bien garnie.

— Soyez remerciée pour votre accueil, madame, avait ajouté Pénélope avant de se tourner vers Pierre. Il est temps pour nous de rejoindre la cour du duc de Bretagne.

Le regard du garçon s'était allumé ; elle se souvenait très bien de sa promesse.

— Oh ! madame, emmenez-moi avec vous, s'exclama-t-il en joignant les mains. Je rêve depuis toujours d'entrer au service de Monseigneur le duc.

Pénélope sourit et se tourna vers Armel.

— Messire, ne pourriez-vous pas récompenser ce jeune garçon en le recommandant à votre ami le duc de Bretagne ?

— Ce serait mérité, avait répondu Armel. Si ta famille en est d'accord, nous t'emmenons.

La mère n'avait pu qu'accepter de se séparer de son fils. Cela ferait une bouche de moins à nourrir et c'était un grand honneur pour lui et pour eux de rejoindre la maison ducale.

Pénélope se blottit contre la poitrine puissante de son

époux. Assise devant Armel sur son étalon bai, elle se laissait bercer par le trot paisible du cheval. Juché sur une mule sur laquelle il ressemblait à un échalas, Pierre les suivait à courte distance. Le soleil, maintenant au zénith, les gratifiait d'une douce chaleur et le chemin du retour depuis Blain était plutôt agréable. Alors qu'ils arrivaient à l'orée du Grand Fougeray, Armel fit tourner son cheval vers la route de Rennes. Pénélope leva alors la tête vers lui.

— N'allons-nous pas à Châteaugiron ? demanda-t-elle doucement.

Armel baissa la tête vers elle, et un voile passa devant les yeux bleus.

— Ma mie, il n'y a presque plus rien à Châteaugiron... Tout a brûlé.

— Oh...

Il y avait tant de tristesse derrière ce petit mot échappé des lèvres de la jeune femme qu'Armel ralentit le pas du cheval.

— Je suis désolé, reprit-il. J'aurais voulu vous annoncer de meilleures nouvelles. Je suis revenu le plus vite possible de Rennes après avoir mis Jean et sa femme en sécurité, mais c'était trop tard...

Pénélope observa le silence un instant. Elle refusait de se laisser dominer par la peur et encore moins par les éléments.

— Armel ?

— Oui, ma femme.

— Emmenez-moi à Châteaugiron.

Armel eut un mouvement de surprise.

— Je veux y aller, même s'il n'y a plus rien, dit-elle vivement. S'il vous plaît.

Le jeune homme parut touché et hocha la tête, tirant

les rênes pour faire bifurquer son cheval. Docile, Pierre suivit avec sa mule.

Pénélope s'était légèrement redressée, guettant au loin la silhouette du château. Les clochetons du prieuré Sainte-Croix apparurent bientôt sur l'horizon, surplombant les arbres du bois d'Ossé, puis, lentement, émergea un toit pointu. Pénélope esquissa un léger sourire : le donjon était toujours debout, fier et impassible.

Au fur et à mesure qu'ils approchaient, la jeune femme mesurait l'ampleur des dégâts. Armel n'avait rien exagéré dans ses propos : les quatre tours encadrant le corps de logis s'étaient effondrées au niveau du premier étage et la cour était jonchée de pierres noircies et de poutres réduites à l'état de charbon. Lentement, ils pénétrèrent dans le manoir en forme de U qui constituait la défense avancée du château et qui avait été relativement épargné par les flammes. L'une des tours carrées, largement ouverte, abritait le pont-levis d'accès, encore opérationnel bien qu'endommagé.

Armel arrêta son cheval dans la cour et démonta, puis tendit la main à Pénélope pour l'aider à descendre. La jeune femme fit quelques pas vers les ruines, émue par ce spectacle de désolation. La chapelle castrale où ils s'étaient mariés était complètement détruite, mais au milieu d'un enchevêtrement indescriptible de prie-Dieu, de poutres, de statues et de pierres subsistait l'autel, miraculeusement intact.

De l'autre côté, le donjon était resté debout lui aussi, posé sur sa base massive comme un chef de guerre. Il avait fait la fierté de ses constructeurs et il se dressait, envers et contre tout, toisant les décombres de sa hauteur orgueilleuse. Ses murs avaient été à peine léchés par les flammes destructrices, sauvés sans doute par les quelques toises qui isolaient le donjon du reste des bâtiments.

Pénélope sentit la présence d'Armel derrière elle ; il posa ses mains brunes sur ses épaules, et leur chaleur se communiqua dans tout son corps. Elle avait envie de pleurer et, en même temps, la vision de ce donjon vigoureux lui insufflait une force nouvelle. Soudain, elle eut la nette impression de sentir la vie en elle.

Elle posa sa main sur son ventre avec un sourire béat. C'était un signe, à n'en pas douter. Sa place était ici, avec son époux et leur enfant.

— Je suis désolé, Pénélope, répéta Armel d'une voix douce à son oreille.

Elle se retourna vers lui, le regard brillant. Sa rancœur envers lui s'était progressivement muée en un sentiment plus tendre qu'elle n'osait nommer.

— Ne le soyez pas... Nous reconstruirons Châteaugiron, affirma-t-elle, déterminée comme elle pouvait l'être lorsqu'elle prenait une décision. Le duc de Bretagne vous a donné ce fief pour que vous y établissiez votre lignée, il en sera ainsi. Je veux que notre enfant, et ceux qui suivront, naisse et grandisse ici. Ici et nulle part ailleurs.

Le visage d'Armel passa par tous les stades de la surprise, de l'émotion et de l'amour.

— Pénélope... Êtes-vous bien sûre de vos paroles ?

— Oui. Je t'aime, Armel. Je crois bien que je t'aime moi aussi depuis notre première rencontre, dans les bois de Suscinio... J'étais trop aveuglée par ma colère pour le reconnaître et je t'en demande pardon.

Elle lui dédia un sourire rayonnant, et le jeune homme la prit dans ses bras avec une fougue dont il ne fut pas maître. Alors, Pénélope se haussa sur la pointe des pieds et prit la bouche de son mari avec une passion sauvage. Elle avait été folle de refuser si longtemps cet amour !

Épilogue

Châteaugiron, novembre 1370.

Armel se retourna d'un coup en entendant la porte s'ouvrir. Françoise apparut, brandissant un paquet de langes au-dessus de sa tête.

— C'est une fille !

Un large sourire se peignit sur le visage du jeune homme qui tendit les mains vers la vieille dame. Celle-ci lui déposa le bébé dans les bras avec un air radieux. Contre la poitrine puissante du chevalier, le nourrisson semblait encore plus minuscule. Le père se pencha sur sa fille et posa délicatement ses lèvres sur son front.

— Cette petite jouvencelle est solide, fit la nourrice avec chaleur. Vous n'allez pas la casser !

— Je sais, Françoise, répondit Armel, bienveillant. Elle sera aussi vaillante que son frère Hervé… Comment va Pénélope ?

— Elle est épuisée, mais elle va bien.

Armel poussa un soupir de soulagement et, le bébé toujours dans les bras, se dirigea vers une femme qui portait un petit garçon âgé d'environ trois ans et assez agité. Il darda son regard vert émeraude vers Armel et babilla.

— Voici ta sœur, Valence[1] de Rosmadec, présenta le chevalier avec une certaine solennité qui échappait certainement à son fils.

Ce dernier poussa un cri de joie qui fit sursauter la petite fille. Brusquement réveillée, elle ouvrit vaguement ses yeux et se mit à vagir faiblement. Surpris, le garçon apeuré se pelotonna contre sa nourrice et fourra son pouce dans sa bouche. Armel eut un rire.

— Il faut ramener la petite à sa mère, conseilla Françoise en faisant le geste de reprendre le bébé.

— Puis-je le faire moi-même ?

— Je vais voir.

Elle se dirigea vers la chambre de laquelle elle était sortie quelques minutes auparavant. Armel regarda par la fenêtre creusée dans la muraille. La cour du château de Châteaugiron grouillait de charrettes et de commis, comme lorsqu'il avait pris possession du domaine lors de son mariage avec Pénélope. Les stigmates de l'incendie avaient presque tous été effacés, et la forteresse avait même été agrémentée de deux nouvelles tours le long de la courtine, constituant le châtelet d'entrée. Au-dessus de la porte défendue par une lourde herse, il avait fait sculpter une bannière à ses armes, comme il l'avait vu à Suscinio. Il était assez fier d'avoir écouté sa femme et d'avoir restauré la splendeur du domaine.

Dès leur retour, trois ans avant, ils avaient élu un domicile provisoire dans le manoir, le temps de remettre en état le logis seigneurial. Leur premier fils, Hervé, y

1. Les prénoms sont empruntés à la lignée des Châteaugiron : Hervé de Malestroit (?-1425) sera l'ancêtre des seigneurs d'Uzel et de Pontcallec, tandis que Valence de Châteaugiron (?-1435), épousera le seigneur de Combourg et donnera naissance à Jean de Derval, un des neufs barons de Bretagne au XVe siècle.

était né, sur les terres de Châteaugiron comme ils l'avaient souhaité. Valence était donc la première de la lignée des Rosmadec à voir le jour dans la chambre seigneuriale.

Françoise réapparut en lui faisant signe d'entrer. Armel s'exécuta ; assise dans le lit recouvert d'un dais, Pénélope était pâle et décoiffée, mais elle souriait. Il s'approcha et déposa le bébé dans ses bras.

— Merci pour ce bel enfançon, ma femme, murmura Armel en l'embrassant tendrement.

— Je suis heureuse qu'elle ait vu le jour ici.

Pénélope couvait du regard sa fille, et Armel s'émut de ce tableau maternel attendrissant qu'il allait sans doute bientôt devoir quitter. Assis sur le lit, il caressa d'un doigt la minuscule joue du bébé.

— Vous êtes soucieux, mon ami, qu'est-ce qui vous préoccupe ? dit Pénélope en le regardant.

Armel hésita.

— Olivier de Clisson vient de passer officiellement au roi de France, déclara-t-il. Il a signé une charte établissant la suzeraineté du roi de France sur la seigneurie de Josselin.

— Josselin ? répéta Pénélope. Je croyais qu'elle était au comte d'Alençon.

— Si fait. Mais, comme ils sont cousins, ils ont procédé à un échange et Clisson lui a donné en contrepartie les terres normandes héritées de son père.

— Celles-là mêmes que le roi de France lui a restituées l'année dernière ?

— En effet. Quant à Bertrand Du Guesclin, vous savez qu'il a été nommé connétable par Charles V. Je viens d'apprendre qu'il s'est allié avec Clisson contre le duc de Bretagne... Chacun choisit son camp, au mépris de toutes les règles vassaliques ! Que vont devenir Jean et le duché de Bretagne si tous ses plus fidèles lieutenants passent au roi de France ?

Pénélope prit la main de son mari et eut un beau sourire.

— Non, mon amour, pas tous, dit-elle. Vous êtes et vous resterez le plus fidèle ami de Jean IV et son indéfectible soutien.

Sur ces mots, elle posa amoureusement ses lèvres sur les doigts de son époux, tandis qu'une fierté immense gonflait la poitrine d'Armel. La guerre pouvait bien reprendre ; avec Pénélope, il se sentait invincible.

Remerciements

Merci à Andrea Field, mon agent littéraire de Librinova, sans qui cette aventure n'aurait jamais été possible ;

Merci à Emma Sesillo de m'avoir fait confiance pour écrire cette histoire ;

Merci à mon mari et à mes filles de m'avoir soutenue durant l'écriture de ce roman, dans une période qui n'était pas la plus idéale !

Retrouvez en janvier
dans votre collection

Aliénor

Éléonore Fernaye
L'insoumise d'Aquitaine
Série : Noces occitanes

Aquitaine, 1160

Pour conserver son domaine, Adelaïde, dame de Sanxay, est prête à tout. Tout, y compris désobéir à la duchesse Aliénor d'Aquitaine et au roi Henri, bien qu'elle soit leur vassale. Son veuvage lui sied, et elle refuse de se conformer à l'union qu'on veut lui voir prendre avec Bouchard de Missé, le dernier fils d'un seigneur désargenté de Mayenne. Une seule solution lui est alors possible : feindre une union avec un homme de confiance, Messire Arnault, frère de son défunt époux, qui a toujours été très bon pour elle. Même si ce dernier, en retraite monastique, risque fort de la congédier avec rudesse…

Anna Lyra
Le diable de Falaise

Falaise, Normandie, 1026

Par tous les feux de l'enfer ! Ni nonne ni pucelle, Norine entend juste que son père, l'ancien maître tanneur Fulbert, cesse de la seriner au sujet d'épousailles. Elle a aimé un homme. *Robin*, l'écuyer du duc de Normandie. Ou devrait-elle plutôt le nommer *Robert*, le diable de Falaise, le cavalier de l'Apocalypse, le traître qui a ravi son innocence, son cœur et sa confiance… pillé son bonheur. Robert – frère parjure de l'héritier légitime Richard III –, félon dont la folie coûtera au castel et à ses villageois des jours bien obscurs.

Composé et édité par HarperCollins France.

Achevé d'imprimer en octobre 2020.

CPi
BLACK PRINT

Barcelone

Dépôt légal : novembre 2020.

FSC
www.fsc.org
MIXTE
Papier issu de sources responsables
FSC® C108412

Pour limiter l'empreinte environnementale de ses livres, HarperCollins France s'engage à n'utiliser que du papier fabriqué à partir de bois provenant de forêts gérées durablement et de manière responsable.

Imprimé en Espagne.